風と共に去りぬ
アメリカン・サーガの光と影

風と共に去りぬ
アメリカン・サーガの光と影

荒このみ
Ara Konomi

岩波書店

はじめに

アメリカ文学の読者にとって、マーガレット・ミッチェルの『風と共に去りぬ』は特別の思い入れがある作品ではないだろうか。

とりわけこの本を手にすることの多い十代初めの読者には、一九世紀のアメリカ南部の、大農園の暮らしという日本とは遠く離れた世界の、南北戦争という遠く離れた時代を背景にした壮大な物語を前に、想像の羽を豊かにはばたかせる読書体験を味わってきたことだろう。

私自身が中学二年のときにそのような体験をした。戦後の文学全集ブームに乗って、さまざまな世界文学が翻訳刊行されていった時代だったが、何の前触れもなく、友人から勧められたのでもなく、たまたま家にあった全集のなかから一つを手に取ったに過ぎなかった。ところが、時空を越えた遠い世界の話であるにもかかわらず、まるで今、自分がタラ農園にいるような気分になり、錯覚を起こしてしまうほど感情移入をして想像力を掻き立てられたのだった。それはまさに作家ミッチェルの筆の力のなせる技なのだろう。ひょっとしたらこの体験が潜在的に心に残り、のちにアメリカ研究に進んでいく契機になったのかもしれない。

そのとき手にしたのは、大久保康雄訳だった。何十年の長い期間にわたって大久保訳は、多くの日本の読者に深い感銘を与え続けてきたのである。原書で読むのが難しい世代には、大久保訳がそのままミッチェルの『風と共に去りぬ』として受け入れられていった。

時が流れ、戦後間もないころとは違って、日本とアメリカの関係がより緊密になり、より発展し、より深くなっていく中で、アメリカ文化や社会に対する理解も深まっていった。歴史や文化や習慣に関する疑問も、調べる手立てが正確になり、たやすくなっていった。そのような変化の中で、ふたたび翻訳を読み返してみると、さまざまな疑問が沸き起こってきた。文化現象や社会事象に対する誤解は改めねばならないだろう。いっぽう登場人物の性格描写をするにあたって、とりわけ日本語では「I＝私」においてはっきりしてしまうのだが、それをどのように翻訳するかによって、人物評価がまったく変わってしまう。熟読すると明らかになってくるが、重要な登場人物、たとえばレット・バトラーは、そもそも上流階級の出身で、教養も深いことになっており、南部のレディたちの前での口調が乱暴であってはならない。中学時代に深く感銘を受け感動を覚えた翻訳作品だったが、アメリカ研究の過程でより正しくアメリカ社会を知るようになると、さまざまな疑問を抱くようになった。

さらにこの大作を書いたマーガレット・ミッチェルの思考、意図が、翻訳において正確に表われているのだろうか、という疑問が強くなっていった。ラヴ・ロマンスの主人公スカーレットとレット・バトラーの会話を通して、あるいは地の文を通して、ミッチェルはかなり明らかに自分の思想を書き込んでいる。それでは日本語の文体はそのミッチェルの思想をよく表しているのだろうか。

そのようなことを思い巡らしているとき、この作品を新たに翻訳する機会が与えられた。既訳に見られるような、当時の日本の読者を想定してわかりやすいように、説明的な形容句を翻訳として入れ込むことは、もはやアメリカ理解が進んでいる今日の読者に、不必要と思われるところがある。それは冗長になって原作の持つ明晰さを奪ってしまうことになるのではないか。翻訳者の「解釈」になってしまう可能性もある。それよりもなによりも、二〇世紀前半の南部アトランタに生きたアメリカ人女性作家ミッチェルの考えかた、その創作姿勢を尊重しながら、できるだけその文体に忠実に翻訳しなくてはならないだろうと強く思うようになった。

というのも当然のことだが、ミッチェルがいかに自分の文体を大切にしているか、一語一句に心を注いでいるか、作品全体の構成を完璧に構築されたものとして捉えているか、それはミッチェルが日本の翻訳者や出版社へ宛てた手紙からも明らかである。

一九四九年六月二八日付の出版社社長宛ての手紙では、翻訳者にすでに許可しない旨の書簡を送っているのだが、それに対する返信がないので、出版社宛てにふたたび書いたものとして、よりやさしい言葉の縮約版の翻訳許可願いを断っている。「残念ながら児童向け特別版の出版許可願いに同意できません」とミッチェルは記し、手紙の最後にふたたび、「許可を与えることはできません」と念を押している。ミッチェルに言わせれば、この作品はアメリカの十歳前後の子供の英語力があれば十分に理解できる内容であるから、よりやさしい言葉にする必要もなく、それゆえ変えてもらっては困るというのである。

これらからはっきりしてくるのは、言葉に正確であってほしいというミッチェルの強い願いである。

いかなる翻訳であっても、翻訳は原文を百パーセント完璧に再現することはできない。それは不可能なのだが、翻訳とはいかに原文の言葉を、あるいは意味をなるべくその本来の意味に近い他の言語に変換していくかという作業であり、そのためには作品の背後に潜む著者の思想や意図を尊重しながら、理解し訳し出すことが肝要である。

岩波文庫全六巻の『風と共に去りぬ』の翻訳をするにあたって、原作に忠実でありたい、作家の姿勢を十分に読み取り、その意図にできるだけ添って翻訳をしていきたいと願い、その姿勢を保つように努力したつもりである。けれどもアメリカの子供には理解できても、日本の読者にはわかりにくい、理解できない箇所はたくさんある。それを翻訳文として説明的に織り込んでしまうのではなく、注釈として取り出して説明を加えるようにした。特異な語句や風俗・習慣・歴史的事象などなど。さらにアメリカの歴史的背景、文化的背景に関しては、もう少し詳しく解説を加えれば、『風と共に去りぬ』というアメリカ文学史上、たぐいまれな意義を持つ作品を、よりよく理解できるようになるのではないか、と考えるようになった。

たとえば主人公スカーレットとともに重要な登場人物である「マミー」の存在である。「混じりけなしのまったくのアフリカ人」と描写されるとき、そこにどのような社会的評価が隠れているのか、一九世紀末には、「マミー・クレイズ」と呼ばれた熱狂的な「マミー現象」がアメリカ社会に起きたことなどを知っていれば、作品の深みがさらに増すだろう。

マーガレット・ミッチェルは、『風と共に去りぬ』によって、歴史ロマンスを書いたとされているが、その歴史的背景は南北戦争にとどまることなく、アメリカ合衆国の建国のころからの歴史を描き出したともいえる。建国の父祖たちの、独立宣言において、憲法作成においての懸案事項は、奴隷制度と先住民インディアン問題であった。物語の中で具体的に登場する、先住民インディアンの血を引く人物は屋敷奴隷のディルシーだが、この作品の舞台の中心であるタラ農園そのものが、先住民インディアン問題ときわめて密接に絡んでいる。そのようなアメリカ合衆国の歴史の跡をミッチェルは、さまざまな形でこの物語に織り込んでいる。スカーレットの母親の先祖がフランス人だというのは、ハイチ(サン・ドマング)共和国建設と、そのためハイチを逃げ出したフランス人植民者のアメリカへの移住という歴史的出来事がかかわっている。父親ジェラルド・オハラの政治亡命もまたしかり。

そのような歴史的背景を知ることによって、この作品をより深く理解することができるだろう。読者の理解を広く豊かにするために、各巻に解説を付記したのだが、本書はこれをまとめて全部の解説を一気に眺めることができるようにした。『風と共に去りぬ』が十分に咀嚼され、理解され、全体像が結ばれ、アメリカ文学史におけるふさわしい評価と位置を占めることになるように願っている。

以下に各章の題名と内容を簡単に紹介しておこう。なお第一章は本書のための書下ろしである。

第一章　分断するアメリカ・一体化のアメリカ

二〇二一年一月六日の米議会襲撃事件は分断するアメリカを象徴する出来事だった。『風と共に去りぬ』の背景をなす南北戦争はアメリカを二分する危機だったが、アメリカ植民地時代から分断の恐れはあり、いっぽうで一体化の力もまた同時に働いている。

第二章　スカーレットとそのＤＮＡ

アイルランドからの政治亡命者であるスカーレットの父親の背景、一九世紀のアメリカ社会におけるアイルランド移民はどのように位置づけられていたのか。母親の先祖はフランス人で、母親の英語はフランス訛りだったというが、一八〇四年のハイチ独立革命の背景とは何か。

第三章　マミー現象とアセクシュアリティ（**非性化**）

「混じりけなしのまったくのアフリカ人」と形容される乳母マミーには固有名がない。家族への言及はまったくないが、それは何を意味するのか。一九世紀末に、「マミー・クレイズ」現象が起きたが、アメリカ文化におけるマミーの伝統をたどる。

第四章　タラ農園とチェロキーの〈涙の道〉

ジェラルド・オハラは、ポーカー・ゲームに勝ち、タラ農園となるジョージア州北部の土地権利書を獲得する。その地域はかつてチェロキー部族たちが平和に暮らす居住地だった。一八三〇年のジャクソン大統領による強制移住法の制定が先住民の運命を変える。

第五章　南北戦争とホーム・フロント（**銃後**）**の女たち**

戦争にかかわったのは男たちだけではなく、女たちもまたそれぞれの形で戦争に参加した。

男装して兵士になったもの、女スパイとして活躍したものなど南軍北軍両方に存在した。女の看護師は職業として確立しておらず、その地位は低かった。

第六章　マーガレット・ミッチェルとその時代

作家の伝記的事実、男友達との青春時代と第一次世界大戦はミッチェルにどのような影響を与えたのか。のちに発見されたミッチェルの短編小説など、習作と見なされるいくつかの作品がある。ベストセラーになった『風と共に去りぬ』に対する南部作家や文学研究者たちの反応はいかなるものであったか。

第七章　アメリカン・サーガ——永遠の歴史ロマンス『風と共に去りぬ』

世界の読者が続編を強く望んだが、それはこの作品の底力を示しているだろう。他の作家により続編はいくつも刊行されたが、ミッチェル自身は続編を書く意図はなく、続編の意味を否定していた。そこにはミッチェルの言語芸術に対する強い信念があった。

『風と共に去りぬ』本文の引用は、岩波文庫『風と共に去りぬ』(筆者訳、全六巻)を底本として、巻数および頁数を記した。なお、引用文中の筆者による注は〔　〕内に記し、引用元に注がある場合は［　］で囲んで表記した。

『風と共に去りぬ』あらすじ

＊巻数は岩波文庫版による

第一巻　第一章〜第七章

アメリカ合衆国南部ジョージア州クレイトン郡にあるタラ農園は、ジェラルド・オハラが所有する綿花大農園《プランテーション》である。六〇歳のジェラルドと三二歳の妻エレンとの間に生まれた三姉妹の長女で一六歳になるスカーレットが主人公。アイルランド人の父親の血を強く引き、フランス系の上流家庭出身の母親と黒人乳母マミーは、娘たちがよい結婚をするよう「レディ」になるためのしつけに余念がない。美人ではないが魅力溢れるスカーレットは、若者たちの人気者でパーティの華である。

時代は南北戦争勃発の契機になった一八六一年四月一二日のサムター要塞砲撃の二日後。隣人のタールトン家の双子の若者と久しぶりに再会したスカーレットは、翌日、やはり隣人のウィルクス家のトウェルヴ・オークス屋敷で開かれるバーベキュー・パーティのあと、アシュリー・ウィルクスと従妹メラニー・ハミルトンの婚約が発表されると知らされ、衝撃を受ける。二年前、大陸旅行《グランド・ツアー》から帰ったアシュリーに一目ぼれしたスカーレットは、毎週訪ねてくるアシュリーの愛を確信し、結婚の申し込みを待ち受けていたのだ。

パーティにはチャールストンの上流家庭出身だが勘当され、「招かれざる客」のレット・バトラーがいて、スカーレットのレディらしからぬ本質を見抜き、心引かれる。はからずもレットにアシュリーとの修羅場を目撃されたスカーレットは、秘密を握られたと恐怖にかられる。

奴隷制度廃止を掲げるリンカン大統領の北軍志願兵募集のニュースに、南部の男たちは「州権」を主張し、「反抗《レベル》」の雄たけびをあげ、われ先にと軍隊へ志願する。スカーレットはアシュリーに振られた腹いせに、メラニーの兄チャールズと結婚する。チャールズは二ヵ月後に戦病死し、その後、忘れ形見のウエイド・ハンプトン・ハミルトンが誕生する。

男たちが戦場へ赴き、アシュリーの不在と、寡婦・母親になり娘時代の終焉を受け入れられないスカーレットは、食欲をなくしふさぎこんでしまう。心配した母親の勧めもあり、チャールズのおばの誘いを受け、息子を連れて義妹メラニーと暮らすアトランタのおばの家へ転地療養をかねて出かける。

第二巻　第八章〜第一六章

一八六二年五月、寡婦になった一七歳のスカーレットは、ひとり息子ウエイドと世話係のプリシーを連れて、療養のためにアトランタに住むピティパットおばさんとメラニーのもとへ行く。自分が生まれた年にアトランタと改称され、ジョージア州の他の町に比べ若々しく活気にあふれ、鉄道の中心地として南部連合の要衝となったこの町をスカーレットはたちまち好きになる。女世帯のハミルトン家に暮らすうちに、亡き夫チャールズのやさしい性格が育まれた背景を知るようになる。

ホーム・フロント〈銃後〉の女たちの仕事は山ほどあり、スカーレットは病院での看護、傷病兵の付き添い、洗濯や縫物奉仕などをこなしていたが、服喪中の身ゆえ社交の場には出られず、意気消沈する。ところが思いがけず病院の資金集めのパーティ会場で屋台の売り子をすることになり、スカーレットは喪服のまま参加する。そこで封鎖破りの《ブロケード・ランナー》レット・バトラーに再会し、踊りに誘われ大スキャンダルを引き起こす。会場の南部人はメラニーを含め、南部連合へ狂信的な愛国心をいだいていたが、スカーレットは南部の〈大義〉に熱狂する人びとが理解できない。アシュリーは戦争の無意味さを問い、「偏見や憎しみ」の宣伝文句に欺かれたと戦地から手紙をよこす。第一・第二のマナサス〈ブル・ラン〉の戦いで南軍は勝利し、戦争は有利に展開していたが、当初の思惑通りに簡単には北軍を敗退させられない。レットはその才覚で封鎖破り・相場師として金儲けをしているようで羽振りがいい。ピティパット家を頻繁に訪れ、スカーレットと親しくなろうとする。南部や戦争を侮蔑するレットの姿勢にスカーレットは心の奥底では同意しながら、上品な社会の一員として振るまうのを拒否するレットに恋心をいだくことはない。

一八六三年夏になると、戦場での物資不足が憂慮され、ゲティスバーグの戦いでリー将軍が敗北したという噂が広がり、スカーレットが親しかった若者たちのほとんどが戦死する。二年ぶりにアシュリーが、クリスマス休暇でアトランタへ帰って来る。スカーレットはいまだにアシュリーに恋い焦がれ、その愛を確かめたいと画策するが機会はなかなか訪れず、戦場へ戻る最後の瞬間にようやく二人は熱い抱擁を交わす。アシュリーは「メラニーの面倒をみてほしい」という言葉を遺言のようにスカーレットに残して戦地へ出立する。

一八六四年、物価が高騰し、南部連合通貨は急落、政府への不満と不信感が生まれる。三月、メラニーの妊娠を知ったスカーレットは衝撃を受け、タラへ戻ろうと決意するが、その日にアシュリー行方不明の電報を受け取る。レットがワシントンの人脈を駆使し、アシュリーはイリノイ州の捕虜収容所で生存していることが判明する。以来、メラニーはレットを信頼し、レットもメラニーに対しては常に紳士的に振るまうのだった。

第三巻　第一七章〜第二八章

一八六四年五月、北軍のシャーマン将軍によるアトランタ作戦が開始された。ジョージア州の人びとは南軍のジョンストン将軍を信じていたが、戦争は長引き、兵士が不足し、南軍は弱体化していった。徴兵の年齢条件が大幅に広げられ、老齢のミスター・ウィルクスやヘンリーおじさん、少年のフィル・ミードまでが召集される。すでにアトランタの町なかでも大砲の轟音が聞こえるようになっていた。シャーマンは徐々に包囲網をせばめ、ピティパットおばさんはメイコンへ疎開を決めるが、出産を控えたメラニーは、汽車の旅は無理だとミード先生に止められる。スカーレットはタラへ帰りたかったが、メラニーの面倒を見るというアシュリーとの約束を守ってアトランタに残る。

七月末、妹キャリーンがチフスにかかったという知らせを受け、心細くなっていたスカーレットを、たまたま訪れたレットはやさしくなぐさめる。しかし、「愛人」になってくれという侮辱的な申し出にスカーレットはふたたび怒り心頭に発し、レットをはねつけ二度と来ないよう言いわたす。

八月が終わるころ、戦況の変化に人びとの緊張感が高まるなか、エレンともう一人の妹スエレンもチフスにかかったとの知らせを受け、スカーレットの不安と焦りはつのる一方だった。

九月一日、アトランタ陥落。その日にメラニーは陣痛を訴えるが、ミード先生はおびただしい数の負傷兵を前に身動きが取れず、ミード夫人もフィルの遺体を引き取りに行っていて留守だったため、スカーレットは役立たずのプリシーと二人でメラニーのお産を助ける。無事に男の子が生まれるとスカーレットは、北部人《ヤンキー》どもがやってくる、という恐怖に取りつかれ、一刻でも早くみんなを連れてタラへ帰りたいとレットに助けを求める。レットは旅など狂気の沙汰と知りながら、頑固なスカーレットの望みを聞き入れ、町はずれまで荷馬車で送り、あとはスカーレットに任せ、自分は南軍へ入ると伝えて去って行く。スカーレットたちはやせ馬に引かれてようやくタラへ到着するが、そこで待っていたのは、前日にエレンが死んでほうけたようになっているジェラルドだった。スカーレットはもはやだれにも頼れず、自分がタラ農園を支えねばならないことを悟る。タラの館が焼かれなかったのは、ジェラルドが病人のいることを訴えたからで、ヤンキーが医者を寄こしてくれたために妹たちは助かったのだった。

タラ農園では食料確保が第一の仕事だった。スカーレットは、レディとして母親から受けたしつけが何の役にも立たないことを痛感する。

一人の北軍兵士が略奪目的で館に侵入してくる。食料や母親の裁縫箱を盗まれることに抑えがたい激しい怒りを覚えたスカーレットは、兵士を射殺する。兵士が乗ってきた馬が手に入り、近隣のフォンテイン家やタールトン家へ行き、女たちの無事を知る。どこも食料不足にあえいでいたが、隣人は助け合いの精神で寛大に食料を分けてくれる。安心したのもつかの間、タラ農園に北軍部隊が乗り込み、あらゆる貴重な品々を奪われただけでなく、綿花をすべて燃やされ、台所に火をつけられる。

クリスマスには兵站《へいたん》部隊を連れたフランク・ケネディがやってくる。軍隊の劣悪な食料事情を聞き、南軍勝利の見込みの薄いことを知る。フランクは、タラ農園の女主人になったスカーレットに、スエレンとの婚約の許可を求める。

第四巻　第二九章〜第三八章

一八六五年四月、四年つづいた戦争は終わった。平和が戻ると、タラ農園を通って故郷へ歩いて帰る兵士たちの休憩地となり農園は慌ただしくなった。シラミと赤痢に悩まされる傷病兵たちをタラの館に受け入れ、食料の乏しいなか、かれらを手厚く看護した。そのなかの一人ウィル・ベンティーンは命を救ってもらったお礼に農園で働きたいと申し出る。人手不足のタラ農園にとっては願ったりかなったりだった。スカーレットはすべての負担を一人でその双肩に担っていたが、階級《クラス》は下でもウィルの穏やかな人柄に、全幅の信頼を置くようになる。ウィルがオハラ家の末娘キャリーンへ好意を抱いているのは明らかだったが、キャリーンは婚約していたブレント・タールトンへの思いが深く、その戦死を悲しみ、チャールストンの修道院へ入る決意をしていた。

アシュリーが捕虜収容所から釈放されて帰還するという手紙を受け取るが、タラ農園へ戻ってきたのは何ヵ月も経ってからだった。畑奴隷《フィールド・ハンド》がいなくなった大農園の経営は難しかった。レディであろうが誰もが労働に従事していた。縮小したタラ農園の綿花栽培は順調だったが、一八六六年の初め、政府はさらに重い税金を課してきた。かつての貧乏白人《プア・ホワイト》が自由民局の役人になり、羽振りもよくなっていた。戦前の恨みからタラ農園の乗っ取りをたくらみ、追徴税を要求してきたのだ。アシュリーは頼りにならず、お金を持っているのはレット・バトラーしかいないと、スカーレットはアトランタ行きを決意する。レットに借金を申し込むことが、「愛人になること」であっても、大事なタラ農園のためにスカーレットは割り切ろうとしていた。だがレットは殺人容疑でとらわれの身だった。軍政下のジョージア州で、北部《ユニオン》はレットを逮捕して、南部連合の隠匿財産のありかを聞き出そうとしていた。

スカーレットは当てにしていたレットから金を借りられず途方にくれるが、偶然スエレンの婚約者フランク・ケネディに出会い、商売で金儲けしているのを知り、タラの税金の支払いのために姦計をめぐらし、結婚する。焼け野原になったアトランタは建築ラッシュで、製材所が大儲けをしていた。商売に目覚めたスカーレットは、南部連合の残存物資を売るケネディの小さな店だけではなく、より大きな金儲けのチャンスがある製材所経営に食指を動かす。計算能力に秀でたスカーレットは、商売において男顔負けだった。パイを売ったり、薪を売ったり、誰もが働いていたが、小規模であったものの、スカーレットが商才を発揮すると、世間はレディにあるまじきことと激しく非難した。飢餓の苦しみを二度と味わいたくない、という強い思いがスカーレットの原動力だった。

再建時代《リコンストラクション》の南部は、北部の急進派共和党員に牛耳られ、スキャラワグ〈共和党に味方した南部の白人〉や渡り政治屋の天下だった。解放された自由黒人《フリー・イシュー・ニガー》が我が物顔に振るまう町なかも混乱状態で、白人女性たちは恐怖におののいていた。南部の白人の民主党員と再建派とのあいだに緊張関係が生じ、トニー・フォンテインは殺人事件を起こし、テキサスへ逃亡していく。自由民になった黒人が白人女性へ凌辱《レイプ》まがいの行為に出るという噂が、南部の男たちの神経を高ぶらせていた。そのうえ北部と共和党員の求める〈鉄の誓約《アイアンクラッド》〉をして南部連合を否定し、北部への忠誠を誓わない限り投票権が与えられず、南部の白人にとっては南部人《サザナー》としての誇りも存在理由も否定され、不満がつのるばかりだった。

スカーレットはフランクの子を妊娠し、六月になったら仕事を休み、懐かしいタラ農園へ帰ろうと決めていた。ところが六月初旬、ウィルから父親ジェラルドの死を知らせる短信が届いた。

第五巻　第三九章〜第四九章

タラ農園のウィル・ベンティーンから父親の死を告げる急信を受け、スカーレットはあわてて帰郷する。妹スエレンが父親を騙し、連邦政府シンパであるという偽の誓約をさせて賠償金を取ろうと企てたが、それに気づいて激怒したジェラルドが馬で疾走し、落馬して首の骨を折ったのだった。葬式の席でウィルはスエレンとの結婚を報告する。ウィルはキャリーンが好きだったが、キャリーンは戦死した恋人ブレント・タールトンが忘れられず、チャールストンの修道院へ入る決意を固めていた。

またアシュリーは、これ以上スカーレットの世話になるに忍びないという思いから、北部の銀行へ就職しようとしていた。かれらが去ったあと、未婚のスエレンが他人の男と同じ屋根の下で暮らすわけにはいかず、農園を維持するためには相手が貧乏白人《プア・ホワイト》だろうが身分の違いなど問題にできない時代だった。

スカーレットは、ジェラルドの最初の奴隷で忠実に尽くしてくれたポークに、形見として金時計を贈る。北部へ行くと決めたアシュリーを必死に引きとめ、アトランタにある製材所の運営を任せる。メラニーは故郷アトランタへ戻り、水を得た魚のように文化活動に励み、その中心的な存在になる。アシュリーとメラニーの小さな家には元南部連合のお歴々も顔を見せ、元南部連合の人びとの憩いの場となった。製材所や酒場などの経営で男まさりの手腕を発揮していたスカーレットとフランクの間に女の子エラ・ロリーナが誕生する。

町は自由黒人《フリー・イシュー・ニガー》で溢れかえり、治安が悪く、暴力沙汰が絶えなかった。この状況で女一人で外出するのは危険だと警告する夫フランクを無視し、スカーレットが一人で荷馬車を駆っていたときに、宿無しや不法者が居座る定住地近くで白人と黒人の二人組に襲われる。フランクをはじめアシュリーやミード先生らも、みなクー・クラックス・クラン会員で、密かに犯人への復讐を試みたが、KKK撲滅を図っていた軍政府に逆襲され、フランクとトミーが銃撃されて死ぬ。この急場を救ったのはキャプテン・バトラーで、知り合いの北部人《ヤンキー》からクラン襲撃の情報を得ると、集会をしていたアシュリーらをベル・ワトリングの娼館へ連れて行き、アリバイ工作をして命を助ける。

フランクの葬式を終えたスカーレットは初めて素直になり、フランクに対してやさしくできなかったことを反省する。レットの訪問を受け、がむしゃらに商売をするのは、飢餓と寒さの恐怖の悪夢にうなされるからだと打ち明ける。常に機会を狙っていたレットは、とうとうスカーレットに結婚を申し込み受諾されるが、お互いに愛情を確認したからではなかった。二人の結婚は周囲の非難の的《まと》になるが、「結婚は楽しいもの」というレットの言葉通り、スカーレットはニューオリンズでのハネムーンを心ゆくまで楽しむ。だがアシュリーを忘れられず、レットはそれを感じとっている。

アトランタで家を建てるというレットの計画にスカーレットは夢中になる。アトランタは濫費の時代を迎え、スカーレットも贅沢三昧に暮らしていたが、慣例の訪問をしてくる旧友はメラニーたちだけだった。スカーレットはレットと同様、新参者との交流を楽しみながらも傲慢な態度を取っていたが、かれらより忌みきらっていたのは、〈青い軍服と金ボタン〉の軍関係者だった。〈ニュー・アトランタ〉と〈オールド・アトランタ〉は真っ向から対立していたが、レットは自分の流儀を通し、スカーレットには豪奢な生活を許していた。

第六巻　第五〇章〜第六三章

レットとスカーレットの結婚生活は、レットの豊かな財力に裏打ちされ、表面上は穏やかに過ぎていった。スカーレットが嘘をつかないかぎり、レットはやさしい夫であり、仕事上の助言も的確で、会話は楽しかった。そのいんぎん無礼な態度に、スカーレットは自分と結婚した本意がつかめないことがあり、何かを忍耐強く待つ、レットの自分を観察するような視線を感じることがあった。

スカーレットはミード先生の診察を受け妊娠を知ると中絶を考える。レットはスカーレット自身が命を落とすのではと恐怖に怯え、スカーレットはその動揺振りに心動かされる。生まれた女の子はユージェニー・ヴィクトリアと命名されるが、メラニーのひと言で愛称ボニーになる。これ以上子どもが欲しくないと固く決心したスカーレットは、寝室を別にすることを宣言し、レットは屈辱的にそれを受け入れる。

息子のウエイドが友だちのパーティに招かれないことを知ったレットは、溺愛する娘ボニーの将来のために、積極的に隣人たちと友好関係を築こうと腐心する。よき父親として振るまい、ボニーを連れて散歩をし、愛想よく隣人と言葉を交わす。ウエイドと一緒に教会の礼拝に出席し、寄付をし、南部への忠誠心を見える形で行動に移す。

ウィルクス家で開かれるアシュリーのサプライズ誕生パーティの日、製材所でスカーレットとアシュリーの二人が友人として心を通わせ、たまたま抱擁したところを目撃されてしまう。メラニーの機転で醜聞は回避されたもののレットとの関係はさらに悪化する。

「きみは肉体的にはたしかに私に忠実だ」「アシュリーはきみの精神を欲してはいない」「私はきみの精神、きみの心が欲しいのに永遠に手に入れることができない」というレットの言葉をスカーレットはよく理解することができない。

レットはボニーを連れてチャールストンの母親のもとへ行き、音沙汰もなく三ヵ月間、留守にしたが、出発前のレットの一夜の激情でスカーレットは妊娠していた。レットが自分を愛していると初めて感じたスカーレットは、あの恍惚の瞬間から子どもが誕生する喜びに包まれていた。だが帰宅したレットにその喜びを伝える前に、二人のやり取りは食い違い、レットに飛びかかろうとしてスカーレットは大階段の下まで落ちてしまう。レットは動転し絶望的になるが、メラニーになぐさめられ、スカーレットも死を免れる。

ますますボニーに愛情を注ぐようになったレットにスカーレットは距離感を感じていた。ボニーは自由奔放な女の子に育ち四歳になる。父親から贈られた子馬に夢中で、無理にハードルを越えようとして落馬する。ボニーの事故死はレットを悲しみのどん底につき落とす。スカーレットは「突き抜けられない黒い霧」の中を走り続ける悪夢にさいなまれる。マミーは年老いて自分の仕事は終わったとタラ農園へ帰ってしまう。いっぽうメラニーは流産で死ぬ。瀕死の床からメラニーは、スカーレットにアシュリーと息子ボーの世話を託し、レットにやさしくするようにと遺言を残す。このとき初めてスカーレットは、想像の中で自分が勝手なアシュリー像を作り出し、それを愛していたのだと悟る。

レットを愛していることがようやくわかり、スカーレットは告白するが、すでに遅かった。「マイ・ディア、まったくどうだっていい《アイ・ドント・キヴ・ア・ダム》」と、スカーレットのもとを去ろうとするレットの決意は固い。二人は運命的に結ばれていたと語り、「男が女を愛せる限界まで、私はきみを愛していた」という言葉をレットは残す。スカーレットは狂わんばかりの後悔の念に襲われたが、タラ農園を思うと心の傷を忘れることができた。マミーのいるタラ農園で、明日、考えよう。レットを取り戻せると信じながら、また新しい日の明日になったら考えよう、というスカーレットの内的独白で物語は終わる。

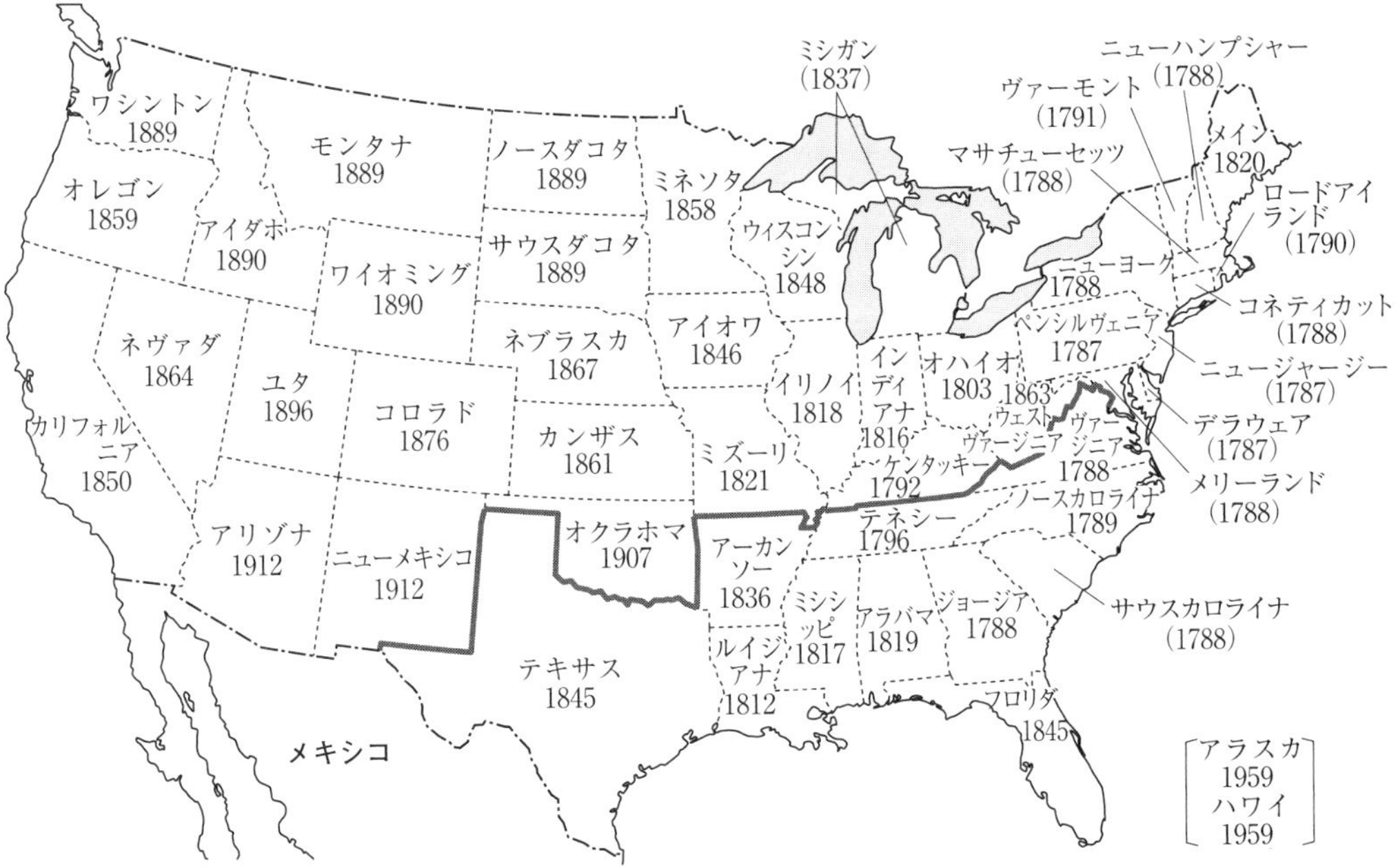
ワシントン
1889
オレゴン
1859
カリフォルニア
1850
アイダホ
1890
ネヴァダ
1864
モンタナ
1889
ワイオミング
1890
ユタ
1896
アリゾナ
1912
コロラド
1876
ニューメキシコ
1912
ノースダコタ
1889
サウスダコタ
1889
ネブラスカ
1867
カンザス
1861
オクラホマ
1907
テキサス
1845
ミネソタ
1858
アイオワ
1846
ミズーリ
1821
アーカンソー
1836
ルイジアナ
1812
ウィスコンシン
1848
イリノイ
1818
ミシシッピ
1817
ミシガン
(1837)
インディアナ
1816
ケンタッキー
1792
テネシー
1796
アラバマ
1819
オハイオ
1803
ウェストヴァージニア
1863
ヴァージニア
1788
ノースカロライナ
1789
ジョージア
1788
フロリダ
1845
サウスカロライナ
(1788)
ペンシルヴェニア
1787
ニューヨーク
1788
マサチューセッツ
(1788)
ヴァーモント
(1791)
ニューハンプシャー
(1788)
メイン
1820
ロードアイランド
(1790)
コネティカット
(1788)
ニュージャージー
(1787)
デラウェア
(1787)
メリーランド
(1788)
メキシコ
アラスカ
1959
ハワイ
1959

アメリカ合衆国（数字は州成立の年）

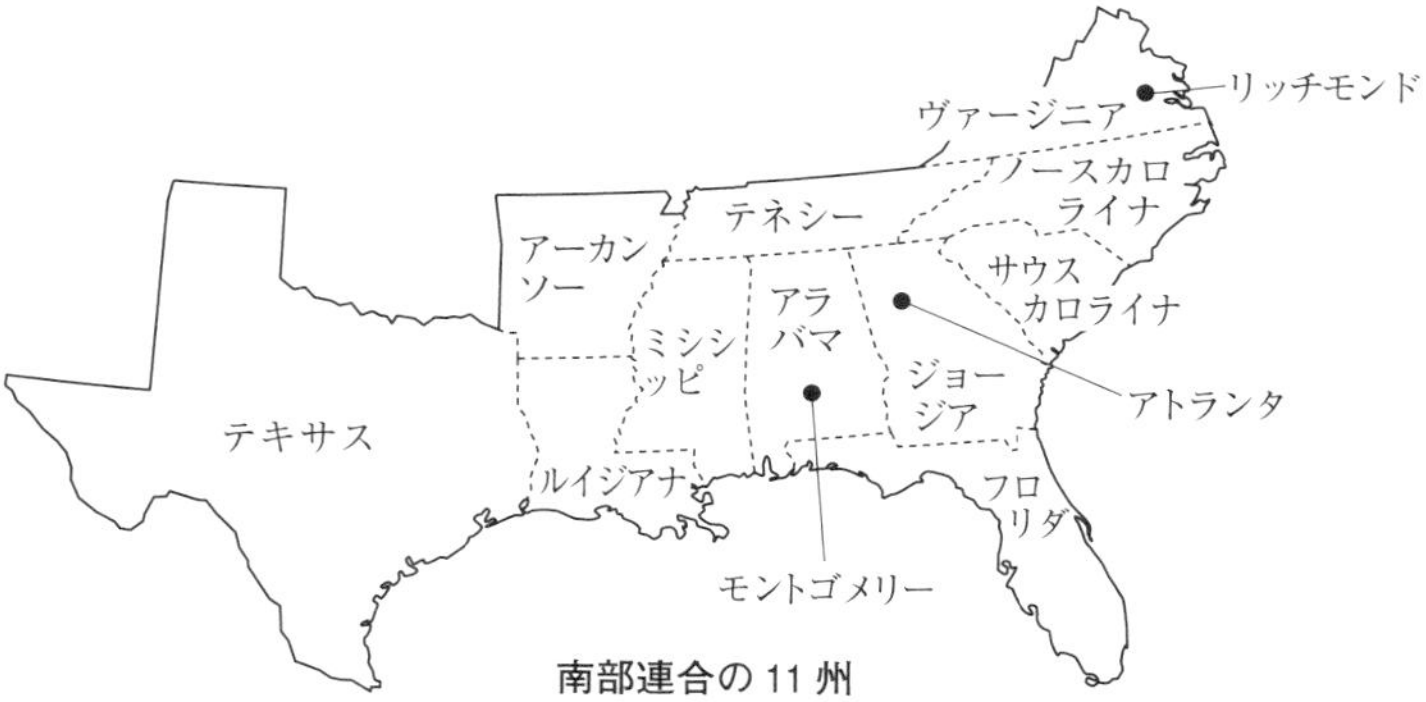
リッチモンド
ヴァージニア
ノースカロライナ
テネシー
アーカンソー
サウスカロライナ
アラバマ
ミシシッピ
ジョージア
アトランタ
テキサス
ルイジアナ
フロリダ
モンゴメリー

南部連合の11州

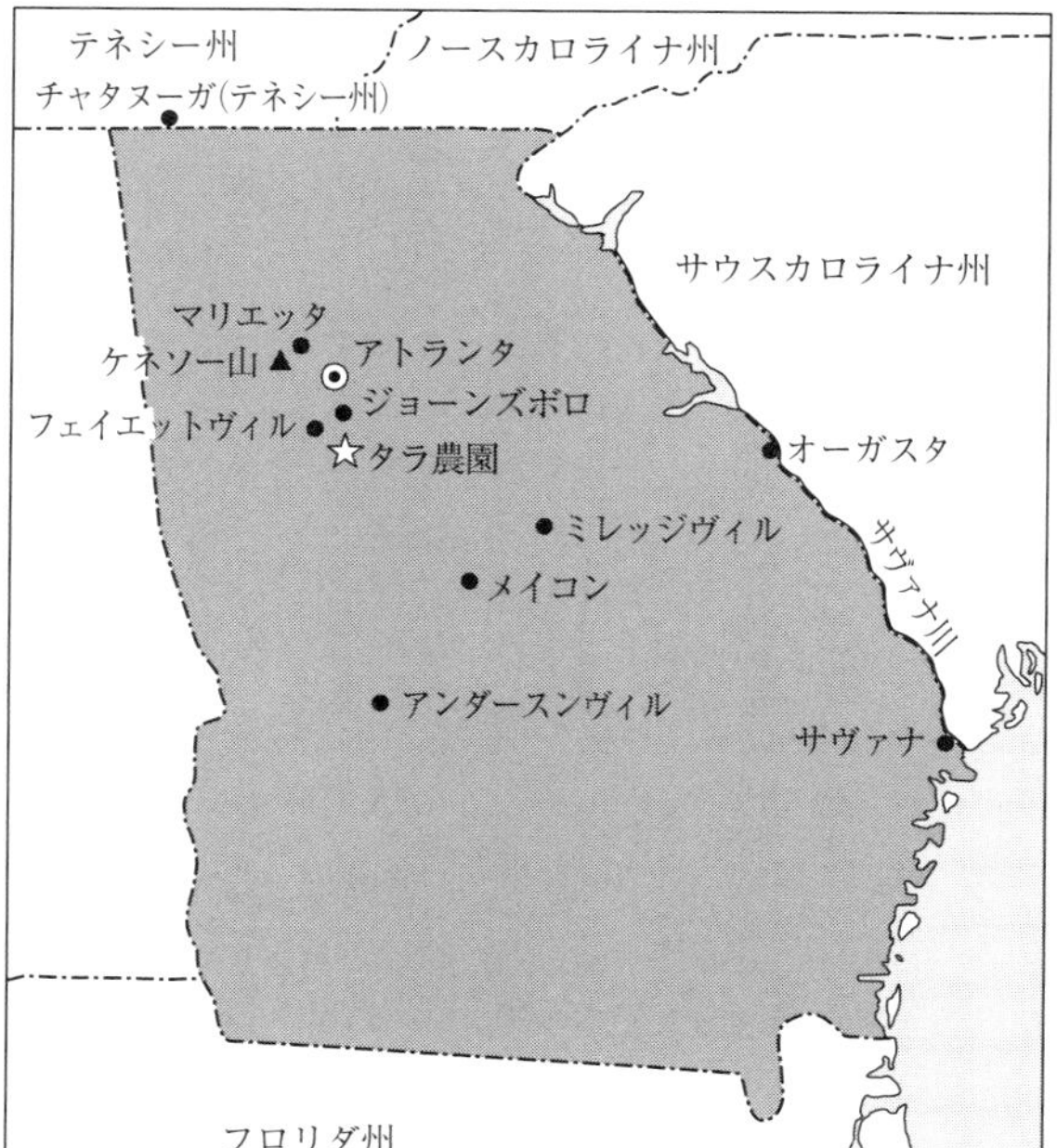
テネシー州
ノースカロライナ州
チャタヌーガ(テネシー州)
サウスカロライナ州
マリエッタ
ケネソー山
アトランタ
ジョーンズボロ
フェイエットヴィル
タラ農園
オーガスタ
ミレッジヴィル
サヴァナ川
メイコン
アンダースンヴィル
サヴァナ
フロリダ州

ジョージア州

目次

はじめに
『風と共に去りぬ』あらすじ
地図
第一章　分断するアメリカ・一体化のアメリカ……I
第二章　スカーレットとそのDNA……37
第三章　マミー現象とアセクシュアリティ（非性化）……75
第四章　タラ農園とチェロキーの〈涙の道〉……III

第五章　南北戦争とホーム・フロント（銃後）の女たち……147
第六章　マーガレット・ミッチェルとその時代……191
第七章　アメリカン・サーガ……233
——永遠の歴史ロマンス『風と共に去りぬ』
『風と共に去りぬ』関連略年表（ジョージア州と南北戦争）
引用文献

第一章

分断するアメリカ・一体化のアメリカ

米議会襲撃（二〇二一年一月六日）

二〇二一年一月二〇日、ジョー・バイデン大統領は就任式の演説で、今、アメリカは分断のときではなく、一体化《ユニファイ》への努力をせねばならないときだと全米に向けて呼びかけた。過去四年間の共和党トランプ政権では、国内の分断化が進み、人心は不安定そのものの状態を呈していた。熱狂的なトランプ支持者たちによるその究極的な破壊行動が、二〇二一年一月六日の米連邦議会議事堂襲撃であった。反社会的「カルト」集団としか映らないかれらは、議事堂の扉を壊し、ガラスを割り、たやすく中へ乱入していった。

一八一四年、米英戦争によってワシントンＤＣが焼き討ちにあったとき以来の、議事堂襲撃であった。アメリカの象徴的な建物であり、民主主義の殿堂である議事堂への乱入という蛮行は、アメリカ合衆国の基本的理念への挑戦であった。そのかれらが自分たちの行為を「愛国的」であり、指導者の呼びかけによって集まってきたのだと正当化するとき、アメリカの歯車は狂ってしまったのか、と思わざるをえない。この事件はアメリカ合衆国ばかりでなく、全世界の人びとにとって衝撃的だった。

二〇二〇年のアメリカ社会は、新型コロナウイルスと大統領選挙の混迷、そしてＢＬＭ（ブラック・ライヴズ・マター）の運動によって歴史に記憶されることになった。

新型コロナウイルスはアメリカ合衆国のみを襲ったのではなく、世界の諸国を襲ったのだが、その被害の規模においてアメリカが常に世界第一の感染者数および死者数を打ち出したという点で、アメリカ社会への影響はより大きかったといえる。そのうえ、新型ウイルスの発生起源を政治的対立に求める、当時のドナルド・トランプ大統領によって、仮想敵国が名指しされ、アメリカ合衆国のみならず世界の諸国の分断がより深くなる危険をはらむことになった。

アメリカ大統領選挙における民主党のバイデン候補と、現職の大統領だった共和党トランプ候補の激しい選挙戦には、コロナ危機の影響がなかったわけではないだろう。一般市民が新型コロナウイルスの危機にさらされるなかで、楽観視したまま適切な対応策を取らないトランプに、驚きと苛立ちを覚えるようになった元トランプ支持者もいたことだろう。コロナ危機がなかったら、一定の人びとにカリスマ的人気を保つトランプ候補が、再選を果たす可能性があったかもしれない。コロナ罹患者の状況が日々、悪化していき、それでもなおパンデミックに対する科学者の意見を軽視し、適切な対処をしようとしない当時の大統領への不信感はつのっていった。

アメリカ社会がパンデミックの危機状態に陥っている現実があるにもかかわらず、トランプ支持者は、何もしない指導者を批判せず、幅広くまた根強く結束して、自分たちこそが「愛国者」であると主張する。

二〇二一年一月六日、トランプ大統領はホワイトハウス前で演説を行った。アメリカ各地から集結してきた支持者たちは、指導者トランプに、「一緒に議事堂まで歩こう」、「闘え《ファイト》！　闘え！　さもないとあなたの国がなくなってしまう」とあおられ、暴徒と化した。かれらはバイデン候補の選挙人確定を審議している議場にまで乱入し、破壊行為を行い、建物を破壊しただけでなく、書類を撒き散らし、備品に傷をつけた。審議中の議員たちは危険を避けて審議を中断し、別の部屋へ避難せざるをえなかった。民主主義の聖なる殿堂を破壊する行為であり、これはアメリカ的暴力、ヴァンダリズムいがいのなにものでもない。

メディアはトランプを「病人」と認め、「常軌を逸している《アウト・オブ・マインド》」、そしてついには「精神異常《インセイン》」とまで形容して弾劾しているにもかかわらず、七千万人以上のトランプあるいは共和党支持者がいる。またトランプ自身が堂々と分断を主張し、あおりたて、アメリカ国内に「他者」を作り上げ、敵・みかたの線引きを明らかにしようとする。大統領の言動として理性では理解しがたいこの現象を、私たちはどのようにとらえたらいいのだろうか。

中西部のいわゆるラストベルトに住むトランプ支持者のひとりが、選挙が行われた二〇二〇年の秋に、メディアのインタヴューに次のように応じていた。

「トランプは口にすることをすぐに実行してくれる」。だから支持するのだとこの人物は話していたが、それではこの四年間で具体的にどのようなことを実行してくれたのか、とたたみかけられると、「具体的にすぐには思いつかないけれど」と答えに窮する。

この姿勢こそトランプ支持者の傾向を象徴的にあらわしているだろう。すなわち、トランプの個人的な「魔力」、カリスマ性は、単純な言葉遣いしかしない話術の巧みさや、力強い口調や仮想敵、「他者」を生み出すことによって、不満の対象をわかりやすく説明し納得させ、その対象へ向かってトランプ自身が戦闘的に突き進んでいるように思わせるのである。大統領のこのような断定的な言葉遣いは、力強い政治姿勢・実行力と誤解され、具体性がないにもかかわらず信じこませてしまう魔力を備えている。底知れぬ危険をはらんでいるのである。

トランプの「アメリカ・ファースト」の姿勢は、「他者」を排除する姿勢であるが、自分たちこそアメリカ社会の中心をなす構成要素だと信じている支持者たちは、それが正しいアメリカ社会のありかただと思い込む。かれらはもちろん、自分たちこそ世界でもっとも偉大であるとも考えている。とりわけ権威ある大統領職につく人物が、自信に満ちて自分たちは偉大であると強調しているのであるから、それは真実であるにちがいない。そして自分たちこそアメリカのことを考え、愛し思いを寄せる、偉大なる「愛国者」だと主張することになる。

「プラウド・ボーイズ」にしろ「Qアノン」にしろ、自分たちを偉大なる「愛国者」集団であると信じているかれらは、じっさいには大きな反社会的「カルト」集団にすぎない。いつもなら静かに潜在しているはずの「カルト」たちが、最高指導者が容認するばかりか、大きな声で断定的に肯定し激励したために、何はばかることなく姿をあらわし顕在化することになった。

今日のアメリカ社会はもはや白人優先主義の支配するところではないこと、単一の人種的・民族的構成員で占められているのではないことを、かれらは認識せねばならない。いったいアメリカ社会の現実に、反社会的「カルト」集団が信じているような、白人優先主義が何はばからず堂々と圧倒的に支配していた時代などあったのだろうか。

アメリカ植民地の建設が始まった一七世紀初めから、じつは単一の構成員によってアメリカ社会が開拓され築き上げられてきたのではないことを、私たちは今、思い出さねばならないだろう。アメリカ合衆国が、いわゆる「他者」を含めて、さまざまなる構成要員の力によって、ともに築き上げられてきた歴史的事実を、二一世紀の今日、私たちは強く認識し記憶する努力をせねばならない。今、私たちはそれを確認せねばならないときにきているのだ。アメリカ合衆国が偉大であるとしたら、近代になって特殊な成立過程を経て実現した国家が、さまざまないわゆる「他者」を組み込むことによって、より偉大になってきたという「歴史的現実」を認めることにほかならない。

分断の危機・南北戦争

一八世紀の後半、英国のアメリカ植民地であった領域が、アメリカ合衆国として誕生した。一三州から始まったアメリカ合衆国は、その後の領地獲得や併合によって拡大していく。その一枚岩のように見えたアメリカ合衆国が、明らかな分断の危機に初めて直面したのは、一九世紀の半ばのことであった。それは「市民戦争《シヴィル・ウォー》」と呼ばれ、日本では「南北戦争」と呼ばれる、一八六一年から六五年までの四年間にわたって戦われた内戦である。マーガレット・ミッチェル（一九〇〇―四九）の『風と共に去りぬ』の時代背景をなしている歴史的出来事である。

一八六一年、南部の一一州が連邦を脱退し、独立した国家を建設しようとした。「南部連合」という新たな名称の国家は、自分たちの憲法を制定し、大統領・副大統領職を設け、議会と最高裁を設置する。だが「南部連合」が国家として確立するためには、ヨーロッパ諸国の承認が必要であった。けれども承認したのは、ヨーロッパの小国ザクセン＝コーブルク＝ゴータ公国だけであった。「南部連合」政府は英国やフランスに特使を派遣し、承認を確実にしようと働きかけるのだが、戦争が終わる段になっても承認は得られず、結局、外国諸国とりわけ大国の英仏から承認を得ることができなかった。「南部連合」の統治者が意図したような国家の建設は失敗に終わったのである。

一八六一年四月に始まった「南北戦争」の主要な原因は、奴隷制度の存続問題であった。建国の父祖の時代から、先住民インディアン問題と並んで奴隷制度は、合衆国政府にとって最大でもっとも深刻な問題であり、「頭痛の種」であった。

一八五〇年の逃亡奴隷法の制定によって、奴隷制度廃止論者と擁護論者との間の緊張は、さらに高まった。これは過酷な法律で、奴隷が主人の農場などから逃亡を果たし、うまく北部の自由州へ逃れたとしても、追っ手につかまれば、また南部の奴隷主のもとへ戻らねばならなかった。さらに奴隷の逃亡を助けた人びともまた罰せられた。「地下鉄道」と呼ばれた秘密の逃亡奴隷の救援組織があり、かれらは奴隷の逃亡を助け、隠れ家にかくまったが、そのような人道主義者たちもまた犯罪者になるとされたのだった。

南北戦争が勃発する前の十年間は、奴隷制度に関して対立がもっとも激しくなり、緊張が極度に高まった時期である。したがって一八六〇年の大統領選挙では、奴隷制度が政策の重要課題の一つになった。候補者がどちらの立場を取るのか、選挙民はその姿勢にきわめて敏感になっていた。

一八五八年六月、エイブラハム・リンカンは、イリノイ州スプリングフィールドで開催された共和党大会において、「分かれたる家は立つことあたわず」という歴史に残る演説を行っている。大統領に選出される二年前のことである。

「なかば奴隷、なかば自由の状態で、連邦政府がながく続くことはできないと私は信じております。私は連邦が瓦解することを期待してはおりません――家が倒れるのを期待するものではありません。私の期待するところは、この連邦が分立し争いあうことをやめることであります」

連邦が存続するには、奴隷制度擁護と奴隷制度廃止の二つの考えかたが両立することはありえない、どちらか一つにならざるをえないと、リンカンは新約聖書のマルコ伝三章からの引用「分かれたる家は立つことあたわず」をもって訴えたのだった。リンカンにとっては連邦としてのアメリカ合衆国の存続が最重要課題であった。

リンカンの所属する共和党は、一八五四年、あらたに結党されると、すぐに北部のほぼすべての州で多数派を占めるようになった。一八六〇年、リンカンは共和党の大統領候補として立候補し、候補選びで分裂していた民主党を押さえて大統領選挙に勝利する。それから一九三二年まで、共和党は北部の白人プロテスタントやアフリカン・アメリカンを支持層として、大統領職をほとんど担ってきたと考えてよい。世界恐慌に見舞われた後、一九三三年から民主党へバトンタッチされると、その後は民主党と共和党の二大政党が入れ替わり大統領職を担っている。二〇世紀前半のそのころから民主党はアフリカン・アメリカンの支持を求めて、公民権法にも力を入れるようになった。そのため混乱しやすいのだが、リンカンの時代の共和党と現在の共和党の体質は異なることを私たちは了解しておかねばならない。

奴隷制度廃止論者のリンカンの大統領選挙での勝利は、南部の大農園経営者たちを驚愕させ、大きな衝撃を与えた。奴隷労働に頼っている自分たちの農園経済が、立ち行かなくなるだろう。そこで奴隷制度を守ろう、州権を守ろうと、最初にサウスカロライナ州が連邦から脱退する。一八六〇年一二月二四日のことであった。その後、一八六一年二月一日にはテキサス州が連邦を脱退したことにより、南部の合計七州が連邦を脱退した。その時点で「南部連合」は創立を宣言し、アラバマ州モントゴメリーに首府を置く。最終的に一一州の連邦脱退を見たのは、一八六一年六月八日のテネシー州が脱退したときである。

リンカンの大統領選挙当選後、数ヵ月のうちに南部連合となる諸州が連邦脱退を決めている。ヴァージニア州が脱退を決議したのは、サムター要塞の砲撃後で、一八六一年四月一七日のことであった。これにより首府は、六月、モントゴメリーから地の利のよいヴァージニア州リッチモンドへ移転することになった。

アメリカ合衆国が二国へ分立する危機をはらんでいたこの戦争は、連邦を脱退した「南部連合」の敗北に終わった。その結果、これは南部諸州の「反乱」にすぎず、外国として対立する国家間の「戦争」ではないということになった。連邦を脱退しようとした南部諸州の反乱分子による抵抗運動にすぎないという位置づけになったのである。

アメリカ合衆国の歴史に残る大きな戦いであったことは、南北合わせておよそ六二万人という死者数にもあらわれている。その後、アメリカ合衆国が戦ういかなる戦争においてもこの死者数を上回るものはない。

分断の時代の文学

マーガレット・ミッチェルの『風と共に去りぬ』は、まさにこの時代、アメリカ合衆国が二国に分断されるという危機の時代に生きた、一人の南部の娘を主人公にした物語である。アイルランド人を父親にフランス系アメリカ人を母親に持った一六歳の娘が、結婚し妻となり母親となり、アンティベラム(戦前)の最後の数日の、のどかな大農園の娘時代からすぐに混乱の時代を迎え、戦争中および戦後の生活形態、経済事情、価値観の激しい変動に翻弄されながら才覚を発揮し、農園を経営し、製材所を営み、たくましく生き延びていく一二年間を描いている。

この物語の始まりが、一八六一年四月一四日であることがわかるのは、すぐに戦争が始まるとスカーレットに告げた隣家のステュアート・タールトンの言葉による。「おとといボーレガード将軍がサムター要塞を砲撃してヤンキーを追い出したってんだから」(第一巻二三)。

ミッチェルが、のどやかな南部社会に暮らす女と男のラヴ・ロマンスを描こうとしていたのであれば、そして奴隷制度を擁護するような物語を描き出そうとしていたのであれば、アンティベラムの大農園に時代と舞台を設定したであろう。

北部人が南部の牧歌的な農園社会に憧れ、それを勝手に理想化した小説作品を求めるのであれば、ジョン・ペンドルトン・ケネディ(一七九五―一八七〇)の『スワロウ・バーン(ツバメの納屋)――旧領地での日々』(一八三二)がある。あるいはキャロライン・リー・ヘンツ(一八〇〇―五六)の『農園主の北部からの花嫁』(一八五四)がある。これらの小説は、南部の「貴族的」な暮らしをノスタルジックに理想化し、奴隷と農園主との親しい関係を描いたもので、特にヘンツの作品は、ストウ夫人(ハリエット・ビーチャー・ストウ、一八一一―九六)の『アンクル・トムの小屋』(一八五二)に対するアンチ・テーゼであった。

ミッチェルが描き出そうとしていたのは、そのような現実には存在しなかった、過去の南部の農園社会ではなかった。プランテーションを舞台に、大農園の家族と屋敷奴隷《ハウス・ニグロ》を登場させ、その親密な暮らしを描き出しているが、それによって両者を理想的な牧歌的な関係にあるように描き出したのではなかった。北部人が南部に対して抱くロマンティックでノスタルジックな要素は、『風と共に去りぬ』の作品のどこにもない。

かえってストウ夫人の『アンクル・トムの小屋』におけるアンクル・トムの描写に、白人の大農園主やその家族とのかたよった関係が、ノスタルジックに捉えられていると言えるだろう。両者の関係を理想化したところがある。

この作品の主人公アンクル・トムは、ケンタッキーの農園主の所有だったが、その農園の若主人《ヤング・マスター》から、聖書を通して文字を習っている。そのためにヤング・マスターは、アンクル・トムの奴隷小屋をときおり訪ねるのだが、ストウ夫人の筆は、アンクル・トムの小屋や周囲の花壇を細やかにスケッチしている。それはまるですばらしい屋敷のミニアチュア版のような風情をかもし出している。白人の価値基準にかなった、「お上品な伝統」にのっとった、アメリカの中産階級の屋敷を模した描写になっている。アフリカン・アメリカン作家のトニ・モリスンであれば、それを「ロマンス化」と呼ぶだろうが、ストウ夫人は、畑奴隷《フィールド・ハンド》の暮らしをいわば幻想的にノスタルジックに美しく変換しているのである。

このケンタッキーの農園主は、経営が立ち行かなくなり、所有する奴隷の売買によって負債を清算する。そのためにアンクル・トムは売られて、「深南部」のルイジアナへ送られる。そこでオーガスティン・セント・クレアの所有になり、セント・クレア家の幼女エヴァンジェリンとアンクル・トムとの親しい交流が描かれる。

エヴァンジェリンは五、六歳にすぎないのだが、大人のアンクル・トムとの二人の会話を主導するのは病弱な娘のほうである。エヴァンジェリンが語る聖書の解釈、天国についての考えが開陳され、エヴァンジェリンは幼い子供ながら、アンクル・トムにキリスト教の神の教えを伝授する。大人のアンクル・トムが、白人の幼女と精神的に同等の立場にある、あるいはそれより下にあるという前提がそこにある。このような設定にすでに、北部の人間であるストウ夫人の「黒人観」が端的にあらわれているといえるだろう。

南部に生まれ育ち、東部の大学へ進学した数ヵ月を除いて、南部に住みつづけたマーガレット・ミッチェルが、『風と共に去りぬ』によって描き出したかったのは、南北を分断した歴史的出来事を背景に、南部と北部の地域的な差異、精神的背景の違い、農村社会と工業化した都会との暮らしや男と女の生きかたについてであり、その中でなお主人公が、ひとりの「アメリカの女」として強く生き抜こうとする姿だったのではないか。

南部の大農園の娘として乳母日傘《おんばひがさ》で育ち、レディとなるために理不尽なしつけに甘んじなければならなかったスカーレットである。母親エレンは、アンティベラムの古い時代を象徴する「グレート・レディ（偉大なレディ）」で、その聖母のような母親の姿をスカーレットは心から崇めていた。けれどもレディの価値観は、激動の時代には何の役にも立たない。南北戦争により大農園制度が崩壊し、父親の命の源泉であるタラ農園が衰退の危機に陥る中で、アイルランド人の父親の土地への愛着を感じながら、どうにか女ひとりでタラ農園を維持し運営していこうと努力するとき、アンティベラムの古いレディ教育は役に立たない。

「お母さまがおしえてくださったことは、なんの役にも立たない！　なんの役にも！　まったくなんにも！」（第三巻二二八）。スカーレットはそのとき「母親はまちがっていた」と感じるのだが、それは新しい価値観の支配する、新しい時代を迎えていたからだった。このスカーレットの感覚は、この変化の時代に流されるのではなく、自分の意志で闘っていこうとする無意識の決意表明であった。

スカーレットは戦後の時代の変化を受け入れ、激動の時代を生き抜く。旧習をかなぐり捨て、「奴隷のように」なって働き、この歴史的分断の時代の荒波を乗り越えようとする。『風と共に去りぬ』は、ノスタルジックに南部社会をしのび、サザン・ベル（南部の美女）や、白人農園主の家族の暮らしを、幻想の南部を肯定しようとする物語ではない。

ちなみに、南部連合敗北後も、戦前の南部の価値観に固執しているのは、主人公スカーレットと対照的とされるメラニー・ハミルトン（・ウィルクス）であり、作者ミッチェルは、やがてメラニーの死（＝南部の価値観の死）を物語に組み込んでいる。アシュリーは戦場で、「いったい何のために戦っているのだ」と自問し、「この戦争に私たちが勝ち、夢の綿花王国を持てたとしても、私たちは失うことになります。なぜなら私たちはまったく別の人間になり、昔の静かな暮らしはもう存在しないのですから」（第二巻一七二）と妻のメラニーに宛てて書く。皆が期待するように、戦争さえ終わればもとの暮らしに戻れるということはなく、その暮らしはすでに過去になっているだろう。戦争を体験してしまった後では、もとに戻ることなど所詮できないのだ。戦後は、かならずや変革の時代になることを、アシュリーは理性では理解していた。けれども戦争が終わったとき、戦後の変化についていけずにアシュリーは、ただ亡霊のようにただよいながら、スカーレットの助けを受けてどうにか生命をつないでいるのみである。

南部・北部の分断意識

南部と北部の分断とは、じっさいのところどれほど現実的だったのだろうか。意識として両者の間に分断と強い敵愾心が存在していたのだろうか。

たしかにアンティベラムの時代には、物語の中でレット・バトラーが指摘しているように、南部と北部での産業分担制が明らかにあった。ウィルクス家のバーベキュー・パーティに集まった南部の農園主やその息子たちへ向かって、バトラーは次のように説明している。

「紳士諸君、メイソン・ディクソン・ライン(南北の境界線)の南側には、大砲製造工場がないのをご存じですか？　南部には製鉄所もろくにないことを。羊毛工場も綿花工場も皮なめし工場もない。戦艦は一隻もない」(第一巻二五三)。それゆえ南部と北部が戦争状態に陥ったら、すぐに南部は敗北するだろうと予想する。「何千人もの移民が、食料と数ドルの金につられて、北部のために喜んで戦いますす。工場や鋳造所、造船所、鉄工所、炭鉱――これらすべてが南部にはありません。ここにあるのは綿花と奴隷と傲慢さだけです」(第一巻二五四)。

アメリカ合衆国は、一九世紀の初めから世界において綿花の大幅なシェアを誇り、「綿花王国」と呼ばれ、南部における綿花の産出によってその富を獲得・蓄積していった。だがそれは南部だけではなく、アメリカ合衆国を富ませたのであり、農村の南部と工業の北部という役割分担をお互いに了解していたのであった。それゆえ地域的な差異は認めていても、アメリカ人としての分断の意識はなかっただろう。

南部を代表する作家ウイリアム・ギルモア・シムズ(一八〇六―七〇)は、南部を舞台にした作品を多く出版している。当時の出版業・印刷業の中心は、北部のボストン、ニューヨーク、フィラデルフィアにあったために、シムズの作品はボストンやニューヨークの出版社から刊行されているのである。シムズは出版文化において、南部と北部という地域的境界線はなかったと述べている。

もっともシムズも寄稿した、文芸誌『サザーン・リテラリー・メッセンジャー』は、ヴァージニア州リッチモンドで刊行された月刊誌だった。だがこれは、一八三四年という創刊年にも明らかなように、一八三〇年ころから盛んになっていく奴隷制度廃止運動への対抗から、奴隷制度擁護の創刊者が、文芸と南部の精神の発展を意図した雑誌だった。ある時期はエドガー・アラン・ポウ(一八〇九―四九)を作家・編集者として迎えている。創刊当時の購読者は主に北部が対象で、のちに南部の購読者や寄稿者が増えていったという。一八六一年、南北戦争が勃発すると、リッチモンドが南部連合の首府になり、戦争が激化すると、雑誌は休刊になる。

このように南北戦争による南北の政治的分断が起きるまでは、出版文化にたずさわる人びとの間に、地域差や地域的敵対感情など、さほどなかったようである。各産業を地域によって分担しながら、連邦の一員としての了解のもとに、アメリカ人としてそれぞれの地域的責任を果たしていたのである。けれども南北戦争は、地域の差、地域の文化の差、住民のメンタリティの差を強調することになった。州の権利を主張して、地域の差を闡明《せんめい》にした。そしてそれらの差異は、戦争状態になるとさらに両者の間の敵対意識を増長させたのだった。それが今日まで続くアメリカの「南北問題」になっていったのだろう。

『風と共に去りぬ』の中ですでに描き出されているのだが、戦後、スカーレットの第二番目の夫になったフランク・ケネディやアシュリー・ウィルクスは、秘密の政治集会に参加するようになる。それがＫＫＫ（クー・クラックス・クラン）であることは、やがてはっきりしてくるが、その会合の性質は不明である。組織の成立当初は、フランクやアシュリーのように、再建時代に北部の軍政によって南部の精神がすべて否定されたように感じた男たちが、南部精神のすべてを否定しようとする北部のやり方へ、政治的に対抗しようと組織した会合であった。

けれども南部を愛する感情から生まれた組織であっても、「他者」を想定することにより、理性を越えて過激に発展していくことがある。それが今日の反社会的「セクト」に発展することもあるだろう。そのような「セクト」は社会の感情的な分断を助長するのである。このような集団は、初めからその顔が明らかではなく、時間の経過によってさまざまな方向へ変貌していく。「政治集会」と称していた組織が、現実のアメリカ社会では、ＫＫＫとして極端な白人優先主義へ展開していくのだが、『風と共に去りぬ』の物語の中ではそこまでの言及はない。

連邦を脱退した南部諸州は、時間のかかった州もあったが、戦後、連邦へ復帰することになり、リンカンの危惧したアメリカ合衆国が「分かれたる家」になることはなかった。奴隷制度は廃止されたが、領土が二分されることはなかった。

アメリカ合衆国の建国のときから、奴隷制度は為政者たちの懸案事項であり、その廃止・存続を巡っての論議は熾烈をきわめていた。それでは既存の奴隷制度を巡っての分断の意識は、南北戦争の勃発によって初めて生まれてきたのであろうか。そうではなくてアメリカ合衆国は、常に分断の要素を潜在させながら存在してきた国家だったのではないか。

南北戦争より以前、アメリカ合衆国の建国まで、一五〇年つづいたアメリカ植民地の時代がある。その植民地時代から分断の危機をかれら植民者たちは常に感じていたのである。またいっぽうで、一体化へのたゆまぬ努力を意識的に行ってきている。

「メイフラワー盟約」と「丘の上の町」

一六二〇年、メイフラワー号でヨーロッパから移住してきたのは、英国国教会の分離派たちであった。けれども総勢百数名とされる移住者のなかには、かならずしも信教の自由を求めてという理由で渡航してきたのではない者が半数ほどいたといわれる。これから新しい共同体を積極的に築き上げていかねばならぬ指導者たちにとって、そもそもこの集団が内包していた異質の要素、敬虔な信仰を持たぬ、ピューリタンではない渡航者たちといかにして妥協しあうか、それは最大の懸案事項であっただろう。かれら植民者どうしの中に存在する分断を前にして、意思統一を図る必要があった。そこで書かれたのが「メイフラワー盟約」と呼ばれるようになった文書である。一六二〇年一一月一一日、今ではプロヴィンスタウン湾となるケープ・コッド沖で盟約の署名が行われた。

四一名の署名者には、各世帯主、成人独身の男子、それに雇用人もいて、いわゆるピューリタン信仰の目的を持たない移住者、「異分子《ストレンジャーズ》」も含まれていたという。かれらはロンドンの商人が託した移住者たちだった。

かれらはまず、「神の御名のもとに」という言葉で盟約を始めている。人間の力を越えた神によっての統一を祈っている。この伝統は今日までつづき、今日の政治家たちもまた、「アメリカを讃えよ《ゴッド・ブレス・アメリカ》」という文句で演説を結ぶことが多い。

盟約では、「神の栄光」と「キリスト教信仰の布教」と「英国国王の栄誉」を求めて、ヴァージニアの北へ植民地を建設するためにやって来た、とまずその目的が述べられる。だがじっさいにかれらが到着したのは、ロンドンのヴァージニア植民会社の許可を得ていたヴァージニアのすぐ北の地域、ハドソン川河口あたりではなかった。はるかに北上してしまい、ノーザーン・ヴァージニア植民会社の管轄領域まで進んでいた。今日、マサチューセッツ州となっている地域である。

「メイフラワー盟約」と呼ばれるようになったこの文書では、「盟約を結び、皆で統合して市民政体を」作ろうと訴えている。「われわれの秩序のために、また前述の目的を維持し遂行するために」、時に応じて規則を制定し、「植民地の総体的な利益のために」政令や役職を設置していこうと宣言している。

このようにかれらは植民地時代の始まりから、一体化する意思を言葉で表現しておく必要性を感じていたのであった。それは一六二〇年、ボストンへ英国から集団移住したときの指導者ジョン・ウインスロップ(一五八七/八八―一六四九)が書き残した説教にも明らかである。

一隻の船でやって来たメイフラワー号の植民者たちとは違って、ウインスロップは、一一隻の船団を率いていた。ピューリタン信仰で結ばれていたとしても、信仰の度合いはそれぞれであっただろう。ウインスロップはキリスト教の神の御名のもとに決意を述べている。「神はわれわれの命であり、われわれの繁栄」であるのだから、神の声に従って生きていく道を取ろうとウインスロップは結んでいる。神の御意をもって共同体の一体化を図ろうとしている。

「キリスト教徒の慈悲の模範」と呼ばれるこの演説で、もっとも今日の読者の興味を引くのは冒頭の句であろう。

「全能なる神はその聖なる賢き摂理により、人類の状態をかく配剤した。すなわちいかなるときにも金持ちと貧乏人がおり、権力と威厳において高く秀でたる者と、いっぽうで卑しく従属する者がいる」

ウインスロップが後にした英国は、貴族制度の敷かれた身分社会であったから、当時の考えかたとしては、おそらく当然のことで何の違和感もなかったのだろう。武士や百姓といった江戸時代の日本の身分制度も同様に明確な区切り・差異を示していたが、「キリスト教徒の慈悲の模範」での「金持ち」と「貧乏人」という区切りとは、はるかに異なる姿勢であるように感じられる。

「アメリカの夢」とはかならずや金持ちになるという成功物語であるのだが、今日においても「金持ち」と「貧乏人」という分断が、アメリカでは精神的・心理的分断をもあらわしていることが多い。居住空間の貧富の差による分離は、日本の状況と大きく違っている。建国の理念が民主主義であるとされているときに、ウインスロップのこの説教は、今日の私たちからすると理解しにくい姿勢である。

けれどもこの「キリスト教徒の慈悲の模範」で、さらに頻繁に引用されるのは、「丘の上の町」という、アメリカ植民地における理想の共同体の建設を訴えた箇所である。

新約聖書マタイ伝第五章の「あなたがたは世の光である。山の上にある町は隠れることができない」からの引用で、「われわれは丘の上の町になるように考えねばならない。すべての人びとの目がわれわれに注がれている。それゆえわれわれが取り掛かったこの仕事において、神に偽り、そのため神が御手を差し伸べるのをためらうことになれば、われわれは世間の噂の的になり嘲笑の的になるだろう」と述べている。

このような戒めによって、ウインスロップは植民地建設の心構えを皆に諭し、分断を避けて一致団結することを求めたのである。

「丘の上の町」というたとえは、指導者によってしばしば引用されるようになる。ケネディ大統領が引用し、レーガン大統領はこの表現を大いに気に入り、またオバマ大統領も演説の中で引用している。それは自分たちへの戒めであると共に、皆から見上げられるような模範的な立派な町を、理想的なアメリカ社会を建設していこうとする誇り高い呼びかけであった。

二〇二一年、バイデン大統領の就任式では、「若い桂冠詩人」のアマンダ・ゴーマン（一九九八―）が朗読した自作の詩に、「私たちが登る丘」という題名がつけられている。一月六日の議事堂襲撃に衝撃を受けたという詩人は、米議事堂のある「キャピトル・ヒル」を念頭にこの題名をつけたのだろうが、遠く一七世紀のウインスロップの「丘の上の町」という、先人がアメリカへ抱いた理想の社会建設への希望を響かせている。

ウインスロップの「キリスト教徒の慈悲の模範」は、このように共同体の分断的要素を指摘しながら、その身分的差異を受け入れることによって、安定と秩序を認め、理想の社会建設へ向けて一体となって努力していこうとする姿勢と意気込みを明らかにしている。

「イー・プルリブス・ウーナム(多数から一つへ)」

分断と一体化という複雑なベクトルの作用は、アメリカの歴史そのものなのである。

それは今日、硬貨に刻印されている「イー・プルリブス・ウーナム(多数から一つへ)」にもっとも象徴的にあらわされているだろう。一七八二年に制定された国璽の図柄の一部として採用されたこの標語は、多数の州からなる一体化した連邦国家を意味している。一七八六年には硬貨に刻印されるようになり、公式標語ではないとはいえ、アメリカ人であれば日常的に目にするようになった。公式標語「イン・ゴッド・ウイ・トラスト」が議会によって定められたのは、一九五六年のことである。

アイゼンハワー大統領のこの時代は、「忠誠の誓い」に、「神のもとの《アンダー・ゴッド》」がつけ加えられ、「神のもとの一つの国家」と唱えるようになったときでもある。小学校、中学校、高校で毎朝、教室の前方におかれた星条旗に向かって直立して行われるこの「忠誠の誓い」の儀式に、それまで宗教色はなかった。ところがそこに「神のもとに」という文句がつけ加えられ、ますますアメリカ合衆国の憲法で保障されている「信教の自由」が曖昧になっていった。この後に挿入されている形容詞は

「分割できない《インディヴィジブル》」であり、「分割できない一つの国家」というのがそれまでの誓いの文句だった。

アメリカ建国の理念である民主主義は、すべての者が平等であるという基本的姿勢を打ち出しているが、それは何も努力をせずに存在するのではない。民主主義とは果てしない努力をして勝ち取っていかねばならないものである。「分割できない一つの国家」もまた、果てしなく努力をつづけなければ、危うく崩壊する可能性を秘めている。人びとはその危機を認識しているからこそ、あらゆる場面で分断を避ける言葉を自分たち自身に呼びかけつづけているのであろう。アメリカ植民地建設、アメリカ合衆国の建国におけるその始まりから、分断と一体化に対して、アメリカの為政者たち、市民たちはこのように意識的にならざるをえなかったのである。

『風と共に去りぬ』における分断と一体化

マーガレット・ミッチェルは、『風と共に去りぬ』において、アメリカの分断と一体化の歴史を文学作品の中で描き出したのだった。

その意図は、そもそも主人公の父親をアイルランド人に、母親をフランス系アメリカ人に設定しているところにも明らかだろう。アメリカ合衆国がさまざまな移民によって成り立っている国であることと、特に物語の時代背景である一九世紀は、まさに移民の一世紀と呼べるのである。とりわけ一九世紀の最後の二十年から二〇世紀初頭にかけて、南ヨーロッパや東ヨーロッパから大量の移民たちがアメリカへやって来ている。かれらはやがてアメリカ人として、「多数から一つへ」の道を進んで行く。

一九〇〇年生まれのミッチェルは、そのようなアメリカ社会における移民の存在に敏感であったはずである。ミッチェル自身がアイルランド系アメリカ人であり、南部ジョージア州アトランタの裕福な階級の出であったとはいえ、アメリカ社会におけるアイルランド人としての差別をまったく感じなかったとはいえないだろう。両親ともにカトリック教徒であり、プロテスタントが主流のアメリカでは、カトリックもまた差別の対象であった。

『風と共に去りぬ』の中では、敬虔な母親エレンのもとで行われる毎晩のお祈りの儀式を描写している。けれども父親ジェラルドとスカーレットは、母親への敬愛の念からその儀式を尊重してはいるが、ふたりともに決して敬虔なカトリック教徒ではない。『風と共に去りぬ』の中で、ミッチェルがキリスト教会をいささか批判しているだろうと思われるのは、ジェラルドの葬式の場面である。戦時中や戦後の混乱の中で、田舎のタラ農園に住む人びとは、司式のために神父や牧師を招くことが難しい。それで家族の者が執り行うことになるのだが、ここではカトリック教徒ではないアシュリーがその役を務めている。のちにカトリック修道院へ入ることになるスカーレットの末妹キャリーンと相談しながら祈りの言葉を選択する。

ところがキャリーンが祈禱書にしるしをつけ、そこを読むようにアシュリーに頼んでいたにもかかわらず、「煉獄にある魂への祈りの箇所」へきたときに、アシュリーは、突然、祈禱書を閉じ「主の祈り」を始めたのだった。定型の祈りを持たないプロテスタントでは、唯一、「主の祈り」は、イエスによって認められた祈りの定型であるとされている。その「主の祈り」を始めたことに気がついたのは、キャリーンだけだったとあるが、作者ミッチェルは、アメリカ社会に存在する細かな宗派の違いをここで指摘し、揶揄しているのにちがいない。参列者は心を込めて「主の祈り」を詠唱したのだが、聖母マリアをたたえる「天使祝詞《ヘイル・メアリー》」になると、「その声はとまどいながら静かに消えていった」(第五巻六七)と記されている。

カトリックの祈禱と司式は短く、「天使祝詞」で終わることになっている。いっぽうタラ農園のあるクレイトン郡では、プロテスタントの葬式の場合に決まった祈禱書があるわけではなく、バプティスト派やメソディスト派の牧師の場合、状況に応じて「参列者全員が涙を流すまで、悲嘆にくれた遺族の女たちが泣き崩れるまでやめることはほとんどなかった」(第五巻六八)とミッチェルは書いている。「煉獄」の祈りになる前に、アシュリーはとっさに監督派の埋葬の祈りを詠唱し始めたのだったが、記憶から紡ぎ出す言葉はとぎれとぎれで、かえってそれが参列者に印象深く響き、涙を流させたのだった。

「不屈のバプティスト派やメソディスト派はみな、これはカトリック式の礼拝だと思い、カトリック式の礼拝は冷たくて権威的な教皇のにおいふんぷんだという、これまでの意見を改めていた」(第五巻六九)。そして「敬虔《けいけん》なカトリック教徒のアイルランド人が、英国国教会の儀式にのっとり、永遠の休息の場所へ埋葬されている」(第五巻六九)という皮肉な情景から、まさにミッチェルのキリスト教に対する反抗的態度、あるいはさまざまなる宗派の、教義の違いに対する違和感を覚えているだろうことが推察される。厳粛な違いであると信じていることがらも、じつは些細なことではないのか。

じっさい、ミッチェルは自分の結婚式にカトリックの神父を招かず、監督派の牧師に司式を依頼している。そのため敬虔なカトリック教徒の母方の親類から非難されてもいる。二〇世紀前半の南部という保守的な地域で、ミッチェルは、キリスト教の諸宗派が細かな差異にあまりに敏感すぎることを批判しているのだろう。

ジェラルドの葬式の描写は、この長い物語において些細な出来事のように映るかもしれない。だがじっさいは、作者ミッチェルの周到な計算によって組み立てられていると思われる。私たち読者は、『風と共に去りぬ』の物語が含む、複層的な意味合いを読み逃してはならない。

南部に生まれ育ち、南部に暮らす二〇世紀の人間として、ミッチェルは奴隷制度廃止後の「アメリカの黒人」の存在に敏感にならざるをえなかった。スカーレットとマミーの関係は、かつては屋敷奴隷と農園主の娘という主従関係であったが、戦後、自由になったマミーはタラの館に残り、そのままスカーレットのお目付け役として、バトラー家の使用人としてスカーレットと共に暮らしている。物語の結末で、主人公スカーレットがマミーへの思いを語る場面は、この物語を解釈する上できわめて重要である。

最後の数章には、スカーレットの第三番目の夫レット・バトラーとの間に生まれた娘ボニーが、落馬による事故で亡くなり、無事に葬儀を出した後、年老いたマミーが、アトランタのバトラー家を辞してタラへ戻りたいと願い出るところが描かれている。晩年を自由に静かに暮らす場所として、マミーはタラ農園を選んだことを読者は知る。そして最終の場面で、レットから別れの通告を受け動転したスカーレットは、そのマミーがいるタラ農園へ帰って行こうとしている。明日、「レットを取り戻す方法」を考えよう、タラ農園に戻ってから考えよう、とスカーレットは心の中でつぶやく。マミーの「あの広い胸に顔を埋め、髪をなでてくれるあのごつごつした黒い手が無性《むしょう》に恋しく」(第六巻三五八)なっている。

それはスカーレットが、娘時代をなつかしんでいるだけではない。自分を育ててくれたマミーへの追慕は、すでにその存在が自分の存在を成り立たせる一部となっている感覚である。マミーにとってもタラ農園という場所が、自分の生涯を終えるにふさわしい場所になっている。

一九世紀のアメリカ社会は、南部の白人も北部の白人も、解放された元奴隷たちとの共生は想定の外にあった。「アマルガメイション、ノー!(混合はごめんだ!)」という標語によって、共生は強く否定されていた。かといって両者が分断したままでは、アメリカ合衆国として一体化した社会の創設はできない。いかにして解放奴隷を扱ったらよいのか。かれら白人たちが考えた、その解決法は、元奴隷たちを先祖の祖国アフリカへ送還することだった。

北部知識人の代表であるストウ夫人でさえ、共生などさらさら念頭になかったのである。解放された元奴隷たちには、北部で一年ほど教育を授け、その後、アフリカ大陸へ送還すればよいと考えていた。一九世紀の奴隷制度廃止論者たちも多くは、共生を否定していたのである。

けれども二〇世紀の作者ミッチェルは、「アメリカの黒人」との共生を、アメリカ社会の未来の姿として捉えていたのではないだろうか。それがこのマミーを求める結末の部分で暗示されていると思われる。

心のよりどころとしてマミーを頼る白人のスカーレットの言葉には、アメリカ社会のこれからの展開の様子が示唆されている。それぞれの多様な資質を尊重しながらも、決してそれは「他者」を破壊するようなものであってはならない。すべてが溶け合って成り立っていかねばならぬ社会こそがアメリカであると主張する。ここにもミッチェルのアメリカ社会における多様性を取り込む意識があらわれている。

「アメリカ」を築く原動力

南北戦争後の変遷するアメリカ社会に生き、過去に拘泥しないスカーレットの強い意志は、アメリカ社会を牽引している力である。

それが顕著にあらわれているまた一つの例が、父親の葬儀の席で隣人のフォンテインおばあちゃんと語る場面にある。

スカーレットの妹スエレンがウィル・ベンティーンと結婚することが発表される。ウィルは、アンティベラムの時代であったなら、妹の結婚相手としてはふさわしくない階級の「貧乏白人《プア・ホワイト》」であった。南部の若者たちは戦死し、結婚相手を探すのが困難な時代に、実直なウィルとの結婚を許可する、いまやオハラ家の長でもあるスカーレットのその現実意識に、フォンテインおばあちゃんは賛同する。「階級」という言葉に、「いまどき階級にどんな意味があるの?」（第五巻八一）とスカーレットは強く反発する。それをおばあちゃんはスカーレットの「コモン・センス（庶民の感覚）」として認め、スカーレットをこれまで好きではなかったが、「あなたの現実への対処の姿勢が気に入ったわ。不本意だけどどうしようもない場合、あれこれ言わないもの。有能な狩人のように目の前の柵はすっかり取りのぞくのよね」（第五巻八二）と、その厳しい現実を前に、本能的に現状を認め、的確に振る舞う力を褒め称えている。

これもまた些細なエピソードにすぎない、二人の女たちの時間つぶしのつまらない対話と捉えられかねない。だがこのような場面にもミッチェルは、細心の注意を払って、分断と一体化をたどるアメリカ社会の未来を描き出そうとしている。

「敗北が真正面からのぞき込んでいるのに、敗北を知ろうとしない先祖たちの精神をもってスカーレットは顔を上げた」（第六巻三五八）という結びの文句に、もはやこの物語が、南部の娘《サザン・ベル》のラヴ・ロマンスを中心に描こうとしたものではないことがわかるだろう。

「長い旅路の到達点で見たのは、安全な状態は去りぬ《ゴーン》、すべての力、すべての知恵、すべてのいとしいやさしさ、すべての了解は去りぬ、（略）母親エレンが体現していたこれらすべては、スカーレットの娘時代の防壁だった」（第六巻三二三）のだが、物語の最後に、スカーレットは気づくのである。

「あの失われた世界の失われた安心感を探し求めて」（第六巻三二三―三二四）いたのだったが、探し求める先は、それは「アシュリー」ではなく「レット」だったのだと。

レット・バトラーは、チャールストンの裕福な暮らしから、二〇歳のときに追放された。古い南部の習慣にたてつき、個人主義を貫こうとしたためだった。父親は息子レットに一銭も与えずに勘当する。そのためレットは、あらゆる職業についたのだろう。西部のゴールド・ラッシュでひと儲けしようと画策したり、ポーカー・ゲームの賭博《とばく》で金儲けをしたり、決してまっとうな生業《なりわい》とは呼べない闇の世界でも生計の道を探らねばならなかった。いわばアメリカ社会の裏を見た人間になっていく。およそ「世間」からの圧迫、その価値観を恐れぬ人間に育っていったのである。その酸いも甘いもかみ分けた男にこそ、戦後の混乱の時代を生き抜く力があるのだと、スカーレットは結末においてようやく悟ったのだった。

「アシュリー」の体現する、すでに過ぎ去った、固定した価値観ではなく、「レット」に備わる現実と多様な変化に柔軟に対処する動的資質にこそ、未来の生を営む原動力がある、源泉があるのだと、スカーレットは最後に気がついたのだった。その力が未来の「アメリカ」を築き、生み出していくのである。

マミーのいるタラ農園へ主人公が戻って行くという結末と、「明日、レットを取り戻す方法を考えよう。結局、明日はまた新しい日なのだから」（第六巻三五八）という結びの言葉に、大作『風と共に去りぬ』に込めた著者マーガレット・ミッチェルの壮大な思惑が十分に読み取れるだろう。

分断と一体化という、アメリカ社会が歴史的に抱えてきた二つのベクトルがこの物語でも動的方向として作用している。

『風と共に去りぬ』において、ミッチェルはひとりのアメリカの女を主人公にして、物語としてのラヴ・ロマンスの魅力を織り込みながら、壮大なアメリカの物語、「アメリカン・サーガ（アメリカの叙事詩）」を描き出したのだった。

反戦小説としての『風と共に去りぬ』

さてマーガレット・ミッチェルの『風と共に去りぬ』は反戦小説でもある、と言ったら読者は驚くだろうか。

主人公とまわりの男たちとの間に錯綜する恋愛感情が、第一章から中心テーマのように強烈に語り始められ、その印象があまりに深く読者の心に残るため、『風と共に去りぬ』はラヴ・ロマンスの物語であると思い込まれやすい。もちろんハリウッド映画の影響も強くあるだろう。ところが原作では、アンティベラムの大農園の暮らし、優雅な舞踏会への期待やバーベキュー・パーティの描写が終わると、男たちは迫りくる北軍（ユニオン）との戦いに興奮し、血気盛んな若者たちは、連邦脱退は当然だ、南部の州権を守ろう、とすぐにでも志願して勇んで戦場へ出かけようと熱狂して議論している。

そもそもの始まりから、舞台になっているジョージア州はすでに連邦を脱退しており、「南部連合」が設立されている。南北戦争（市民戦争あるいは反乱）と呼ばれるようになる南部と北部、奴隷州と自由州の対立は最初から明らかにされているのであり、政治的緊張の状態でこの物語は始まっている。

第六章で、主人公スカーレットが、アシュリー・ウィルクスと婚約したメラニー・ハミルトンの兄チャールズとの結婚を承諾すると、第七章の冒頭ではスカーレットのすばやい人生の展開が描かれ、ウィルクス家のバーベキュー・パーティから「二週間のうちにスカーレットは妻になり、それから二ヵ月後には寡婦になっていた」(第一巻二九一)と語られている。婚約期間はたったの二週間で、「作法にかなった」一年あるいは半年の婚約期間は、戦争下において無視されたのだった。もはや南部の伝統も習慣も忘れねばならない非常事態を迎えていたのである。

全五部、六三章、原書で一〇三七頁からなる『風と共に去りぬ』において、第七章から南北戦争時代に入り、すべては戦争が中心の南部社会が描かれる。一八六一年四月から六五年四月までつづいた戦争は、南軍の降伏によって終わるのだが、それは第三部二九章のところである。おおよそ半分が南北戦争時代、残りの半分は戦後の再建時代におけるアトランタの様子が描かれる。

戦争に突入した南部社会は、北軍による経済封鎖によりすぐに物資不足の状態に陥る。生活に必要な基本的な食料品である小麦粉の値段ですら恐ろしく高騰し、衣料品も布地不足で手に入らない。南軍の灰色の軍服は染料が手に入らないため、きなりの茶色で我慢しなければならない。いっぽう傷病兵の数は増えるばかりで、医療品が間に合わない。その不足を補うために盛大なバザー舞踏会が開かれ、宝石や金銀の供出が求められ、喪に服していたスカーレットがとっさにチャールズの結婚指輪を供出するのは、第九章である。

この大作の前半は戦争の状況が中心にあって物語が展開していく。南北の戦闘、南軍・北軍の勝敗、戦死者や傷病兵の状態、かれらを受け入れる病院の状況など。徹底的な医師不足、看護師不足、医療品の払底《ふってい》などに南部連合は悩まされる。ホーム・フロント(銃後)を守る南部のレディたちは、医師の助手になり、傷病兵の看護にあたり、これまでの平和で豊かな暮らしのときにはまったく想像もしていなかった日常を送っている。

このような戦争の進捗の状況や、銃後の暮らしの描写が全体の約半分を占め、残りの半分は戦後の再建時代の南部の様子であり、アトランタの町に入り込んできた共和党急進派の北部人たちとの軋轢《あつれき》、北部人との距離感の取り方の差で生まれてくる南部人どうしのいがみ合い、新しい政治体制に戸惑い苦しむ、かつて大農園主だった南部の男たち、新しい税金制度に翻弄され、農園の運営の厳しさに絶望的になるスカーレットたちが描かれている。

南部の再建時代は、一八六五年の終戦の年から一二年間、一八七七年まで続くのだが、物語はスカーレットが二八歳のときまでであり、再建時代の半ばで結末を迎えている。このような時代背景を基礎にしているのが『風と共に去りぬ』であり、作者ミッチェルが、その中でどのような意図をもってこの大作を構想したのか、推測することができるだろう。表面的なラヴ・ロマンスだけに関心を向けるのではなく、読者はこの壮大な「アメリカン・サーガ」を理解することが重要になってくる。

スカーレットの自立

物語の初め、一六歳のスカーレットは、大農園主の娘としてなに不自由のない日々に明け暮れ、頭の中にあるのは男友だちやダンスや楽しい恋愛だけ、という印象を読者に与えている。スカーレットが「戦争なんて大嫌い」と口走るのも、楽しい遊びができなくなるから、という十代の娘の浅はかな気持ちから、と片付けてしまいがちだが、作者の意図はそうではないだろう。読み進めるうちに、ミッチェルは巧みにスカーレットに反戦の言葉を吐かせていることが明らかになってくる。

南部のレディの将来は結婚にしか見出されず、それが当然の価値観で、誰もが疑いすら抱かなかった時代である。娘時代は結婚のための準備期間にすぎず、大農園主の娘たちはだれもが家柄のしっかりした南部紳士との結婚を望み、娘たちはそのために不自然な「レディ」教育を受ける。スカーレットは母親から、そして屋敷奴隷のマミーからレディになるための厳しい教育を受けている。

けれどもいつもスカーレットは疑問を抱いていた。なぜ娘たちは男たちの前で自分の意見を披露してはいけないのか、なぜ馬鹿なふりをしなければならないのか。か弱い娘のふりをして、小鳥ほどにも食欲がないと偽らなければならないのか。作者ミッチェルは、一九世紀のアメリカ社会の偽善を鋭く衝いている。結婚制度に乗ってしまえば、すなわち結婚しさえすれば何をしてもかまわない、知性すぐれた優秀な女であるとわかっても、すでに妻の地位を確保しているのだから、という屋敷奴隷マミーの言葉に乗せてミッチェルは、まさにこの時代の社会習慣を皮肉っている。

それと同じように、医療品を買うための資金調達のバザー舞踏会でのスカーレットは、周囲の戦争高揚の雰囲気に呑まれることはない。南部連合の指導者の大きな肖像画を掲げる舞踏会場が、まるで神々を祀る祭壇のように映る愚かしさを感じている。南部連合の愛国歌を「ヒステリカル」に歌うメラニーに同調できない。「連邦脱退」とか「州の権利」とか、北部との対立の無意味さを感覚的に見抜いている。だがスカーレットはそれを分析し理論的に説明することはできない。その役割を担っているのはレット・バトラーで、作者ミッチェルはレットとの対話を通して、スカーレットに戦争への認識を深めさせ、反戦の意識を言語化させようとしている。

　そのようにしてスカーレットは、自己独立の精神を養っていく。アメリカの女としての自立を成し遂げていくのである。レットの世間知と深い教養を通して、ミッチェルは愚かな戦争へ突き進んでしまう集団の狂気の暴力を糾弾している。

第二章

スカーレットとそのDNA

スカーレット・オハラとは

作者マーガレット・ミッチェルは、この大部の小説において、アメリカ南部の大農園に生まれ育った主人公スカーレット・オハラを中心に据え、その背景に、アメリカ合衆国の歴史上でもっとも重要な出来事の一つである南北戦争(一八六一―六五)と、その後の再建時代《リコンストラクション》を置いている。

物語は南北戦争が勃発した南軍のサムター要塞砲撃に始まり、四年間続いた戦争と、その後に続く混乱の再建時代を生き抜く、主人公のたくましい精神力と現実に立ち向かうあざやかな生きかたを、ラヴ・ロマンスを織り込みながら描き出している。けれどもこの作品は、スカーレット・オハラというひとりの南部のヤング・レディが、強烈な個性で激しい恋愛を体験していく物語であるだけではない。個人を越えて、一九世紀半ばのアメリカ社会が大きく転回し発展していった時代を、壮大な構想のもとに取り扱っているのである。

それでは、この大がかりなアメリカの物語を担う中心人物スカーレット・オハラは、どのような南部の娘として登場し、アメリカの女として成長していくのだろうか。

物語の書き出しは次のようである。

「スカーレット・オハラは美人ではなかった」(第一巻一七)。けれどもウエスト一七インチの抜群のスタイルのよさと、マグノリアの花のような白い肌に黒い髪、黒い眉、薄緑色の瞳のきりっとした顔立ちには誰もが引きつけられ、美人ではないことなど忘れてしまう魅力があった。そのうえスカーレットは、母親エレンと乳母マミーから南部のレディとしてのしつけをたっぷり受けて、おしとやかな振りをして若者たちの気をそそるすべを心得ていた。

「けれども目は、スカーレット自身の目だった」

薄緑色の美しい目には、「力強い意志と生命の貪欲さ」があることが、スカーレットを紹介する出だしの場面ですでに書き込まれている。

一六歳の娘は、よい結婚相手を見つけるためにレディになるように育てられ、男たちの前では従順でかわいらしいレディのように振るまってみせるのだが、その本質を隠しおおせることはなかった。大農園主の娘として乳母日傘《おんばひがさ》で育てられながら、その生命力の強さはおのずから薄緑色の目にあらわれていた。

それがこの物語の主人公の強烈な個性を典型的に示している。

南北戦争の混乱の中で、チフスをうつされた母親は病死し、いっぽう父親ジェラルド・オハラは妻エレンの死を認められず、社会のあまりに急激な変化に対応できず、思考を止めてしまい、亡霊のように屋敷で暮らしている。もはや戦前のように大農園を支配し、奴隷を含めた大家族を養い統率することはできなくなってしまっていた。

そのような暮らしの激しい変化の中で、甘やかされて育てられたはずのスカーレットが、「生命の貪欲さ」を失うことなく、短い結婚生活のあと、夫を戦場でなくし、幼児を抱えた寡婦の身で、たくましい生命力を発揮するのである。敗戦後の再建時代に、アシュリー・ウィルクスやメラニーや南部のレディたちは、北部ヤンキーの新しい価値観とその支配を絶対に受け入れられずに、茫然自失の状態におちいってしまう。ところがスカーレットは古い慣習にとらわれずに、社会の混乱状態の中で八面六臂の活躍を始め、タラ農園を維持していこうと奮闘努力する。父親ジェラルドがかつて備えていた生き馬の目を抜くような、利発で賢い資質を十分に発揮し、ヤンキーが南部に侵入してきた現実を、周囲の保守的な南部人のようにただひたすら否定するのではなく、その現実を受け入れようとする。

そのようなスカーレットの資質はどこから生まれてきたのだろうか。スカーレットの遺伝的資質、DNAをなしている両親の背景を考えなければならない。

アイルランド人とフランス人と

母親エレン・ロビヤードは沿岸地域《コースト》に住む上流階級のフランス人の血を引き、父親ジェラルド・オハラは刑罰を逃れようとアイルランドからひそかにアメリカへ渡ってきた、貧しいアイルランド人だったことが明らかにされる。スカーレットの中には上品なフランス系アメリカ人の血と、貧しいアイルランド人の血が流れていた。

今日、「ワスプ」という表現はあまり使われなくなったが、アメリカ社会を牛耳っているのは、ワスプ(WASP)、すなわち白人のアングロ・サクソンのプロテスタントであると言われてきた。ワスプという言葉こそ新鮮な響きを失ったが、それでもアメリカ社会の実情は、アフリカン・アメリカンのオバマ大統領が誕生したとはいえ、いまだにワスプの力が強く、ワスプ的価値観が根底にあるという見方を否定はできない。

作者ミッチェルは、なぜ意図的に主人公の民族的背景をワスプにしなかったのだろうか。主人公の父親をアイルランド人に、一家の信仰をアメリカ社会では少数派のカトリック教に設定したのには、何か理由があったのだろうか。

しかもスカーレットの両親ジェラルドとエレンはのみの夫婦である。ジェラルドは短軀《たんく》で身長五フィート四インチ半（一六四センチ弱）しかなかったが、エレンはすらりとして夫より頭一つ分、背が高かった。年の差も大きく、物語の始まった時点でジェラルドは六〇歳、いっぽうエレンは三二歳だった。

民族的・階級的・文化的背景のみならず、年齢においても身体的にも二人は水と油だった。いかにも不釣り合いな夫婦なのだが、その仲はいたって円満で、お互いに深い愛情で結ばれていると記されている。

ジェラルド・オハラは作中で、アイルランド人の誇りをたびたび口にしている。それではいったい、アメリカ社会におけるアイルランド人の位置はいかなるものだったのだろうか。ジェラルドの出自はどのようなものであったのだろうか。

ジェラルド・オハラの故郷は、ダブリンの北に位置するミーズ州だった。物語の始まりから三九年

アイルランド共和国と北アイルランド

さかのぼった二一歳のときに、ジェラルドはアメリカへ逃れて来た。そのとき頼りにしたのは二人の兄で、かれらはすでにジョージア州サヴァナで商人として成功していた。

この二人の兄弟、長兄と次兄がアメリカへやって来たのも、イングランド政府の抑圧的なアイルランド政策に反抗し、政治運動にかかわったために常に警察に追われる身になっていたからだった。一九世紀のアイルランドとイングランドとの関係はいかなるものだったのか。本作品を理解するために、簡単にアイルランドの歴史とアメリカへやって来たアイルランド移民の歴史を振り返っておく必要があるだろう。

アイルランドの歴史と「アメリカの夢」

イングランドの西隣に位置するアイルランドでは、一二世紀にイングランドのヘンリー二世王がアイルランド太守になり、一三世紀にはマグナ・カルタがアイルランドにも適用されることになった。

一五三四年、ヘンリー八世（一四九一―一五四七）は第一王妃キャサリンとの離婚問題から、離婚を認めないローマ教皇とたもとを分かち、ローマ・カトリック教会から離れて英国国教会を設立した。その翌年にはアイルランド国教会制度を強要し、それ以降、イングランドのみならずアイルランドにおいてもプロテスタント教徒とカトリック教徒の宗教的確執が強まっていくことになる。

そのうえ、エリザベス女王(一五三三—一六〇三)やピューリタンのオリヴァー・クロムウェル(一五九九—一六五八)、ウイリアム三世(オレンジ公ウイリアム、一六五〇—一七〇二)たちがアイルランド征服を狙って戦いを仕掛けていた。

一六〇三年、アイルランド側は、北部に位置するアルスターの豪族だったヒュー・オニール(一五四〇?—一六一六)が、エリザベス女王に反抗してアルスターやカノートなどで蜂起したが失敗し、ヨーロッパ大陸へ逃亡する。その結果、低地スコットランド人やイングランド人がアルスター地域へ入植し、土地はかれらの所有になり、カトリック教徒は抑圧され追放された。のちにスコットランド系アイルランド人(スコッチ・アイリッシュ)と呼ばれるようになる、主にプロテスタントの長老派がこの地域に居住することになった。

ヒュー・オニールの甥オウエン・ロウ・オニール(一五九〇?—一六四九)は、アイルランド独立をはかって戦いを挑むが、クロムウェルの軍勢の前で急死する。オリヴァー・クロムウェルは、今日でもアイルランドでは憎悪の対象になっているが、それは一六四九年から五三年にかけての「クロムウェルの戦争」の結果、アイルランドの三分の二を所有していたカトリック教徒の土地のほとんどが没収されてしまったからである。

一六八八年には、カトリック王ジェイムズ二世(一六三三―一七〇一)がオランダのオラニエ公家出身のウイリアム三世に敗北し、一六八九年から一七〇二年までオレンジ公ウイリアムがイングランド・スコットランド・アイルランド王として君臨した。

一八世紀の終わりには、アメリカ植民地でイングランド国王ジョージ三世(一七三八―一八二〇)による圧政に対して独立革命が起こり、アメリカ合衆国が建国される。ヨーロッパ大陸ではフランス革命が勃発した。周囲のこのような流れを受けて、アイルランドにおいても独立と自由への気運が高まっていく。カトリックのみならずプロテスタントの間でも、イングランドの住人と同等の権利を求めようと、一七九一年、「ユナイテッド・アイリッシュメン(統一アイルランド人連盟)」と呼ばれる政治組織が設立された。この組織は、「宗派を問わずアイルランド人の友愛、権利擁護、力の結集」を目指していた。

組織の指導者ウルフ・トーン(一七六三―九八)は民族主義的革命家で、草の根的に住民たちに反抗の気運を引き起こすことはできたのだが、具体的な勝利をおさめることには成功しなかった。それでもこの組織が会員を増やし、勢力を拡大していくと、一七九五年、これに対抗するように「オレンジ・オーダー(オレンジ党)」と呼ばれるアイリッシュ・プロテスタントの秘密結社が組織され、カトリック教徒弾圧を実践する政府、地主階級に加担して、自分たちの利益を求めるようになったのである。カトリック教徒とスコッチ・アイリッシュに代表されるプロテスタントの、いわば内部抗争は宗教戦争《クルセード》でもあり、二百年以上を経た今日でもなお延々と続く対立を生み出している。

ジェラルド・オハラがアメリカへ逃亡する原因になったのは、一世紀半ほども昔の出来事、一六九〇年に勃発した〈ボイン川の戦い〉をめぐって、プロテスタントのオレンジ党員に侮辱されたと感じ、憤ったジェラルドが相手を殺してしまったからだった。アイルランドのカトリック教徒たちは、自分たちが土地を失い、小作人になってしまった昔の戦いを忘れることができなかった。それほどまでにイングランドは土地をめぐってアイルランドに対して横暴であり、かれらの誇りを押しつぶしてきたのだった。

アイルランドのカトリック教徒に限らず、新天地をアメリカに求めてやって来た植民者や移民の多くは、自分の土地を所有したいという欲望を強く持っていた。土地所有者になること、それが「アメリカの夢」でもあった。

一八世紀のフランスからの移民、ミシェル・ギヨーム・ジャン(・ヘクター・セント・ジョン)・ドゥ・クレヴクール(一七三五―一八一三)は、『アメリカ人農夫の手紙』(一七八二)を著したが、その中で、土地所有者になった喜びを、涙を流さんばかりの歓喜の言葉を連ねて表現している。

「自分の土地へ足を踏み入れたその瞬間に、財産・専有権・独立という輝ける考えが私の心を歓喜でみたしてくれます」(クレヴクール五四)。「私の農場、私の家、私の納屋」(クレヴクール五二)のことを思うと、それらは自分に力を与えてくれ、幸福感に深く浸ることができるのだと。旧世界では到底なれなかった「自分自身の土地の所有者」になるということが、いかに植民者の開拓への動機を突き動かしていたことだろうか。

ジェラルド・オハラが、サヴァナの兄たちのように、「昼間は商売ざんまい、夜になるとろうそくの灯の下で数字の詰まった出納簿とにらめっこする人生などまっぴらごめん」だと考え、人生の目標はあくまでも、「自分の家、自分の農園、自分の馬、自分の奴隷を持つこと」であったのは、「〈商人〉の置かれた不名誉な社会的立場を鋭く感じていた」からでもあったが、アイルランド人の歴史的な土地の喪失感があったからにちがいない。だからこそ、スカーレットが、「タラ農園だろうがどこだろうが欲しくなんかない。農園《プランテーション》なんて意味がないわ」とアシュリーに振られた悲しみから八つ当たりして口に出したとき、ジェラルドは怒り狂ったのである。「土地こそこの世で永遠のものだ。おまえ、そいつを忘れるな！　汗水たらして働く価値のあるもの、戦う価値のあるものだ――命を賭ける価値があるんだ！」(第一巻九二)と。

そしてこの物語の最後の章は、主人公スカーレットがタラ農園へ帰っていこうと決意する場面で終わる。


ジェラルド・オハラは、念願の農園を所有することになると、その農園をタラと呼ぶようになったが、タラという名前は、アイルランドに実在する地名である。ダブリンから北西へ上ったところにあるタラの丘は、古代アイルランド諸王の典礼の式場となった場所で、大王《ハイ・キング》の任命式、戴冠式が執り行われた。アイルランドを代表する文化の中心地だったと言えるだろう。その由緒ある地名を自分の農園に冠したときに、ジェラルドがいかに誇り高く感じたことか、未来への希望に胸が熱くふくらんでいたことか想像に難くない。

アイルランド人の北米移住

ここでアイルランドから北米への移住の歴史を振り返っておこう。

一七世紀のアメリカ植民地時代に、アイルランドからの移住は始まっている。この時期に五万人から一〇万人がアイルランドを離れたと言われている（ミラー 一五）。政治犯や凶悪犯もいたが、大部分は「年季契約奉公人」だった。

新世界の植民地は労働力がひどく不足していたから、仕事を求める人びと、特に若者たちに対する需要は大きく、かれらには蓄えがなく渡航費用が捻出できなくても、三年間から七年間の年季契約を結んで船賃を負担してもらい、アメリカへ移住することが可能だった。年季の間、生活費を与えられ、畑労働や家事労働などに従事し、年季が明けるとアメリカ市民としての権利を獲得していったのである。

年季奉公人の数が多かったであろうことは、すでに一七〇五年のヴァージニア植民地議会が、奉公人に関する法律を制定していることにも見てとれる。そこにはかれらの年季が明け、自由を取得する際の条件が次のように記されている。

「その年季が修了する際、主人もしくは所有者より、以下の賃金と物資が供与される。すなわち、すべての男性奉公人に、最低、一〇ブッシェル〔一ブッシェルは約一斗九升〕のトウモロコシと現金三〇シリング、もしくはそれと等価の品物、それに良く整備されたマスケット銃あるいは二〇シリング分のフュージー〔耐火マッチ〕を与えること。また全ての女性奉公人には、一五ブッシェルのトウモロコシと現金四〇シリング、もしくはそれと等価の品物を与えること」(遠藤編一七三)。

このように具体的な文言で法律が制定されていることは、年季奉公人の処遇に関して、いかに問題が多く発生していたかを暗示している。

一七八八年、アメリカ合衆国憲法が発効されるが、そこにも年季奉公人を想定した文言が記されている。憲法第一条第二節③は、各州における下院議員の人数割り当ての項目で、次のようになっている。

「下院議員の数及び直接税の徴収額は、この連邦に加入する州に対して、その人口に応じて配分する。各州の人口は、自由人の総数に、その他のすべての者の数の五分の三を加えることにより算出する。ただし、自由人には、一定の期間役務に服する者を含み、課税されていないインディアンを除くものとする」

「一定の期間役務に服する者」とは年季奉公人のことを意味し、かれらが人口の一部に組み入れられていることが明記されている。ついでに説明すれば、奴隷という言葉は記述されていないが、「その他のすべての者の数の五分の三」とは奴隷人口を指している。奴隷は一人としては数えられなかったが、「財産」であり「商品」であった奴隷が、五分の三と限定されてはいるが人口として数え入れられたのは、所有する奴隷が多かった州の政治家たちの要求による。北部の自由州との人口比で有利になるための手段だった。

年季奉公人になれば蓄えがなくとも本国から容易に脱出できたために、一八世紀になるとアイルランドからの移民は増大した。特にアメリカ独立戦争のころには、人口の一割近くをアイルランド人が占めるようになっていたという。アイルランド北部のアルスター出身の、いわゆるスコッチ・アイリッシュが多く、かれらはカトリック教徒ではなくプロテスタントだった（ミラー 一五）。

一九世紀に入ってからも年季奉公人がいかに多かったか、それを示す一つの例として、ノーベル文学賞を受賞したトニ・モリスン（一九三一―）の『ビラヴド』（一九八七）を挙げておこう。この作品では、主人公の逃亡奴隷を助ける若い白人の娘が登場するが、その娘の母親が年季奉公人で、母親の死後は娘も年季奉公人になり、主人公の逃亡奴隷と出会ったときには、東部へ逃げようとしている途中だった。

このようにアメリカ植民地および合衆国の建設は、奴隷労働のみならず年季奉公人の労働によって大いに助けられ、今日の合衆国の基盤が築かれていったのである。

移民労働者たち

それではアメリカへ移住したアイルランド移民が、一枚岩の団結を保っていたかというとまったくそうではない。

ジェラルド・オハラは、隣人たちのだれともたちまちのうちに親しくなり、友好関係を結んだものと本人は信じていた、と書かれている。それでも例外はあった。それはマッキントッシュ家で、かれらはアイルランド人だったがスコッチ・アイリッシュであり、なおかつオレンジ党員だった。ジェラルドは軽蔑の口吻《こうふん》でジョン・ウィルクスにぶちまけている。「オレンジ党員ってえやつは、原則とスコットランド人特有のがめつさがぶつかりゃあ、原則を引っ込めよるもんだ」と。アイルランド人であろうとも、オレンジ党員のマッキントッシュ家の人びとと友人になるなど、ジェラルドにとっては論外のことだった。

カトリック教徒のアイルランド人が新世界へ大規模な移住を始めるのは、一九世紀になってからであった。

一九世紀の半ばに起きたアイルランドの大飢饉によって、その全人口約八五〇万人のうち百万人が餓死あるいは病死した。そしてこの期間に二五〇万人、すなわち全人口の三割近くが、おもにアメリカ合衆国や、その他の諸国へ移住することになった。その結果、アイルランドの人口は激減した。

大飢饉の原因は、生きるために依存していたジャガイモが新種の菌に冒され、約五年間にわたって凶作に見舞われたからだった。そのため「ジャガイモ飢饉」と通称されている。にっちもさっちもいかなくなった農民たちは、すでにアメリカへ移住していた親類を頼り、あるいは土地からの退去を受け入れる代わりに地主から渡航費用を工面してもらい、故郷を離れて新世界へ向かった。大飢饉に先立つ半世紀のあいだに北米へ約百万人のアイルランド人が移住したが、その半分がカトリック教徒だった（ミラー一七）。

一八二〇年代から五五年までの各年の移民の背景を調べると、アイルランド系は、「移民の総数の四三パーセントから四七パーセントを占め」、そのために一九世紀の半ばには移民といえばアイルランド人移民を指すようになっていたという（ローディガー一二三一）。このような急激なアイルランド人の増加は、すでにアメリカ社会に根を下ろしていた住民にとっては脅威だった。労働市場での競争をもたらすとともに、かれらの文化的背景の違い、習慣の違いが軋轢《あつれき》をもたらすことになり、カトリック教徒とプロテスタントの信仰形態の違いも社会不和の原因になった。

そのためにアイルランド人を差別する「ネイティヴィズム」という保守的な姿勢が生まれ、後述するように、一八五〇年代には、特にカトリック教徒の移民排斥を標榜する「ノウ・ナッシング党」という政治結社が誕生した。

アイルランド移民に対する差別の空気はこのように強く、アイルランド人のジェラルド・オハラが沿岸地域の上流家庭の娘と結婚できたというのは、ジェラルド自身が十分に認識していたように、まさに「奇跡に近いこと」だったのである。

アイルランドから来た移民たちは、一九世紀のアメリカン・エンパイアの発展期にあって、さまざまな建設現場で働いた。かれらの労働力によってアメリカは鉄道・運河・道路などを建設していった。過酷な労働であったのは、南部の酷暑のもとで綿花畑で働いた奴隷たちの状況と変わらなかった。そのためアイルランド人はしばしば黒人奴隷と比較されて、奴隷よりも下等とみなされ、二等市民《ドゥニズン》として扱われたのだった。

一九世紀前半から半ばにかけて、アメリカは運河建設や鉄道敷設、道路建設のための労働力を大量に必要としていた。それは移民たちに仕事を与えることになり、苦しい労働をいとわなければ、アイルランド移民が働く場所を確保するのはさほど難しくはなかった。たとえば炭鉱夫、きこり、溝掘り人夫、沖仲士、運河建設、鉄道敷設の人夫などだが、どれも安定した職種ではないうえに、劣悪な労働環境のもとにあった。アメリカ合衆国の発展のために、アイルランド移民たちが危険で苦しく厳しい仕事を担っていたのである。

一八二五年に完成するエリー運河は、ニューヨークの人びとの暮らしを大幅に改善した。この運河はエリー湖とハドソン川をつなぎ、バッファローからオルバニーまで全長五八四キロメートルの距離を結ぶことになった。そのためエリー湖近辺の農産物をニューヨークへ運搬することが可能になり、ニューヨーク市の住人は内陸部に野菜や果物の畑を確保し、豊かな食生活が保障されることになったのである。それにともない中西部を対象にした商業活動も盛んになっていった。

エリー運河建設は一八一七年から開始されている。運河建設にかかわったアイルランド移民は、運河の完成後にその地域に取り残されることが多く、エリー運河沿いに多数のアイリッシュタウンが形成されていった。

さらに一八二五年から三二年にかけて、もう一つの別の運河、オハイオ・エリー運河が建設されている。オハイオ州クリーヴランド近辺の湿地帯を流れるカイアホーガ川は、蛇のように曲がりくねって流れ、エリー湖へ注いでいた。物資運搬の機能性から直線で結ぶ水路が求められ、この流域に運河建設が構想されたのだった。

すでに一七四〇年ころから、このあたりにはアイルランド移民が居住していたという記録がある。かれらは罠仕掛け人として毛皮の販売をしていた。けれども運河建設に従事するため、より多くのアイルランド人労働者が引き寄せられて来た。その結果、カイアホーガ河口近くに「アイリッシュタウン・ベンド」と呼ばれるアイルランド移民の居住地区が形成された。

二〇世紀の終わりに、この地域の考古学的発掘がなされ、当時の教会史料、税務関係の書類などが発見されている。アイルランド人労働者たちの暮らしを推測させる生活用具なども発掘された。今日では「アイリッシュタウン・ベンド考古学地区」として保存地区に指定されているが、このようにアメリカ社会の中には確実にアイルランドの移民労働者の存在が刻まれている。

一九世紀前半からは運河建設のみならず、鉄道建設が盛んになった。鉄道においてもアイルランド移民の貢献は大きかった。

一八六九年には大陸横断鉄道が完成する。その結果、アメリカ合衆国は東西が結ばれ、大陸は一体化した。一九世紀のアメリカ人を突き動かしていたアメリカン・エンパイア精神の成就の形の一つだった。

大陸横断鉄道において東部や中西部の鉄道建設に従事したのは多くのアイルランド移民たちであり、いっぽう太平洋岸や西部地域の鉄道建設には中国から渡って来た「苦力《クーリー》」と呼ばれる労働者たちが携わった。

「苦力」は「奴隷」とほとんど同義で、かれらもまた建設現場において酷使されたのだった。大陸横断鉄道完成後は、アイルランド人労働者と同様、中国人「苦力」も現地に取り残されることが多く、今日、ユタ州などの内陸部に中国人の住民が存在しているのは、当時の生き残りの子孫であることが多い。「苦力」は単身で渡って来た者が多く、故郷に帰ることができずに現地に残り、その地で結婚していった。鉄道建設の労働力を担った中国人やアイルランド移民は、奴隷のような扱いをされた。アイルランド移民は白人でありながら民族的差別を受け、侮蔑される現実を耐えねばならなかった。ヘンリー・デイヴィッド・ソロー（一八一七―六二）は、『ウォールデン　森の生活』（一八五四）で、ウォールデン湖の近くを走る列車の汽笛の音を印象深く記している。その鉄道建設にも多くのアイルランド移民が従事したのだが、ソローはこの中でかれらを北米インディアンや南太平洋の島民と比べている。白人文明を批判する文脈だが、その中にアイルランド移民を差別化する意識は明らかである（ソロー二四、二三六）。

女たちの仕事

アイルランド移民の男たちはこのような重労働に従事していた。それではアイルランド移民の女たちは何をして働いていたのだろうか。

かれらには当時、勃興しつつあった中産階級の家庭の召使い《ドメスティック》になるか、あるいは織物・衣類生産工場の女工に、または低賃金で酷使されるスウェットショップのような所で働くしか選択肢はなかった（ミラー三一八）。

一九世紀半ばのニューヨークでは、メイドの七割五分までがアイルランド人女性だったという（ローディガー二四〇）。かれらはドメスティック・サーヴァントあるいはドメスティックと省略されて呼ばれ、このような職にしかつけないアイルランド人は他の白人に比べて能力の面で劣るという印象を与えることになった。この時期にニューヨークでドメスティックとして働くアイルランド人女性の数は、黒人女性の約二五倍だったという（ローディガー二四五）。

ルイザ・メイ・オルコット（一八三二―八八）の小説『若草物語』（一八六八―六九）は、南北戦争の時代の東部マサチューセッツ州を舞台にしている作品だが、主人公のマーチ家で雇われているただ一人のメイドのハンナはアイルランド人である。

思想家であり詩人のラルフ・ウォルド・エマソン（一八〇三―八二）は、ソローやルイザ・メイ・オルコットの父親で教育哲学者のエイモス・ブロンソン・オルコット（一七九九―一八八八）と同時代人だったが、エマソン宅ではアイルランド人のメイドを雇っていたことが記録に残っている。

一八五〇年の国勢調査では、エマソン宅に同居している「ドメスティック（メイド）」として、「マーガレット・コージー、年齢二三歳、（アイルランド）」、「メアリ・ベイニン、年齢一八歳、（アイルランド）」などの名前が記載されている（インターネット）。当時は、出身地「アイルランド」を記入することが要求されていたようである。

マサチューセッツ州に住んでいたエマソンにとって、ニューイングランド人であることは特別の意味を持っていた。「メイソン・ディクソン・ライン(自由州と奴隷州の分界線)」の下の地域、すなわち南部に対する評価は低く、常に「否定的で弾劾的」(シンプソン四九)な姿勢だったと南部の研究者ルイス・P・シンプソン(一九一六―二〇〇五)は、エマソンの『日記・雑記』を引用して主張している。ニューイングランドの精神こそアメリカの精神的基盤であると信じていたエマソンを、シンプソンは「ピューリタンの最後の者」、「ピューリタンの預言者的知識人」(シンプソン四八)と呼んでいる。たしかにエマソンは、ケルト人すなわちアイルランド人を自分たちアングロ・サクソンとは異なる人種であると見なし、とりわけカトリシズムに対しては、「ニューイングランドのカトリック教徒には胸糞が悪くなる」と、一八四九年六月の日記に記し(ポーテ編四〇一)、特別に嫌っていたようである。

このような歴史的・社会的背景を考えると、再建時代のスカーレットが、北部人の将校夫人から子守女を紹介してほしいと頼まれたとき(第三八章)の反応をよく理解することができる。「子守のブリジットが北部へ帰ってしまった」ので「善良なアイルランドの娘」を後がまに雇いたいのだが紹介してもらえないだろうか、とスカーレットは依頼された。ちなみにブリジットという名前じたいがアイルランド人の好む、典型的な女子の名前であり、すでに「アイルランド表象」が使われている。それに対してスカーレットは憤然として、「アトランタでアイルランド人の召使いを探すなんて無理ですわ」と応じる。北部人のアイルランド人への優越感にスカーレットは腹を立て、かれらの鈍感さにあきれているのだ。

父親がアイルランドからの移民一世で、自分の身体の中にもアイルランド人の誇りが流れているのをスカーレットは感じていた。ヤンキーの将校夫人にその誇りを踏みにじられるような態度を取られ、貶《おと》められたと感じ、反発した。一九世紀半ばの北部の人びとの間で、アイルランド人は召使いのような典型的な「二等市民」と見なされていたのだった。

差別されるアイルランド移民

弁護士で日記作家のジョージ・テンプルトン・ストロング（一八二〇—七五）は、一八三五年から日記を書き始め、南北戦争の記述者として知られている。その日記は南部の大農園の女主人メアリ・チェスナット（一八二三—八六）の評判になった日記としばしば比較されるのだが、ニューヨーカーだったジョージ・テンプルトン・ストロングは、アイルランド移民に出くわす機会が多くあったのだろう、その記述の中でアイルランド移民に対する差別意識を次のように記している。

「その気質やたちは中国人のそれほどにも、われわれからは遠い」（ミラー一〇七引用）と見なし、「アイルランドの守護神の聖パトリックが、有毒な害獣をアイルランドから追い出したのは無理もない。かれらがはびこればどの社会でもそうだが、二本足の哺乳類が這いずり回って、汚物と毒を食らう生き物をたっぷりあの島に住まわせることになるのだ。たちの悪い人間どもがあり余っていたのだ」（ストロング二四二）と、かれらがアメリカへ移民して来た理由を述べている。

信じられないことだが、英国の政治家で社会改革に尽力した著名なサー・チャールズ・トレヴェリアン（一八〇七―一八六）でさえ、理性に欠けるアイルランド人批判をして、「われわれが戦うべき最も邪悪なものは、大飢饉そのものではなく、利己的で、つむじ曲がりで、不穏な、アイルランドの人びとの性格なのだ」（ミラー五二）と述べている。

アイルランド人に付される形容詞は否定的で、マイナス・イメージを植えつけるものばかりだった。アイルランド人は貧しく醜く卑屈であり、野蛮で無知で無教養、汚い、臭い、暴力的、迷信深い、子だくさん、放埓、好色などと形容され、それがアメリカ社会のアイルランド人のステレオタイプになっていった。アイルランド人のカトリック教徒は不潔で、体を水で洗うことなく、せいぜい教会の「聖水」を使うくらいだと揶揄されたのだった（ホイ二八）。

一九世紀のアメリカ社会には、アイルランド移民を市民として認めたくない、人間としてさえ認めたくないという心情が潜んでいた。

そのため、しばしばアイルランド人を猿の姿に描いて揶揄している。それはアメリカ人だけでなく、当時、影響力の強かった英国の思想家にも認められる心情だった。

一九世紀を代表するイギリスの思想家・評論家のトマス・カーライル（一七九五―一八八一）は、アイルランドを視察した後、「人間の姿をした犬ころの小屋」（ペインター 一三四引用）とアイルランドの島全体を形容している。ケンブリッジ大学教授のチャールズ・キングズリー(一八一九―七五)は、貧しいアイルランド人を「白いチンパンジー」(ペインター一三五引用)にたとえ、アングロ・サクソンとアイルランド人の結婚は、人間と動物の結婚のように自然の法則に反していると主張したのだった。

人間とはほど遠く猿そっくりと言われ、あるいはラルフ・ウォルド・エマソンのように、コーカサス人種(白人)とは同列に論じられないと考えて、黒人や先住民インディアン、中国人と同様に、人種として劣り、能力が衰弱していると主張した知識人もいた。

「率直な意見を述べる人であれば、アフリカ人種がこれまで人間家族の中で高い位置についたこともなければ、これから高い位置に上る望みがあるとも思わないだろう。現状がその強力な証拠だ。アイルランド人もしかり。アメリカ・インディアンもしかり。中国人も同様。コーカサス人種のエネルギーの前で、他のすべての人種は衰え屈従してきたのだ」(ペインター一三九引用)。

アメリカ合衆国に住むアイルランド人は、白人(コーカサス人種)とまったく同じであると見なされることはなかった。「アイリッシュマン」という蔑称は、ほとんど「ニガー」と同義語であった。

「南部の黒んぼ《カフィー》のほうが北部のアイルランド野郎《パディ》よりも社会的地位が高いように思える」と述べる政治家・日記作家がいた(ローディガー一一六)。またアイリッシュは黒人よりも野蛮な人種であり、文明化の程度においても遅れているので、「黒人とアイリッシュが『混血』することはアイリッシュにとってきわめて有益であろう」(ローディガー一六〇―一)と扇動する政治家もいた。特にカトリック教徒のアイルランド人は、「類人猿のような、獣類のような、怠惰で、大酒を喰らって騒ぐ」(パタースン七五)人びとであると嫌われたのだった。

　それを助長したのは雑誌に掲載される戯画で、一九世紀後半、雑誌『ハーパーズ・ウイークリー』に多くのイラストを描いたトマス・ナスト(一八四〇―一九〇二)がいる。ナストは共和党のマスコットの象を創り出し、おなじみのサンタクロース像、白い髭にたっぷりした赤い服をまとう、ふくよかな顔つきのやさしいお爺さん像を生み出した画家だが、いっぽうでアイルランド人を揶揄するイラストをたくさん残している。

「戯画(カートゥーン)の父」トマス・ナストは『ハーパーズ・ウイークリー』にアイルランド人の戯画をたくさん描いた.「無知な人々の投票」(1876)では，再建時代に自由民になった南部の黒人と猿のような顔つきの北部の白人(アイルランド人)を天秤にかけ，両者の類似性を強調している(Painter, 142)

　戯画化されたアイルランド人はしばしば黒人と並べられ、「ニガー」よりひどいと見なされた。アイルランド人を劣等視する形容詞はそのまま「アメリカの黒人」に当てはめられるが、かれらは「ニガー」より汚らしく臭いと頻繁に形容されている。黒人にあってアイルランド人に欠けているのは「黒い肌と縮れ毛」だけだった。現実には「白い肌」の白人なのだが、同じ白い肌のアングロ・サクソンたちからひどく侮蔑されていたのである。いっぽうエマソンに代表されるアングロ・サクソンは、勤勉で真面目、教養があり文明化されている、という美しい姿で描き出されることになった。

ジェラルド・オハラが小男でがに股だったのも、典型的なアイルランド移民の否定的な姿だった。ジェラルドの父親も兄弟たちもみな背が高い中で、末っ子のジェラルドはとびきり背が低いという設定は奇妙に映るが、そのようなオハラ家の「黒い羊」がアメリカで農園所有者になるのであれば、それだけジェラルドの器量の大きさを示すことになるのであり、評価が高くなるということなのだろう。そのうえジェラルド自身は背が低いことにいささかの劣等感も抱かず、小男は大男の中で大胆不敵に生きのびねばならぬと、子どものころから肝に銘じていたのだった。ジェラルド・オハラは与えられた困難な状況の中で、それを克服しながら自分の夢を成就し、豪胆な決断力によって念願の農園を獲得したのだった。その強さは、新世界という未知の地域で生き抜くアメリカ人の希望につながり、ジェラルドからスカーレットへ受けつがれていった特異な「アメリカ的」資質だった。

一九世紀半ばにおけるアイルランド移民差別と排斥の空気について、もう一点、例を挙げておこう。一八五〇年代に保守的な政治結社「ノウ・ナッシング(何も知らない)党」が結成された。のちに「アメリカン党」あるいは「ネイティヴ・アメリカン党」とも呼ばれ、自分たちこそアメリカ人であり、移民たちは排斥すべき外国人であるという考えをかたくなに信じている組織だった。「ノウ・ナッシング」というのは、自分たちの所属する秘密結社について尋ねられても、「何も知らない(ノウ・ナッシング)」と答える規則になっていたからである。

一九世紀半ばのドイツ、アイルランドからの大量移民に脅威を感じたかれらは、党是を反移民・反カトリックであるとした。帰化法を変えて移民たちがアメリカ市民になるのをどうにか阻止しようと、これまで一般的に五年間の居住条件であった法律を二五年間に引きのばそうと画策したが、かれらの政策は実現しないものが多かった。そのほか、当然のことながらプロテスタンティズムを奨励し、一九世紀の「道徳的なキリスト教徒」の課題であった禁酒運動を推進している。党員はプロテスタントの男性に限られ、第一三代大統領ミラード・フィルモア(一八〇〇―七四)は党員として、一八五六年の大統領選挙の候補者になった。

黒人奴隷と同じように侮蔑され劣等視されたアイルランド移民は、二〇世紀に入っても「エスニック・アイリッシュ」、「エスニック・ホワイト」と呼ばれ、純粋な白人すなわちアングロ・サクソンとは区別され続けたのである。かれらがワスプと同等に扱われているとは、少なくとも精神的側面においては今日でも言えないだろうが、一九二二年、アイルランド島の三二県のうち二六県がアイルランド自由国として自治領になっていき、一九四九年、英連邦から脱退して、アイルランド共和国が誕生すると、アメリカ合衆国におけるアイリッシュ・アメリカンの地位もおのずからより安定したものになっていった。

このような長い差別の歴史があったからこそ、一九六〇年、ジョン・F・ケネディ(一九一七―六三)が大統領に選出されたときには、世界中のカトリック教徒が狂喜し、全米社会が大きな驚きに包まれたのだった。ケネディ大統領の誕生は、カトリック教徒のアイリッシュ・アメリカンが初めてアメリカ社会のトップに立った歴史的瞬間だった。

差別の歴史に押しつぶされながらも、それでも進取の気性に富むアイリッシュ・アメリカンたちは、ジェラルドやスカーレットのようにアメリカ社会でたくましく生きのびてきた。ジェラルドにはアイルランド人特有のたくましさがあり、夢をかなえようとする勇気と知恵があった。まさにアイルランド人魂の持ち主であり、アメリカ的な「セルフメイド・マン」だったのである。

ちなみにアイルランド人でもプロテスタントとカトリック教徒では、アメリカ社会における位置づけが異なることを強調しておこう。

アイルランド人の姓名から、その宗教の違い、プロテスタントかあるいはカトリックかを、ある程度見分けることができるという。アメリカの大統領になったジャクソン、ブキャナン、ウイルソンなどの姓は、スコッチ・アイリッシュのプロテスタントで、ウイルソン大統領は、アルスター出身のオレンジ党員の子孫である。大統領選挙において、かれらの先祖の出自であるアイルランドが、ケネディのときのように問題にされたことはない。プロテスタントだったからである。

そのほか、西部開拓者でのちに政治家になって活躍し、アラモの戦いで戦死すると西部のほら話の主人公になっていったデイヴィー・クロケット(一七八六―一八三六)の姓もまたスコッチ・アイリッシュである。マクマーフィー、マッキントッシュなどもスコッチ・アイリッシュの長老派の名前であることが多い。

プロテスタントの国であるアメリカ合衆国では、「ノウ・ナッシング党」が恐れたのはカトリック教徒の背後に見え隠れするローマ・カトリック教会の教皇の存在であったことは念頭に置いておかねばならない。

母親エレンの背景　ハイチ革命と亡命者

それではスカーレットの体に流れているもう半分の血、母親エレンの背景はどのようなものだったのだろうか。

エレン・ロビヤードはジョージア州サヴァナのフランス系の上流階級の娘として生まれている。スカーレットの乳母（小間使い）になり、作品の中で重要な役割を果たすマミーは、ロビヤード家に仕えていた奴隷だった。エレンの母親ロビヤード夫人の寝室で小間使いとして、乳母として鍛えられ、エレンがタラの農園主ジェラルド・オハラと結婚するときに、マミーは父親から結婚の贈り物として娘に与えられた。エレンはマミーを連れてタラの農園へやって来るのだが、このように嫁入りのときの持参金として乳母や奴隷が与えられることは、南部の大農園主や上流階級の間では慣習になっていた。

エレンの母親ロビヤード夫人はフランス人であると説明され、その両親は、「一七九一年の革命のためにハイチから逃げて」来ており、エレンの父親は「ナポレオン率いる軍隊の兵士」だったと記述されている。それでは一七九一年の革命とは何だったのか。

トゥーサン＝ルーヴェルテュール（一七四三頃―一八〇三）は、西インド諸島のフランス領だったサン・ドマング（サント・ドミンゴ、今日のハイチ）の解放奴隷で将軍だったが、一七九一年、フランス革命に刺激され、自由を求め、奴隷制度廃止を求めて反乱を指揮する。この年、いわゆるハイチ革命が開始され、一〇年の間、トゥーサン＝ルーヴェルテュールが抜群の指導力を発揮し、カリスマ的魅力で黒人奴隷やムラトー(白人と黒人の混血)たちの信望を集め、その結果、一七九三年、サン・ドマング植民地で奴隷制度は廃止され、翌年にはフランス共和国が奴隷制度廃止を宣言することになる。

サン・ドマング植民地は、上質のサトウキビやコーヒー、カカオを生産する豊かなフランス領植民地だった。フランス人農園主は奴隷労働に頼って、自分たちはのどかで安逸な暮らしをむさぼっていた。

トゥーサン＝ルーヴェルテュールの父親は、アフリカの小首長の息子だったが、戦争で捕虜になり奴隷として売られ、奴隷船に乗せられてこの地に連れてこられた。比較的ましな植民者に買い取られた父親は、非凡な才能を発揮し、その長男として生まれたトゥーサン＝ルーヴェルテュールは、子どものころから近所の博識の老人から文字を学び、ラテン語、フランス語、幾何学を教えてもらう機会に恵まれたという(C・L・R・ジェイムズ一九―二〇)。

のちに手紙などでフランス語の名文を残すことになるトゥーサン＝ルーヴェルテュールは、奴隷として生まれたのだが、他の奴隷たちに比べれば知的にも精神的にも、かなり豊かな子ども時代を過ごすことができたのだろう。教育を受けていたおかげで、革命を起こすためには広汎な知識や教養が必要であるということを十分に認識していた。それが指導者としてすぐれた能力を発揮することにつながっていったにちがいない。

トゥーサン＝ルーヴェルテュールが革命を指揮するまで、サン・ドマングで奴隷たちの反乱がまったく起きていなかったのではない。過去百年の間、奴隷たちは反乱を起こし続け、集団で山中へ逃亡し、そこに自分たちで共同体を築いて暮らす「マルーン（逃亡奴隷）共同体」を形成していった。一七五一年には、千人の奴隷が逃亡してマルーンになったという（C・L・R・ジェイムズ二〇）。ちなみにマルーン共同体の名残は、今日の西インド諸島やブラジルなどでも見られる。組織的な反乱を起こして成功したのが、トゥーサン＝ルーヴェルテュールの指揮した革命だった。

サン・ドマングの反乱鎮圧のために、四千人の国民衛兵と二千人の正規軍兵士がフランスから送られてきていた（C・L・R・ジェイムズ一一八）。反乱奴隷により白人農園主の財産が没収され、農園が差し押さえられると、今度は殺されてしまうのではないかと、白人農園主や軍隊の兵士たちは戦々恐々となった。

かれら白人農園主やフランス本国から送られてきていたフランス軍兵士たちは、あわてて島から逃げ出し、多くがアメリカ合衆国へ向かったのである。

「一万人の亡命者が港につながれていた船に群がり、アメリカ合衆国へ出発していった。そのほとんどが二度と戻って来なかった。サン・ドミンゴ《ママ》における白人支配の終焉であった」（C・L・R・ジェイムズ一二七）という。

植民地時代からチャールストンはサン・ドマングと貿易があり、砂糖や果実を買い入れていた。そのため一七九三年には、およそ四、五百人のフランス人がチャールストンへ逃れたという。フィラデルフィアや南部のチャールストン、サヴァナ、ニューオリンズなどの沿岸都市がかれらの亡命先になった。

おそらくスカーレットの母親エレン・ロビヤードの両親も、このときにハイチを逃れてアメリカへ渡ったのだろう。

サウスカロライナ歴史協会が発行する「サウスカロライナ歴史マガジン」(一九九六年四月)によると、一七九〇年代にアメリカを旅行したフランス人貴族の話として、チャールストンは「サンドミングから来た植民者と海賊たちなどフランス人で溢れていた」という。また別のヨーロッパからの貴族の旅行者が、一八一八年に「チャールストンには三千人のフランス人がいる」と記している。

この歴史協会の調査によれば、一七八四年頃に「フレンチ・ガゼット」というフランス語新聞が発行される予定だったということだが、じっさいに発行されたか否かは明らかではない。そのほか、週刊新聞の「アメリカ週報」が、一七八五年に発行予定という広告があり、それによれば、これまでアメリカの町でフランス語新聞が発行されなかったのは残念なことであると記されている。ところがすでに同名の隔週刊の新聞が、当時首府だったフィラデルフィアで、一七八四年七月から一〇月まで発行されていたということである。

このようにフランス語新聞が発行されたり、企画されたりしたという事実は、アメリカ合衆国の沿岸地域に比較的目立つ人数のフランス人の共同体があったことを示している。

それゆえ作中に登場する沿岸地域の都市、ジョージア州サヴァナやサウスカロライナ州チャールストンには、タラ農園があるジョージア北部とはかなり異なる文化的な空気が漂っていたにちがいない。スカーレットの母親エレンには「沿岸地域のジョージア人特有の、やわらかくくぐもったその話しかた」があり、「流れる母音とやわらかな子音には、ほんのわずかだがフランス語の訛りがあった」と説明されている。同じようにレット・バトラーの話しかたが、鼻にかかって母音を引きのばす南部人特有の英語であると、しばしばスカーレットの感覚から否定的に指摘されている。

トゥーサン＝ルーヴェルテュールの指揮によって始まった黒人革命は、ルーヴェルテュールが仏軍に捕まり、フランスへ送還されて一八〇三年に獄死したために、ジャン・ジャック・デサリーヌ将軍（一七五八―一八〇六）が完結させることになった。

トゥーサン＝ルーヴェルテュールの部下だったデサリーヌ将軍は、一八〇三年、ヴェルティエールの戦闘でフランス軍に勝利し、一八〇四年、サン・ドマングの独立を宣言した。同時に国名をハイチ（先住民インディアンの言葉で「山岳地帯」の意）と命名した。

デサリーヌはこの年、ハイチ大殺戮と呼ばれる白人の大量殺戮を指揮し、それによって三千人から五千人の死者が出たと言われる。ペンシルヴェニア州やサウスカロライナ州の州議会は、連邦政府と協力して、サン・ドマングのフランス人に援助の手を差し伸べた。そのためにフィラデルフィアやチャールストンへ逃れたフランス人が多かったのだろう。

一八〇四年、デサリーヌはみずから皇帝に即位し、一〇月に皇帝戴冠式を執り行うと、ジャック一世と名乗った。数ヵ月前の同年五月、フランス皇帝ナポレオン一世が誕生していたから、それをまねたのだろう。

このときフィラデルフィアの商人たちが王冠を贈呈している。それは商船コネティカット号で運搬された。また儀式で着用する式服は、英国のロンドンからジャマイカ経由のフリゲート艦で届けられ、六頭立て馬車が英国代表の外交官オグデンによってサムソン号に搭載されて運ばれてきた。デサリーヌ将軍は、この六頭立て馬車に乗ってルカープ(ハイチ北部の港町、別名カパイシアン)へ入場したのだった(C・L・R・ジェイムズ三七〇)。

このようにしてトゥーサン＝ルーヴェルテュールの指導した革命は成功し、西半球で歴史上初めての黒人独立国家が成立したのである。

ところが革命が成功したあと、ただちにフランスがハイチを国家として承認したのではなかった。一八二五年にフランス、一八三三年に英国、一八六二年にアメリカ合衆国、一八六五年にブラジル、二〇世紀になって一九三四年にメキシコが承認するという過程をたどっている。

今日、カリブ海諸国の中でハイチはもっとも貧しい国とされているが、フランスはハイチを国家として承認することと引き換えに、ハイチ共和国にフランス人植民者の土地没収や奴隷解放にともなう補償として、一億五千万フランの賠償金支払いを認めさせたのだった(『ブラック・ジャコバン』監訳者あとがき、四七七)。この賠償金と近代化のための借金がハイチを長年、苦しめることになる。さらに革命を戦うにあたっては資金や武器の援助が不可欠だった。武器はアメリカ合衆国や英国から調達したが、そのためにハイチは独立当初から借金問題を抱え込むことになった。

一八〇六年、皇帝ジャック一世は暗殺されるが、その後もハイチの政情は安定しなかった。混血の住民と黒人との間で紛争が続き、そのたびにアメリカ合衆国海軍はハイチへ船隊を送っている。「アメリカ人の生命と財産を保護するため」という名目で、一九世紀の後半から一九一三年までの間に船隊を送った回数は一九回にのぼるという。

一九一五年から三四年まで、ハイチはアメリカ合衆国に占領されている。

独立はしたものの経済的基盤が弱く、負の遺産を背負いながらの黒人独立国家の誕生だった。

最後に、トゥーサン＝ルーヴェルテュールが逮捕されたさいに、船長サヴァリーへ託したという言葉を記しておこう。

「私を暴力で打ち負かしたかもしれませんが、サン・ドマングの自由の木の、幹を伐ったにすぎません。ふたたび根本から自由の木の幹は伸びてくるでしょう。根っこは深く、四方八方に張りめぐらされているのです」(C・L・R・ジェイムズ二三四)。

この言葉は、南北戦争を戦った北部と南部と、そして奴隷制度廃止後のアメリカ社会に潜む、不安定な自由の状況を語るものでもあるだろう。

「コモン・マン」としてのスカーレット

これまでに述べてきたように、『風と共に去りぬ』の主人公スカーレット・オハラには、アイルランド人の血とフランス人亡命者の血が入っていた。

それでも作者ミッチェルが、フランス系上流階級の母親の血よりも、貧しいアイルランドの父親の血を主人公に強く注いだことは、物語冒頭の、「力強い意志と生命の貪欲さ」がスカーレットの目には隠しがたくあらわれていたという描写に明らかである。スカーレットは父親のどなり声を怖いと思わず、妹たちより父親に近しい仲間意識を持ち、「お上品な伝統」の権化である母親の前で、そこからはみ出る父親と自分のお互いの秘密を守り、二人は「暗黙の了解で固く結ばれて」いたのだった。

それではスカーレットは本質的にどのような点で父親似だったのだろうか。

ジェラルド・オハラは、「裸一貫からのたたき上げ《セルフメイド・マン》」だった。

スカーレットは大農園主の娘に生まれ育ったが、南北戦争はその南部の経済体制を崩し、農園主の主人とその妻の女主人を中心にした家族制度すら脅かすことになった。タラ農園を存続させるために、南部の再建時代《リコンストラクション》を生き抜くために、まさにスカーレットは、「裸一貫からのたたき上げ」のように、これまでの慣習を放棄せねばならなかった。いつかは母親のように「お上品な伝統」を受けつぐ「偉大なレディ《グレート》」になりたいという、あわい願望をかつては持っていたのだが、飢えに苦しみ、大農園経済機構の崩壊という厳しい現実の前では、戦前《アンティベラム》のようなレディが生きながらえる状況ではなかった。もはや南部の娘たちが「偉大なレディ《グレート》」になることなど求められる状況でもなくなっていたのだった。

ここでレット・バトラーの言葉を思い出しておきたい。レットが初めてスカーレットと言葉を交わした場面である。アシュリーとの秘密の話を聞かれてしまったスカーレットが狼狽して、あなたは「紳士ではない」と非難すると、レットは、「そしてお嬢《ミ》さん《ス》、あなたはレディではない」と応じ、「私はレディにはとんと魅力を感じない」とつけ加えている箇所である。レディは退屈きわまりないと。

レット・バトラーは、この最初のところですでにスカーレットの本質を見抜き、それが二人の共通項であることを示唆していたのだった。体制や慣習からはずれた二人には、あい響き合う資質があった。いかにスカーレットがレディたらんと表面を繕っていたにしても、レットはそこに隠されている本質を十分に理解していた。

スカーレットは父親ジェラルドと同様に、「コモン・マン」のDNAを強く受けついでいたのだった。

作中、しばしば「コモン（並みの、普通の、通俗的な、品のない、粗野な、共通の）」という形容詞が使われている。乳母（小間使い）のマミーが嘆くのも、スカーレットがあまりにも「コモン」だったからで、息子を出産するときも安産だったことを恥ずかしいことと見なし、「レディはもっと苦しまにゃなんねえ」と文句を言う。トウェルヴ・オークスのパーティで、スカーレットは自分が、

「白人の屑《ホワイト・トラッシュ》も同然の、下品な〔コモン〕振るまいをしてしまった」とおそろしくなり身震いする場面がある。あるいは戦後のタラ農園で、農園の経営を助けてくれるウィルの「コモン・センス」を信じて、スカーレットは「コモン・センス《常識》に力と安らぎ」を見出している。上流階級の考えかたや価値観を疑問も抱かずに尊重するのではなく、普通の、一般の考えかたに同調するスカーレットがそこにいる。

スカーレットの性格には、情熱的で活発で、怒りっぽく激しい、そして頑固な側面がある。また単純明快であることを好み、嘘がつけず、偽善をきらっている。だが何よりも土地をあらわす「アース」の形容詞「アージー」が、スカーレットの描写において使われていることに注目せねばならない。「俗悪な、粗野な、たくましい、飾らない、素朴な、現実的な、実際的な、土臭い」という意味を持つこの形容詞の一つ一つの意味が、スカーレットの性格描写に当てはまってくる。「コモン」という形容詞はまさに「アージー」であることで、土に根ざした強さ、土着性を意味している。

「コモン・マンの時代」と呼ばれたのは、一八二〇年代最後の年にアンドルー・ジャクソン（一七六七―一八四五）が第七代大統領に選ばれたころから、南北戦争の始まるまでの時期である。アンドルー・ジャクソンはサウスカロライナの貧しい家に生まれ、両親や兄弟を早くに失い、ほとんど独学で知識を積み、法律を勉強した。テネシー州で弁護士になり、その後、議員になっていくのだが、のちのリンカン大統領も同じように貧しい家庭に生まれ、ほとんど独学で弁護士になり、同じような軌跡をたどっている。ジャクソン以前の大統領たちが裕福な家庭に生まれ、十分に学歴を積み、旧家・名家の人脈を持っていたのに比べると、ジャクソンやリンカンはいわゆるコモン・マン、まったくの庶民の出身だった。それでも二人はアメリカ社会の最高権威の地位につくことができることを証明した。そのため、この時代を「ジャクソニアン・デモクラシー」の時代と呼び、コモン・マンが活躍できるようになった時代と言われている。ジャクソンの政権では、農民や職人の生活の向上が求められ、かれらの利益を考慮する政策が取られたと見なされたのだった。いっぽうで大統領の権限が強化された時代だったという歴史解釈もある。

それでも家柄もよくない、経済的基盤もない、普通の男《コモン・マン》が大統領までのぼりつめたのだった。「アメリカの夢」はコモン・マンが抱くことのできる夢であり、アメリカン・ヒーローになることのできる現実的な夢だった。コモン・マンとは、このように「裸一貫」の人間でありながら、自己の才覚と努力と運によって、「アメリカの夢」を実現させる人であり、スカーレットが生まれてきたのは、まさにコモン・マンが台頭してきた時代だった。

作者ミッチェルが主人公を設定するにあたり、すでにアメリカ社会で地位を築き上げ、尊敬されているアングロ・サクソンを選ばず、アイルランドから逃亡してきて「裸一貫」から財をなした父親を持つ人物にしたのは、自分自身がアイルランド系であったこともあるが、このように、コモン・マンの側面を主張したかったからにちがいない。

スカーレットはレディの仮面をかぶったコモン・マンだった。その体の中には父親ジェラルドの、アイルランド人の濃い血が紛《まが》うかたなく入っていた。

第三章

マミー現象とアセクシュアリティ（非性化）

黒人初のアカデミー賞受賞

映画「風と共に去りぬ」(一九三九)でスカーレットの乳母マミーを演じたのはハッティ・マクダニエル(一八九三—一九五二)だった。翌年、マクダニエルはこの演技でアカデミー助演女優賞を受賞するのだが、黒人女優としては初めてのことだった。

その感激に涙を流しながら、マクダニエルは次のような受賞スピーチを残している。

「わたしの人生において最高にしあわせな瞬間です。(略)わたしはいま、とてもとても謙虚な気持ちになっています。(略)この受賞は将来、わたしが何をするときにも心の指標となることでしょう。わたしが自分の人種《レイス》(黒人)にとっていつでも誇りであるように心から願っています(略)」

黒人であるというだけで、どんなにすぐれた演技をしてもアカデミー賞の授賞対象にはならなかった時代に、マクダニエルは初めてオスカーを手にしたのだった。その受賞にあたって賞を自分だけの名誉ではなく、「アメリカの黒人」全体を代表しての名誉だと感じたのは、それだけアメリカでは白人の支配する世界から、かれらが締め出されていたことを示している。映画俳優であれ、歌手であれ、ボクサーであれ、それぞれの領域に秀でた人物は、「アメリカの黒人」の代表として誇らしく崇められるとともに、自分の立っている「場所《プレイス》」は個人のものではなく、代表として自覚しなければならないのだと感じていた。マクダニエルの「レイス(人種)にとって」という表現は、当時の黒人がアメリカ人としては認められず、異なる人種、人間として世間から認識されていたことを明らかにもの語っている。それだけ黒人差別がひどい時代だった。

名前のない「アフリカ人」

『風と共に去りぬ』の中で乳母マミーは固有名を与えられず、マミーという呼称があたかも固有の名前であるかのように使われている。それでは「マミー」とはいつごろから乳母の意味を持つようになったのだろうか。

南部の英語で母親を指示する「マーム」と「ママ」が混じり合った言葉であるとされる「マミー」が、特に白人の子どもたちを世話する黒人奴隷を指して使用されるようになるのは、一九世紀の初めごろからのようである。一八一〇年には旅行記の中で「マミー」という単語が記されている。キンバリー・ウォレス＝サンダーズによれば、一九世紀半ばまでには、マミーがある属性を持つ存在として了解されるようになったという（ウォレス＝サンダーズ四）。したがってこの作品でマミーが表象するのは、白人家庭の子どもの乳母であり、子守であり、世話係の女奴隷であり、必ずしも授乳して赤ん坊を育てる本来の乳母のみを意味しているのではない。この作品には、本来の乳母の役割を果たすディルシーという名前を持った女奴隷が、のちに登場してメラニーの赤ん坊に授乳する場面がある。

『風と共に去りぬ』の主人公スカーレットにとって、タラ農園と乳母マミーはいつでも心の支えだった。小説の結びで、レット・バトラーに別れを告げられたスカーレットが、それでも明日に希望を持って、明日、考えることにしようと帰って行くのはタラ農園で、そこにはマミーがいるのだと思い、よけいに心強く感じている。タラ農園にいるマミーこそ、すでに母親エレンも父親ジェラルドもなくしているスカーレットが、人生の危機に直面したときに究極的に頼ることのできる存在だった。娘時代には小うるさい厄介な乳母だったが、赤ん坊から少女に、そして娘になっていったスカーレットの人生をほとんどすべて見て来たのはマミーであり、スカーレットを心からいとおしみ、深い愛情を注いでくれた人物だった。

このように重要な位置を占めるマミーは、作品の中でどのように登場してくるのだろうか。

タラ農園の館でマミーはスカーレットのいる部屋へ、廊下から突然ぬっと姿をあらわすのだが、その容貌は次のように描かれている。

「大柄な老婆でゾウのように鋭い小さな目をしていた。黒く輝く肌の、混じりけなしのまったくのアフリカ人だった」

マミーは黒人奴隷だから肌の色は当然黒いのだが、ここでは黒く輝く肌であることが強調されている。ところが「混じりけなしのまったくのアフリカ人」という形容のしかたには、実は裏の意味があること、しかも黒く輝く肌を美しいものとして賞讃していることに注意を向けなければならない。「アフリカ人」であるかぎりは、白人とはまったく異なる人種であり、そのような存在としてならかれらを賞讃する余裕が、アメリカ社会にはあったということだろう。

乳母マミーは白人家庭の子どもたちとごく身近に接する奴隷であり、多くの場合、このようなハウス・スレイヴ(屋敷奴隷、ハウス・サーヴァント)は、肌の色の薄い、ときに肌の色が黄色っぽいということで「イエロウ」と呼ばれる奴隷が選ばれる傾向があった。イエロウということは、そこに白人の血が混じっているということであり、すなわちしばしば白人の主人あるいは若旦那、白人の畑監督などと奴隷女との間に生まれた混血《ムラトー》であることを意味していた。

奴隷制度のもとでは、母親が奴隷であれば、その子どもはすべて奴隷と見なされることになっていたから、白人農園主は財産を増やす目的でも奴隷女と関係を持つことがあった。そのおぞましい状況は、奴隷女にとってはもちろんのこと、白人の女主人にも家庭内において複雑な性的緊張状態を強いていたにちがいない。『風と共に去りぬ』の乳母マミーが「混じりけなしのまったくのアフリカ人」であると設定されていることは、このような点から見逃してはならないのである。マミーは屋敷奴隷《ハウス・スレイヴ》だったがムラトーではなかった。ということはその母親が白人の主人と性的関係を結んでいなかったことを示唆している。それは一九世紀の「お上品な伝統」にもとづく価値観が支配するアメリカ社会で、異人種間の混交(のちに雑婚と呼ばれた)を意味した「アマルガメイション」とマミーが無縁だったことを示している。そのためマミーは当時の白人の社会規範からはみ出さずに、受け入れやすい存在だったのである。

この作品にはその他に屋敷奴隷として女奴隷のディルシーやプリシー、男奴隷のポークやピーターが登場するが、そのだれもがムラトーではない。タラ農園の奴隷の中にはムラトーがいなかったかのように、いわゆる混血の問題、「アマルガメイション」の問題は入りこんで来ない。それも理由の一つとして、タラ農園は奴隷たちにとっての「おとぎの国」のように描かれ、現実の奴隷制度の問題を隠ぺいしているという批判がある。

「アマルガメイション（混交）」

「アマルガメイション」は、当時の北部の奴隷制度廃止論者の間でさえ避けて通りたいことだった。かれらは奴隷制度の廃止は望んでいても、人種混交の「アマルガメイション」は望まないどころか、受け入れることなどとてもできず、たいていは忌み嫌っていたのである。アメリカ社会の中で、日常的に白人と黒人が対等に共生するなどまったく考えられず、共生はとんでもないことと一般に見なされていた。奴隷制度廃止論を世論に喚起するのに大いに影響があったといわれる『アンクル・トムの小屋』の作者ストウ夫人でさえ、白人と黒人がアメリカ社会で平等に共生することは不可能であると考えていた。

この問題に関してはのちに論じることにして、『風と共に去りぬ』のマミーについてもう少し見ていこう。

マミーは「アフリカ人」だったが屋敷奴隷で、自分が仕えている白人所有者のオハラ家と自分は一心同体であると見なしていた。

「マミーはオハラ家の人びとの心も体も自分のものと信じていて、家族の秘密はそのまま自分の秘密だと思ってる。何かおかしいと嗅ぎつけたらさいご、猟犬のようにしつこく嗅ぎまわる」のであり、「自分の血の最後の一滴までオハラ家に注ぐつもりで、エレンにとっては頼みの綱だったが、三人の娘たちには絶望的に厄介な存在」であり、黒人だったけれど、「その行動規範の厳しさと誇り高さは、所有者の白人と変わらず、いやそれ以上だった」とマミーの姿勢が描き出されている。

マミーはアフリカ人であるにもかかわらず、白人と同じように高潔な魂の持ち主であることが強調され、だからこそ母親エレンと一緒に娘たちのしつけを担い、まかされ、娘たちを南部のお嬢さま「サザン・ベル」として立派な「レディ」になるように育て上げようとやっきになっているのである。そのうえマミーはオハラ家の家族の秘密を共有して、あたかも白人の家族の一員のようであると記されている。白人家庭のいわば疑似構成員なのである。

オハラ家の下僕や召使い、畑奴隷《フィールド・ハンド》は百人ほどいたのだが、マミーのような屋敷奴隷になるのはごくわずかだった。この作品の中でも奴隷の子どもたちがさまざまな作業を仕込まれるうちに、適性を発見され、とりたてて技術を持たないと判断された場合には畑奴隷になっていくという描写があった。畑奴隷になることは奴隷の階層の中でも下層に落ちることだった。屋敷奴隷たちはかれらを軽蔑し、役割分担の中で自分は畑での労働をしないことに誇りを抱いていた。白人の主人の一家とほとんど共に暮らしているマミーは、主人一家を自分の家族であるかのように見なしていたのだった。

このように奴隷制度時代には、屋敷奴隷と畑奴隷という奴隷の間での差別意識があった。そして奴隷制度が廃止されてからも、肌の色の薄い黒人たちは肌の色の黒い仲間に対して優越感を抱くことになった。それは歴史的な経験であり、そこには肌の色が薄ければ仕事の幅が広がるという具体的な経済的理由があった。肌の色が薄いことは白人との性的関係があったことを意味していながら、アメリカ社会ではそのように肌の色がより薄い黒人が優越感を抱くという矛盾した状況があった。その状況に対する黒人同士の複雑な気持ちが、一九六〇年代のブラック・パワーが台頭した時期に、「黒は美しい（ブラック・イズ・ビューティフル）」というスローガンを唱える運動へ展開していったのである。

「マミー」性と名前のはく奪

『風と共に去りぬ』のマミーは、その映画の印象が強く残っているために、マクダニエル演じるマミー像が典型的なマミーとして心に刻まれている人も多いだろう。ではその「典型」とはどのようなマミーだったのだろうか、その特徴を見ていこう。

身体的特徴としては、太っていて巨大な腰回りのマミー像がまず思い浮かぶ。じっさいのマミーたちのすべてが太っていたのではない。たとえば作家ウイリアム・フォークナー（一八九七―一九六二）が幼児のころに家にいた黒人の乳母キャロライン・バーは、写真で見るかぎりやせて中背に思われる。それでも映画や芝居に登場してくるマミーは、誇張するかのように太っている場合が多かった。ふくよかな顔つき、平たい鼻、厚い唇にとりわけ黒い肌の「アフリカ人」的特徴が強調されるきらいがあった。マミーは授乳する者であり料理番であり、世話係だったから、太っていたほうが包容力の大きさを体現しているように感じたのだろう。大きな胸に顔を埋める白人の子どもたち、大きなエプロンをつけて大きな体を揺らしながら、食欲をそそるよい匂いの漂う鍋をかきまぜている情景、いつでもどんとこいとばかりに大きな体でだれをも受け止めてくれるマミーは、やはり太っているほうが想像力にうまく合致したのだろう。

太って大きなマミーは頭にターバンを巻いて、大きな白いエプロンをつけている。そして『風と共に去りぬ』のマミーのように、地味な色合いのギャザーのワンピースを着ているか、赤と白、または水色と白のギンガムチェックの格子縞模様のワンピースを着ていることが多い。とくに黒人は赤い色の洋服を好むというステレオタイプ化された潜在的な了解があり、赤と白のギンガムチェックの洋服は黒人の好みであるかのように考えられていた。木綿のギンガムチェックは布地として値段が高くはなかったから、仕事着としても便利だったのだろう。ギンガムチェックは一七、八世紀の頃から織られるようになり、一九世紀には普通のワンピースに使われるようになっていたという。

マミーの風貌や服装についてはこのような特徴がみられるが、その他の身体的・性格的な特質はどのようなところにあったのだろうか。

マミー像を語るときにもっとも重要なのは、マミーがあたかも性的に中立であるかのように描かれる場合が多いことである。男を引きつける存在としての「女らしさ」は、マミーには求められていない。『風と共に去りぬ』の中にはディルシーのように、すでに娘がいて、のちにポークと結婚して二人の間に赤ん坊が生まれる、そのような屋敷奴隷もいるが、この作品のマミーには夫もいなければ恋人もいない。乳母として仕えるスカーレットの結婚がさしあたりの人生の最大目標で、立派な南部紳士に求婚されることを心から望んでいるが、自分の結婚への願望が語られることはない。

このように『風と共に去りぬ』の中のマミーは、非性《アセクシュアル》な「ディセクシュアライズド（性を奪われた）」の存在なのである。すでに三代のロビヤード家のレディたちに仕え、老婆になっているのは事実だが、それではかつて若いころに恋人がいたのかどうか、恋愛があったのかどうかは不明である。白人農園主から性的搾取もされなかったが、自分の性的欲求があたかもないような存在としてマミーは描かれている。

　奴隷たちの非性化ということについては、女奴隷ばかりでなく男奴隷にも当てはまることだった。かれらは奴隷として人間性を蹂躙されているとともに、「男らしさ《マンフッド》」をはく奪されていた。たとえば『アンクル・トムの小屋』のトムは、妻がいて乳飲み子もいる父親として登場しているが、最初の白人農園主が経済的な理由でトムを売り飛ばすことになると、トムは家族から切り離される。のちに奴隷に対して比較的やさしいセント・クレア家の所有になると、その家庭の天使のような幼い娘エヴァンジェリンとお互いに情愛を深めあうようになる。男でありながらトムは、まるで「マミー」のような存在として描かれている。「男らしさ」を期待されない存在として、非性化した存在として物語の中での役割を与えられているのである。

　そのような「男らしさ」のはく奪が、奴隷制度時代だけではなく、その後も長い間「アメリカの黒人」の心のありかたに影響を与えてきた。それは二一世紀の今日でさえ、いまだに消えることなくかれらの心の中に残っている。一九五〇・六〇年代に「アメリカの黒人」の解放のために活躍したマルコムX（一九二五―六五）は、「男らしさ」の回復を唱え、これまで奴隷制度時代にいかに人間らしさを奪われていたか、その結果、自分たちがいかに屈辱的な人生を送らざるをえなかったかを訴えた。

「アメリカの黒人」はその屈辱を克服し、自分自身を取り戻さねばならない、自分に誇りを持たねばならないと主張した。けれども奴隷制度時代に失われた人間性を回復する作業が容易なはずがない。今日ですらその歴史的共同体験は、かれら「アメリカの黒人」の精神を歪めるものとして潜在的に記憶されているのである。

人間性の現実的なはく奪とは何か。ひとつには個人の名前の消滅であろう。アフリカ大陸で「捕獲」され、強制的に奴隷船に乗せられてアメリカへ奴隷として連れて来られたかれら「アフリカ人」は、強制的に名前をはく奪された。部族での名前を持っていたにもかかわらず、奴隷たちはアメリカ人が呼びやすいように英語の名前をつけられたのだった。アレックス・ヘイリー(一九二一―九二)は自伝的小説『ルーツ』(一九七六)で、最後まで英語名をつけられることに抵抗する主人公クンタ・キンテのことを描いている。それでも奴隷たちは奴隷所有者の意向に逆らうことはできなかった。

トニ・モリスンは小説『ビラヴド』(一九八七)の中で、ケンタッキーの農園に所属していた奴隷たちが、ポールA、ポールB、ポールDというように、名前をはく奪されるどころか、記号化されてしまった事実を述べている。そのような過去を考えると、『風と共に去りぬ』のマミーが姓名を持たないことが、よけいに重要な意味合いを帯びてくるのである。

あるいは二〇世紀の「アメリカの黒人」であるマルコムXが、マルコム・リトルという名前にこだわり、マルコムXへ改めたこととの歴史的背景を思い出してもいい。マルコムXの先祖はジョージア州タルボット郡のリトル家所有の奴隷だった。一九世紀半ば、奴隷制度廃止により解放されたマルコムの先祖は、政府の係官から出身を問われ、「マスター・リトルのプランテーション」と答えた。そこで姓はリトルになったという。元奴隷たちは思いつくままに大統領の名前を借りてリンカン、ジェファソン、ワシントンという姓にした。いっぽう自分の仕えていた白人奴隷主の姓を借りて登録した者も多かった。そのために解放されてからも白人の元奴隷所有者の姓によって奴隷時代の名残を引きずることになるのである。

マルコム・リトルは、「ネイション・オブ・イスラム」というアメリカの黒人の宗教組織に入会し、意識高揚の結果、元奴隷主の姓を自分の名前として取り入れることは、そのまま奴隷制度の主従の関係を潜ませることになると考え、マルコムXとなった。自分の先祖の本来の名前であるアフリカの名前が不明であるため、数学で使われる不明のXにしたのであり、そのように強制された過去に抗議するという意志表示でもあった。

「アメリカの黒人」の団体である「ネイション・オブ・イスラム」が、テレビでも取り上げられるようになった一九五〇年代の後半、番組の白人の司会者が繰り返し執拗に問いかけ、マルコムXに元の姓を白状させようとする場面があった。マルコムXは最後まで「リトル」という名前を語らなかったが、テレビの画面に映るその司会者の強引な態度に、たかが姓名の問題ではない、「アメリカの黒人」の置かれている状況を感じることができた。

姓名という社会とのつながりの中で、もっとも根源的な自己のアイデンティティの要素が、「アメリカの黒人」の場合には政治的・社会的・歴史的に歪められてきたことに注意を向けておかねばならない。ボクサーのカシアス・クレイがモハメッド・アリに名前を変えたあとで、対戦相手がわざと古い名前で呼んだためにアリが激怒したという出来事は、たかが名前の問題ではなく、人間性をはく奪された奴隷制度時代の先祖の体験を喚起するために起きたのだった。それは忘れられない過去であり、今日の「アメリカの黒人」の歴史的な共通の記憶である。

マミーはこのように非性化され、個人としての名前を持たなかった。根源的には人格が否定されているのだが、それでも白人家庭の要として物語には登場してくるのである。

たとえば二〇世紀初めに発表されたバーニー・バブコックによる戯曲『マミー――一つのドラマ』(一九一五)がある。これもまた南北戦争中の南部を舞台にした作品であり、題名の示すように主人公はマミーで、南部のデントン判事の家庭に仕える奴隷だが、このマミーにもやはり名前がない。

マミーはデントン判事夫人の悩みごとの相談相手であり、母親のように心を慰めてくれて、女主人にはいつでも頼りになる存在だった。判事夫妻の息子のマース・ガス(若い主人)にとっては、母親のように自分を育ててくれた人物で、自分には二人の母親がいると感じている。判事にとってはそれこそ命の恩人で、マミーは判事の身代わりになって喜んで死んでいくという物語である。

北軍がデントン判事の館を襲撃するという危急のときに、マミーは自分が身代わりになることを提案して、判事の法衣をつけ、帽子を目深にかぶる。北軍の兵士は法衣姿のマミーを判事と思いこみ、殺してしまう。判事は男奴隷の衣を着て難を逃れたのだった。息も絶え絶えのマミーは、「判事《マース》の旦那《ジャッジ》さま、ありがてえこったで、とてもやさしくしてくだせえましたで」と感謝の言葉を述べながらあの世へ旅立って行く。「マミー、マミー」と判事夫人は泣いて呼びかけるのだが、このようにマミーは仕える白人家族のためになら、自分の命さえ惜しまない忠実な奴隷として描かれている。

マミーが白人家庭の要であったことは、フォークナーの『響きと怒り』(一九二九)に登場してくるディルシーという名前のマミーにもよくあらわれている。二〇世紀の南部が舞台のこの小説では、マミーにはギブソンという姓もあり、家族があり、母屋と離れて自分の小屋があり、白人家族のために身代わりになるようなこともなかった。南部の旧家のコンプソン家に仕えるディルシーは、病弱な夫人を支え、次世代を担うはずの四人の子どもたちの母親代わりとなって世話をし、家族のそれぞれが問題を抱えている一家をうまくまとめ上げている。コンプソン家はディルシーがいるからかろうじて崩壊を免れているようなもので、この作品におけるディルシーの役割は大きい。

前述したように、作家ウイリアム・フォークナーの家には元奴隷のキャロライン・バーという黒人の乳母がいた。やって来たのは一九〇二年、作家フォークナーが五歳のときだった。バーという姓は、奴隷主だったバー大佐から取ったものである。体重は百ポンドもないやせた黒人女で、のちに子どもたちからマミー・キャリーと呼ばれるようになった。自分の子どもを育てたあとで、フォークナー家の子どもたちをこよなく愛して育てあげ、『風と共に去りぬ』のマミーのように、子どもたちの世話をするとともにしつけにも心を砕いた。作家フォークナーの弟ジャックはマミー・キャリーが家族の一員のような存在だったと次のように回想している。

「マミーのことは家族の者も自分自身も一家の召使いとは考えていなかった。マミー専用の小さな古い揺り椅子は、いつも暖炉のそばに置いてあり、夜になると私たち家族と同じように、マミーはよくそこに座っていた。(略)頭のすぐ上の暖炉の上棚には嗅ぎたばこの入った箱が置いてあり(略)、マミーは嗅ぎたばこ用のスティックを唇にぎゅっと挟んでいた」(ブロットナー七七―八)。

作家の弟のこの証言のように、フォークナー家では家族のだんらんの情景の一部にマミーが組み込まれていた。マミー・キャリーは読み書きができなかったがお話がうまく、子どもたちにお化けの話、昔物語、クー・クラックス・クランの話などをしてくれたという。

フォークナー家の子どもたちにとってマミー・キャリーは、二番目の母親のような存在だったようで、だれもが親しく愛情を込めてマミーを記憶している。黒人ではあったが白人家庭の中でマミーは物理的にも精神的にも特別な「場所」を占めていたのである。

「マミー・クレイズ」現象

一九世紀の終わりに、「マミー・クレイズ」と呼ばれた熱狂的な「マミー現象」が起きる。その社会的影響が強かったために、ステレオタイプ化されたマミー像が全米津々浦々に浸透する結果となった。

一八九三年、それはシカゴ世界博覧会で起きた。

コロンブスの新世界発見から四百周年を記念する博覧会がシカゴで開催された。そこでホットケーキ・ミックスの販売促進を狙っていたパール・ミリング社が、ホットケーキ作りを実演してみせ、簡単においしいホットケーキが作れることを印象づけようとたくらんだ。その実演を担ったのが「マミー」だった。『アンクル・トムの小屋』のトムの妻、アンクル・クロエはマミーの典型として登場してくるが、料理の腕は近隣一番と自負していた。マミーは料理上手というステレオタイプを利用して、パール・ミリング社はマミー・タイプの黒人を探し出し、シカゴのサウスサイドに暮らすナンシー・グリーンという大柄な黒人を抜擢した。

ナンシー・グリーンは、当時のヴォードヴィルで歌われていた「ジェマイマおばさん」の名前を借り、ホットケーキ作りを実演して観客を圧倒した。「ジェマイマおばさん」は、博覧会場のパール・ミリング社のブースで典型的なマミー姿になり、頭にはターバンを巻き、ギンガムチェックのワンピースを着て、大きな口をあけてにこやかに笑いながら、ホットケーキを作り続けたのだった。

「ジェマイマおばさん」は伝説化され、まるで実在の人物であるかのように伝記が出版された。その創作伝記によれば、「ジェマイマおばさん」はルイジアナ州のヒグビー大佐の大農園《プランテーション》の料理女だった人物で、そのホットケーキ作りには定評があり、近隣どころか遠方までその噂が伝わっていたという。ヒグビー大佐の館を訪ねて来るレディや老紳士たちが、ジェマイマおばさんのホットケーキに感動し、その「秘密のレシピー」をどうにか聞き出そうとするのだが成功しない。しかし最終的には内気な「ジェマイマおばさん」もどういうわけか説得され、「秘密のレシピー」を教えてくれることになったばかりでなく、全米を回って宣伝活動をすることを承知してくれた、という伝記である。

ホットケーキ作りの名人は何といっても白人ではなく黒人女でなければならなかった。人びとに南北戦争以前《アンティベラム》の南部のマミーを想起させる、太ってにこやかな、愛情たっぷりの、料理上手な黒人女こそがホットケーキ作りのイメージにはふさわしいという、パール・ミリング社の宣伝部の意図は的中した。全米津々浦々に、マミーの姿が描かれた同社が製造するホットケーキ・ミックスの箱が行きわたるようになった。アメリカの家庭の台所で人びとは毎日のように、にこやかに笑うマミー像を目にすることになったのである。

一九三四年のハリウッド映画、「イミテーション・オブ・ライフ（偽物の人生）」は、黒人の母娘の間に起きた、肌の色の黒い母親と肌の色の薄い娘の「パッシング＝肌の色の薄い黒人が白人と偽って暮らすこと」の葛藤の物語であるが、主人公の一人である母親は、典型的なマミー像を体現していた。この黒人の母娘が家政婦の仕事を求めているときに、やはり母子家庭の白人の母娘に出会う。起業精神に富む白人女性は、この黒人女性がおいしいホットケーキを作るのに目をつけ、「ディライラおばさんのホットケーキ屋」を始める。ディライラおばさんはジェマイマおばさんをほうふつとさせる人物で、太ってにこやかな笑顔を絶やさずに、頭にはターバンを巻き、大きなエプロンをつけてホットケーキを焼き続ける。だれもがディライラおばさんのホットケーキを食べたいとやって来て、お店は大繁盛する。

このように黒人女性のマミーとおいしいホットケーキとが分かちがたく結びつくようになって、アメリカ人の心に記憶されていくのである。

簡便なホットケーキ・ミックスじたいが、アメリカの家庭の主婦の労働を軽減するためのものだったから、大歓迎された。いっぽう会社は営利追求の面から宣伝にこれつとめ、ホットケーキこそ「アメリカの朝食」であるという啓蒙運動すら始めたのだった。そのような動きの中で、ステレオタイプのマミー像がますますアメリカ社会に浸透していった。

「忠実な奴隷」の記念碑

南北戦争が終結したのは一八六五年だった。その後の十余年は北部の支配によって混乱した再建時代《リコンストラクション》があり、南部人は敗北感にさいなまれ、屈折した時期を経験したのだった。シカゴ世界博覧会が開催されたのは、その再建時代がようやく終わって十数年が経ったときだった。南北戦争もはるか昔のことになり、南部をふたたび自分たちの手に取り戻そうという気運に南部人は突き動かされたのだろう。敗北したあの戦争をもう一度、時間的な距離を経て振り返りたいという欲求が生まれて来たのかもしれない。世紀末ごろから「失われた大義《ロスト・コーズ》」を見直す運動が湧き起こって来る。世界博覧会のジェマイマおばさんも「マミー・クレイズ」もその運動の一環でなかったとは言えない。

南部の〈大義〉は間違っていたのか、その価値観はすべて誤りだったのか。南部人の敗北感が強かったであろうことは、作家ウイリアム・フォークナーが第二次世界大戦後の一九五五年に、日本を訪問したときの発言からもうかがうことができる。敗戦後の日本人に対してフォークナーは、自分も敗北した南部人であるから、敗北者の気持ちがよくわかると発言したのだった。それは日本の戦前と戦後の状況をまったく理解していないアメリカ人の、的外れの感想ではあったのだが。

南部のとりわけ南部連合の退役軍人たちは、もう一度南北戦争前の時代《アンティベラム》を回想し、そこに北部の支配が入り込む前の「古き良き時代」を読み取ろうとした。北部の奴隷制度に対する否定的な姿勢に対して、異論を唱え、じっさいの南部社会では奴隷制度が家族制度としてうまく機能していたのであり、必ずしも冷酷な奴隷所有者ばかりではなかった、という点を強調しようとした。「忠実な奴隷」たちは、自発的に主人に仕え、その代わりに庇護を求めるという関係にあり、相互の信頼関係があったことをかれらは示そうとした。


南北戦争における南部の敗北により自由になった元奴隷たちの約一割が、そのまま主人のもとに残ることを希望したと言われている。前述の戯曲『マミー』の中でも男奴隷のジョージに、「いってえだれが自由になりたいだか。おいらの御主人さまから離されるちゅうことになったら、いってえだれがおいらの面倒を見てくれるっちゅうのか」（バブコック八五）と語らせている。そしてこのような「忠実な奴隷」を顕彰しようという動きが、世紀末から二〇世紀にかけて盛んになってくるのである。

一八九六年には、元奴隷所有者で退役軍人だったサミュエル・ホワイト大佐により、サウスカロライナ州に、「忠実な奴隷の記念碑」が建立される。いっぽう保守的な「南部連合の娘たち組織」が、二〇世紀初頭から議会へのロビイングを始め、「忠実な奴隷の記念碑」や「マミー像」の建立を計画して、ワシントンＤＣの議事堂やその前の芝地《モール》に建てようとした。結局のところ、南部連合の名将と言われたロバート・E・リー将軍の妻の父親の所有地だったアーリントン墓地の中に、一九一四年、南部連合記念碑が建立された。その台座には、忠実な奴隷と主人の像、白人の子どもたちに囲まれるマミー像が浮き彫り《レリーフ》として刻まれることになった。

このような顕彰には、それによって奴隷制度が悪いものではなかったという奴隷制度擁護の意味をはらむ危険性がある。じっさいにそのように信じていた南部の旧支配者層も多かっただろう。いっぽうで二〇世紀初めのフォークナー家の乳母と子どもたちのように、心からの愛情で結ばれているように思われるマミーと白人の子どもたちの、生涯続く深い情愛の絆もじっさいに見られる。マミーが奴隷や召使いでありながら、白人家庭の中で特別な「場所」を占めていたと証言する白人も多い。

それでも奴隷制度のもとでは、「忠実な奴隷」といわゆる「マミー」は、自由を、人間性をはく奪されていたのであり、いくらじっさいに温かい交流があり、その例証をしようとも、大きな留保を持って両者の関係を判断しなければならない。それはあくまで「白人の幻想《ホワイト・ファンタジー》」であって、そのように信じたい白人支配者たちの発想であるという批判を否定することはできない。

ステレオタイプへの異議申し立て

一九世紀前半に始まったミンストレル・ショーの歴史がある。全米の巡回公演でも盛んに演じられたショーは、一九世紀末にやはり人気を博していた。それもノスタルジーに浸りながら、南北戦争《アンティ》以前《ベラム》の南部の暮らしを振り返りたいという、この時代の衝動に合致していたからだろう。ミンストレル・ショーの伝統は二〇世紀半ば過ぎまで、途切れることなく人びとの娯楽として受け入れられ、人気があった。

ミンストレル・ショーでは、コルクを焼いて顔を黒塗《ブラックフェイス》りにした白人が、かつてプランテーションで奴隷たちが、休みの日に歌ったり踊ったりしていたとされる芸能の真似をして、古き良き時代の、のんきな黒人たちを茶化したコメディを演じていた。黒人は、「うすのろ、怠け者、道化、迷信深い人、のんき者」というステレオタイプで塗り固められ、観客はその滑稽な姿に、おそらく優越感を抱きながら笑い興じたのだろう。このような黒人のステレオタイプ化を、今日のアフリカン・アメリカンが素直に受け入れることは難しい。

ベティ・サー「ジェマイマおばさんの解放」
Kimberly Wallace-Sanders "Mammy" 2009

一九七〇年代になるとブラック・アート運動が起きている。精神的にも身体的にもデフォルメされてきた黒人像やマミー像への反発、判断の見直しが芸術の領域で強く起こってきた。やさしいマミー像という白人が作った像を打ち壊そうという動きがあった。たとえばベティ・サー（一九二六―）のアサンブラージュ作品、「ジェマイマおばさんの解放」（一九七二）では、片手にほうきを持ち、もう一方の手には、ショットガンを抱えたマミーが造型される。赤

マイケル・レイ・チャールズ
「無題」(1993)
Kimberly Wallace-Sanders
“Mammy” 2009

白のギンガムチェックのターバンを巻き、黄色地に赤の水玉模様のショールをかけ、やはり花柄の赤いワンピースを着ている。その腹扉が開いたような中にもう一人のマミーがいて、マミーは白人の赤ん坊を抱いている。赤ん坊は口の周りを血のように赤くして泣きわめいている。マミーはなだめるつもりもなければ、授乳をするわけでもない。その二人の像の前景には大きな黒い拳が描かれ、反抗の意志表示をしている。オールマイティに愛情溢れるかつてのマミー像の破壊である。

アフリカン・アメリカンの画家マイケル・レイ・チャールズ（一九六七―）は無題の絵画で、マミーと白人の赤ん坊を描いている。そこには穏やかな情愛の交流はまったく見られない。やはり赤地に白の水玉のターバンを巻き、赤いドレスに大きな白いエプロン、肩掛けを羽織ったマミーが、片手にほうきを持ち、片手にアップルパイを持ってどっしりと椅子に腰かけている。そのそばで、おむつをして上半身裸の白人の赤ん坊がマミーの膝にしがみついているが、マミーは食べ物を与えるのを拒否し、手の届かないところへ遠ざけている。赤ん坊の顔はふくよかな可愛らしい様子などさらさらない、まるで大人の男の顔であり、いささか不気味とも言える雰囲気を醸し出している。

このように黒人のステレオタイプへの異議申し立てを表現した芸術作品ではあるのだが、一九九〇年代にもなると六〇年代のブラック・パワーの時代のように、敵愾心をあらわにして直接的にそれをぶつけるような創作姿勢ではなくなっているように感じられる。アフリカン・アメリカンにいささかの精神的余裕ができてきたのだろうか。

一九九四年のマイケル・レイ・チャールズの作品に、「永遠に自由」シリーズの「にっこり笑って給仕する」という題名のものがある。ブラック・サンボのような給仕の微笑みは、卑屈でもなければ媚びているのでもなく、おおらかな笑いのように見る者の目に映る。「永遠に自由」などというのは空約束だった、賃金の低い給仕の仕事に縛られているではないか、というアフリカン・アメリカンの不平等な現実を表示して、アメリカ社会に突きつけようとしているのは事実だろうが、それにしてもこの黒人男の包容力の大きな、吸いつけられるような温かい笑顔をいかに解釈すべきだろうか。

チャールズは歴史的なマミー像やサンボ像を俎上にのせることによって、アメリカ社会の歴史的差別の事実に正面から向き合っている。だがそれを乗り越えた形でアメリカ社会の文化・社会現象を現代の目で解釈しているように見えるのである。資本主義社会のアメリカで、販売促進のためにマミー像やサンボ像が利用されてきた。白人の資本家たちは自分より劣等と見なしている人種を中心に据え、「アメリカの黒人」を資本家に都合のいいようにデフォルメして利用した。だが視点を変えれば、デフォルメされながらもかれらはその宣伝の中で中心の位置を占め、ヒロインやヒーローになっていたと解釈することもできる。マミーが料理上手というステレオタイプ化は、「アメリカの黒人」を決してマイナス評価しているのではない。アングロ・サクソンは一般的に料理が下手で、料理を軽んじて時間をかけないと言われている。料理は生きていくために必要な作業だが、最低限の時間でこなすべきだと考え、料理じたいに喜びを見出さない傾向があるようだ。それが簡便なホットケーキ・ミックスに飛びつく理由にもなっている。かれらの料理を軽視する姿勢こそ、人間として歪んでいるのではないか。

アメリカの朝食によく利用されているオートミールの大手製造会社クエーカー・オーツ社は、アント・ジェマイマ・ミルズ社と改称したパール・ミリング社を一九二六年に買収していたが、一九五〇年代になると大掛かりなホットケーキ販売のキャンペーンを始めた。

そのうたい文句は、「ポテトのラートゥケよりジェマイマおばさんのホットケーキを」だった。ユダヤ移民の家庭では朝食に「ポテトのラートゥケ」を食べていたが、それではなかなかアメリカ社会に同化できない。食べるものからアメリカ式になって、「アメリカン・ウエイ・オブ・ライフ(アメリカ式生活様式)」になじむべきであると奨励したのだった。「ジェマイマおばさんのホットケーキ」を食べることは、アメリカ化への一歩であるという宣伝は、まさに「ジェマイマおばさんのホットケーキ」がアメリカの文化表象になった瞬間であった。

二〇世紀の「マミー」像

このようにマミー像がデフォルメされたものであったとしても、二〇世紀の半ばごろになり奴隷制度時代がはるか百年前のことになると、「マミー表象」は積極的な意味を持つアメリカ文化の表象になってくるのである。マミー像は必ずしも否定的にデフォルメされ、揶揄されているのではなく、アメリカ文化の、少なくとも食文化においてはもっと肯定的な表象の意味が込められるようになったと読み取ることができるだろう。そのような肯定的な側面を今日、無視することはできない。授乳と養育を担ってきたマミーを、アメリカ文化を代表するひとつとして、いま、見直すことができるのではないだろうか。

今日、南部の黒人の料理として人気のある「ソウル・フード」として、南部に独特の葉野菜カラードや豆類をふんだんに使う料理やチキンフライ、『風と共に去りぬ』の冒頭で、バーベキュー・パーティの黒人奴隷たちが好んで食べていた内臓料理チトリンズなどが供されている。多くのアメリカ人が好んでソウル・フードを食べているとは言えないが、アメリカ独特の料理として注目され、ニューヨークを訪れる観光客が、ハーレムのソウル・フード・レストランを訪れる。ソウル・フードはアメリカの料理文化を代表する一つに数えられているのである。その料理文化を担ってきたのが、奴隷制度時代の黒人奴隷「マミー」たちであり、奴隷制度廃止後は、特に南部に住む「アメリカの黒人」たちであり、かれらが継承して来たのだった。「マミー」はアメリカ文化の確実な担い手であると認めるのに十分な根拠があると言えるだろう。

一九二七年に公開された映画「ジャズ・シンガー」は、「マミー」がアメリカ文化の象徴となっている明らかな例である。

「ジャズ・シンガー」は、初めてのトーキー作品の一つだが、サイレントのシーンも混じる奇妙な映画だった。だが主役を演じたユダヤ人のアル・ジョルソンの人気も相まって大評判になり、アメリカの文化史において重要な位置を占めている映画である。

映画の中で主人公が最後に歌うのは、「マミー」という題の母親に捧げる歌である。「お母ちゃん」に捧げる歌であって、黒人の乳母を指しているのではない。けれどもブラックフェイスに扮した主人公が、ミンストレル・ショーの伝統を担って「マミー」とうたえば、その背後には乳母マミーの姿が残像として入り込んでくるのは否めない。その結びの歌詞は、「かわいいマミー、日は照る東に、日は照る西に。それでも一番どこに輝く——わかってるんだ！　マミーの顔に決まってる。道のりいくら遠くても、歩いて行こう。マミーの微笑みのほうへ。いとしいマミー」というもので、歌っている者とマミーの絆をふたたび思い起こさせている。主人公がマミーに求める温かさ、包容力の大きさ、そしてマミーが心の最後のよりどころになっていることを訴えている。

この映画の主人公は、ニューヨークの移民街に暮らす、貧しいユダヤ教の先唱者《カントル》を父親に持ち、一人息子として世襲の職を継がねばならなかった。ところが時は一九二〇年代で、ハーレム・ルネサンスと呼ばれた黒人文芸復興期のニューヨークである。少年は父母の教えに背いて、アメリカの音楽に、黒人のジャズやシャッフル・ダンスに興じている。やがてユダヤの伝統とはほど遠い、アメリカ人のプロ歌手として人気を博すようになった。最後に父親がいよいよ死を迎える場面で、主人公はユダヤ人の一人息子として、埋葬の祈りを捧げる義務を果たす。母親とも和解して、母親は舞台に立つ息子の晴れ姿をひと目見ようと劇場へやってきた、という場面で終わる。そこで主人公はひざまずきながら「マミー」の歌を、母親に捧げて熱唱するのである。

この作品は、ユダヤ移民のアメリカ社会への同化の物語であった。主人公はユダヤの宗教的詠唱者の道をたどるのではなく、アメリカの音楽をうたう歌手として認められ大成功する、そのような成功物語であった。アメリカへの同化の物語の中で主人公が最後にうたったのが「マミー」だったのである。「マミー」も、黒人の音楽とされている「ジャズ」も、アメリカ文化の周縁に位置しているのではない。この映画は、それまで周縁に押しやられていたアメリカの文化表象を、周縁的要素ではなく、アメリカ文化を構築している要素として見直した作品であると読み解くことができるだろう。

本章の初めのほうでも触れたが、『風と共に去りぬ』の結びの場面で、レット・バトラーから別れを告げられた主人公スカーレットは、タラ農園を思い浮かべている。

スカーレットが明日への希望を捨てずに心の頼りにするのは、タラ農園でありマミーだった。「ジャズ・シンガー」の主人公にとって、母親「マミー」に認められることが自分の人生の目的であったように、乳母マミーの存在がスカーレットに安心感を与え、未来への希望を照らしてくれ、活力を湧きあがらせる源になっていた。

この最後の場面は、主人公スカーレットと南北戦争後、自由になったマミーが、共生しながら暮らしを構築していこうとする、そのようなアメリカ社会の再建を暗示している、と読むことさえできるのではないだろうか。

未来のアメリカ社会は、「乳母マミー」の存在なくして再建は不可能だという、作者も意図していなかったことを予言していたと、今日の読者は結びの文句を読むことができるのである。

共生の否定

『風と共に去りぬ』への今日的批判は、ひとつには奴隷制度のもとでタラ農園の黒人奴隷たちが、オールマイティにしあわせで、満足しているように描かれていることにある。けれども読者がさらに注目せねばならないのは、この作品において「アマルガメイション（混交）」の現実が欠落していることである。

一九世紀のアメリカ社会で、白人と黒人の混交を意味する「アマルガメイション」は、白人たちに生理的な戦慄を引き起こさせる意味内容を持っていた。ストウ夫人はキリスト教徒として人道的な立場から奴隷制度廃止を訴えていたが、そのストウ夫人でさえ「アマルガメイション」は受け入れがたく、おぞましいものと考えていた。

『アンクル・トムの小屋』を読むと、ストウ夫人が解放された元奴隷たちとアメリカ社会で共存していくことは問題外であると考えていたことがわかる。ストウ夫人が構想していたのは、南部の解放奴隷を東部へ連れて来て一定期間の教育を施し、立派なキリスト教徒として育て上げ、そうした後にかれらの先祖の祖国であるアフリカへ送還することだった。アフリカの部族たちは宗教的に暗黒状態にあるのだから、かれら元奴隷たちが自分たちと同類のアフリカの部族にキリスト教を布教して、かれらの蒙をひらけばよい、そう望んでいた。

南北戦争当時、奴隷制度廃止論者は南部のみならず、じつは北部の人びとからも糾弾されたのだが、政治・経済的理由を理解しない一般の白人は、「アマルガメイション」という言葉に戦慄を覚え、それゆえに奴隷制度を廃止する恐怖を覚えていた。奴隷を解放したら黒人は白人と性的関係を持つようになる――それはとんでもないことだった。そのために奴隷制度廃止論者たちは躍起となって「アマルガメイション」は起こらないと否定せねばならなかった。

一九世紀の多くの政治家や知識人たちもアメリカ社会が白人と黒人の共生社会になるのは不可能だと信じていた。白人が黒人と性的かかわりを持つなどもっとも忌み嫌うことであり、あってはならないことだった。聖書でも「異質なものの混じり合い」を戒める文言があるではないかと言って、「アマルガメイション」を否定した。ストウ夫人のみならず、リンカン大統領でさえ、解放後の元奴隷たちの処遇には頭を悩ませ、白人社会で共生しないですむ方法を必死に探っていたのである。

かつて一九世紀の前半に先住民インディアンの強制移住法（一八三〇）を制定し、かれらを特定地域に押し込んだように、リンカン大統領は解放された奴隷たちを一定の場所へ送れないものかと思案していた。たとえば中南米がその候補に挙がり、あるいはミシシッピ川以西のどこか不毛の地を確保できないものかと考えた。

一八六二年八月、リンカン大統領は黒人の代表団をホワイトハウスへ招待し歓談している。両者が語り合ったのはアメリカ社会での共生は不可能という前提のもとに、解放奴隷をいかに処遇するか、その問題の解決についてだった。六三年一月一日には奴隷解放宣言を発令することになるのだから、大統領はこの時期にさまざまな解決案を模索していたにちがいない。

一八六二年一一月にはストウ夫人をホワイトハウスへ招き、「あなたがこの大きな戦争を始めることになったリトル・レディですか」と言ったという逸話が語り継がれている。『アンクル・トムの小屋』が大ベストセラーになり、奴隷制度廃止へ向けての世論喚起に役だったという意味であるが、そのためにホワイトハウスへ招いたというより、おそらく解放後の奴隷の処遇について、ストウ夫人の意見を聞きたかったからではないだろうか。『アンクル・トムの小屋』の最後の部分で、ストウ夫人は、登場人物のムラトーの青年に自分の体には白人である父親より、奴隷だった母親の血のほうが濃く流れていると語らせている。だからこそ祖国の発展のために自分はアフリカへ戻って行くのだと、高らかに宣言させている。

じつは奴隷問題はアメリカ合衆国の始まりから建国の父たちを悩まし続け、頭痛の種になっている大問題だった。建国の父祖たちは人道的な見地から奴隷制度を受け入れがたく思いながら、インディゴ、米、タバコ、綿花など大農園栽培による農園経営のためには、奴隷労働が不可欠だという現実的な考えを変えることができなかった。

トマス・ジェファソンは『ヴァージニア覚書』(一七八五)で、黒人は白人とまったく異なる人種であると述べ、今日の視点で読むと、あの自由をうたった独立宣言の起草者の思想とはまったく相容れないのではないか、と思われる文章を残している。かれら黒人と「社会的平等」をもって共存するアメリカ社会などは想像できなかったのだろう。

一八一六年にアメリカ植民協会が構想され、翌年、協会が発足した。これは解放された元奴隷をアフリカ大陸へ送り返すことを目的にした組織だった。国家事業ではなく民間事業であるとはいえ、ジェイムズ・モンロー大統領や著名な政治家の賛同を得て、資金的にも援助を受けて発足している。この組織は一九一二年まで存続していたというから、およそ百年にわたって、「アメリカの黒人」をアフリカへ組織的に送還するという考えは消えていなかったのである。「王道楽土」のようなうたい文句で元奴隷のアフリカ帰還を奨励し、アフリカ大陸の西海岸を占拠した。そのうたい文句に乗った元奴隷たちは、すでにいる先住部族たちと闘争を繰り返しながら共同体を築いていった。今日のリベリア共和国（一八四七年独立）である。

「アマルガメイション」と白人と黒人の共生の問題は、このように歴史的に続いている。リンカン大統領は奴隷解放宣言を発布したが、大統領に再選されると間もなく暗殺され、解放奴隷をアメリカ国外へ送るという案を実現まで推し進めることはできなかった。南北戦争後の再建時代《リコンストラクション》は、リンカン大統領を失い、あらゆることが混乱のままに進んでいったのである。ストウ夫人が提案していたような、南部の黒人を東部で教育するという計画も具体的に大掛かりに実現することはなかった。

「アマルガメイション」という歴史的に意味を負わせられた言葉は、のちに「雑婚・異種族混交《ミシジェネイション》」という表現に変わっていくが、それは「ミシジェネイション」のほうがより科学的な言葉と見なされたからである。この言葉は、南北戦争のさなかの一八六三年が初出で、ニューヨークで発行された政治パンフレットの中で使われ、奴隷制度廃止論者があたかも「ミシジェネイション」を奨励しているように書かれていたという。背後には奴隷制度の擁護論者と廃止論者の対立があり、廃止論者を揶揄する目的があったものと推測される。

「ミシジェネイション」が「アマルガメイション」という表現より科学的だと考えられたと言っても、科学的であることと中立的であることがイコールではない。それはあくまでも本来、「避けるべき現象」という意味合いを含んで使われていた。そのような人種記号を消すために、今日では「インターレイシャル(人種間)」がより中立的な言葉として使われている。

『風と共に去りぬ』にはムラトーの登場人物が出てこないことはすでに指摘したが、建国の時代からアメリカ社会におけるムラトーの存在は当然ながら認識されていた。第三代大統領トマス・ジェファソン家にもムラトーの召使いはいて、その奴隷サリー・ヘミングズと大統領が関係を持っていたのではないかという噂は、現実的に証明されると主張している歴史家たちがいる。ウイリアム・ウエルズ・ブラウン(一八一四―八四)の『クローテル――大統領の娘』(一八五三)は、ムラトーの奴隷問題を扱っているが、ジェファソン大統領とサリー・ヘミングズをモデルにしている小説作品である。このように建国の父と呼ばれた人びとの時代から、奴隷所有者と奴隷女との性的かかわりは認められる。「アマルガメイション」の事実は、奴隷制度が廃止された後には、「パッシング」の問題を引き起こすことになった。

「パッシング」とは人種差別のアメリカ社会では、黒人として生きることにおいて不利な点が多いため、肌の色の薄い黒人たちが、親とも縁を切って白人として暮らそうとすることである。黒人社会と断絶して白人として「通る《パッシング》」ことを指している。前述の映画「イミテーション・オブ・ライフ（偽物の人生）」は肌の色の薄い娘がパッシングしてしまい、黒い肌の母親を捨てるという物語だった。アメリカ社会では、「一滴の血」の法則があり、黒人の血が一滴でも混じっていたら黒人と分類されたために、よけいに「パッシング」の悲劇が起こったのだった。

二〇世紀の作家たちは、これをテーマに多くの作品を発表した。たとえばデンマーク人の母親と黒人の父親の混血だったネラ・ラーセン（一八九一—一九六四）は、『流砂』（一九二八）や『パッシング』（一九二九）で、チャールズ・W・チェスナット（一八五八—一九三二）は弁護士であり作家だったが、やはり肌の色の薄い黒人で、『杉の木陰の家』（一九〇〇）などで、白人の血を引く黒人と色の黒い黒人のそれぞれの葛藤を描き出している。

これらの作品から読みとれるのは、アメリカ社会において「一滴の血」でも黒人の血が入っていれば、その人物は黒人と見なされるという不条理から、さまざまな問題が生まれて来た事実である。一見しただけでは白人と思われるほど肌の色が白くても、黒人の血が一滴でも入っていれば、アメリカ社会では黒人として認識される。ところが周囲は見間違える。そのために起きる男女の悲劇は数知れなかった。

二一世紀になってもこの問題がアメリカ社会の抱える深い問題であることは、映画「白いカラス」

(二〇〇三)が公開され評判になったことでも明らかである。原作はフィリップ・ロスの『ヒューマン・ステイン(人間の汚れ)』(二〇〇〇)で、主人公は白人のしかもユダヤ人として「パッシング」するという複雑な構造になっている。そのような複雑な「パッシング」の問題は本人が申告しないかぎり露呈しない。この作品は妻にさえ隠し通した主人公の苦悩を描いたものである。このような人びとの心に生じる肌の色による「恐怖」や民族的背景をめぐる疑心暗鬼をテーマにした作品は、枚挙にいとまがない。「混血」の問題は、それほどアメリカ社会では繊細な感情を引き起こす、微妙な人種的偏見の問題なのである。

だからこそ『風と共に去りぬ』のマミーが、「混じりけなしのまったくのアフリカ人」と描写されている点を重要視せねばならない。そのうえクレイトン郡の農園主たちのところには、まるで混血の奴隷はひとりもいなかったかのように、ムラトーが登場してこない。奴隷制度時代の南部の大農園を舞台としながら、そこに白人農園主と奴隷女の間に性的関係は見られず、混血の子どもたちは誕生せず、白人農園主の妻である農園の女主人は、明らかに父親が自分の夫である奴隷の子どもたちの姿を日常的に目にすることはなく、嫉妬に狂って暮らすこともなかった、として描かれているのである。

アフリカン・アメリカンの「場所《プレイス》」

一九世紀半ば、かれら奴隷は、「アフリカの血統の人びと」と記されることが多かった。すでに「アフリカ人」ではないが、奴隷というような直接表現を避けるための便法だった。自由黒人たちは、自分たちをアングロ・アフリカン（アメリカに住むアフリカ人）と呼んでいたこともある。けれども『風と共に去りぬ』をはじめ、文学作品では「アフリカ人」になっている例が多くある。かれらはアメリカ社会において「アフリカ人」という「立場《プレイス》」をあてがわれたのである。白人と社会的に平等な場所にいるのではなく、限定された「アメリカの黒人」としての立場を強制されたのだった。

バラク・オバマが連邦政府の上院議員に初めて当選して初登庁をしたとき、記者に囲まれて「自分の場所《プレイス》」を見つけましたかという質問を受けている。それに対してオバマ上院議員は、まだキャフェテリアでどのテーブルに座るのか、その「場所」さえ定かでないのに、上院での自分の「場所」などはっきりしていないと、巧みに内容をそらして答えている。

この質問は、アフリカン・アメリカンの上院議員が、白人が多数の上院でどのように自分を主張できるのか、その職務を遂行できるのかとたずねたものなのだが、白人議員に同じ質問をした場合とは違って、皮肉な響きをたたえている。「アメリカの黒人」たちは常に「自分の立場」をわきまえろと教え込まれて来た。かれらは白人とは同等ではないこと、「社会的平等」を求めてはならないことを歴史的に刷り込まれてきたのである。それゆえこれは単純な質問ではなく、このような質問を投げかけた記者団の、人種に対する姿勢が問われてよいはずの重みをもつものであった。

黒人作家として初めて全米的な評価を得たリチャード・ライト（一九〇八―六〇）は、自伝的小説『ブラック・ボーイ』（一九四五）の中で、自分の押し込められている「場所」という考えかたにどうしてもなじめず、周囲の大人たちを戸惑わせる少年を描き出した。アメリカ社会には差別の構造があり、その仕組みが白人優位であることを理解できない少年は、なぜなのかとあらゆる質問を投げかけて大人たちにぶつかっていく。大人たちが答えられないのは、その差別の構造に対して黒人なのだからそういうもの、と疑問を抱きもせずに生きてきたからだった。そのように周囲の白人社会から刷り込まれた大人たちにとって、そのまま受け入れることが生き延びるための知恵だった。言葉での差別、じっさいの生活の場面での差別、それに加えて自分の「場所《プレイス》」を心得なければ、身体的危害《リンチ》に見舞われる可能性があり、かれらは差別の構造をそのまま受け入れて耐えてきたのだった。

奴隷制度が廃止され、憲法修正第一三・一四・一五条により、元奴隷たちはアメリカ市民になったはずなのだが、じっさいにアメリカ市民として公民権を保障されるのは、その百年後、一九六四年のことである。それまでは南北戦争後に南部の諸州で制定されていった、ジム・クロウ法と総称される黒人差別の法律があり、日常生活のさまざまな場面で黒人は不平等な扱いを甘受せねばならなかった。かれらは決して白人のアメリカ人市民とは同等になれなかったのである。「アメリカ人」という呼称さえ、それは白人を意味しており、黒人は自分たちのほうからそう名乗るのをためらっている。

今日でもアフリカン・アメリカンと呼ばれるかれらは、アメリカンにはなっていないのである。

第四章

タラ農園とチェロキーの〈涙の道〉

土地所有の夢

スカーレット・オハラの父親ジェラルドは、寝ても覚めても農園所有者になりたいという夢に取りつかれていた。

一八二二年、二一歳のときにアメリカへ逃げて来たジェラルドは、ジョージア州サヴァナで商売を始めて成功していた長兄と次兄を頼ってオハラ兄弟商会で働き、自分もそれなりの商才を発揮して豊かになっていった。けれども土地持ちの紳士になりたい、「自分の家、自分の農園、自分の馬、自分の奴隷」を持ちたいという野望に燃えるジェラルドは、兄たちのように夜になるとろうそくの灯のもとで出納簿とにらめっこする人生などはまっぴらごめんで、商人になることは自分の一生の最終目標ではなかった。

土地所有者の紳士《ジェントルマン》になること、それはアメリカへ移住してくる植民者の最大の野望だっただろう。旧世界ではとてもかなえることのできない夢が、アメリカでは努力しだいで実現するという、信じられないような現実があった。一八世紀のフランスからの植民者ミシェル・ギヨーム・ジャン(・ヘクター・セント・ジョン)・ドゥ・クレヴクール(一七三五―一八一三)が土地所有者になった喜びを『アメリカ人農夫の手紙』(一七八二)のなかで語っていることについては、第二章で記述したとおりである。『アメリカ人農夫の手紙』は移民奨励のプロパガンダ文学でもあるが、土地所有者という社会的地位がいかに魅力あふれるものであったかを喧伝し、新世界アメリカであれば実現可能な大きな夢に旧世界の人びとは引かれていった。

ジェラルドは〈商人〉の社会的地位の低いことを鋭く感じていた。だがそれ以上に、ジェラルドのアイルランド人特有の資質が、土地へのこだわりを育んでいた。アイルランドはイングランドのとなりにあって、政治的に強力なイングランドの圧政のもとで、歴史的に土地から追放される悲哀を味わってきた。かつて自分たちの先祖は、自分たちが所有する土地で自由に狩猟をしながら駆けめぐっていたのに、こころならずも小作人に貶《おとし》められてしまった。いつの日か自分のものになる土地に堂々と足を踏んばり、自分の土地だ、自由なんだとジェラルドは大声で叫びたかった。

だからこそスカーレットが土地なんかいらない、と父親の気持ちを踏みにじる言葉を発したとき、ジェラルドは怒り心頭に発したのだった。「土地こそこの世で意味あるすべてだ！」「土地こそこの世で永遠のものだ。（略）汗水たらして働く価値のあるもの、戦う価値のあるものだ――命を賭ける価値があるんだ！」（第一巻九二）と。

ところがスカーレットは本心ではタラ農園を心から愛し、タラ農園によっていつでもなぐさめられていたことは、物語のなかでたびたび述べられている通りである。母親を伝染病で失い、父親が正気を失って、南部連合の敗色が濃くなっていくなかで、またその後の再建時代《リコンストラクション》において、タラ農園の立て直しと存続にだれよりも奔走したのはスカーレットだった。南部のお嬢さま《ベル》として乳母《おんば》日《ひ》傘《がさ》で育てられ、肉体労働などしたこともなかったスカーレットが、タラ農園をなんとしてでも失うまいと、それこそみずから綿花を摘み、汗水たらして働いたのだった。

物語の結びで、夫のレット・バトラーから別れを宣告され、出口の見えない苦境に陥ったとき、スカーレットが頼りにしたのはタラ農園だった。タラ農園へ戻って行けば何とかなる、明日、タラに戻ってから考えよう、と。

父親にとって人生の目的であり、自分そのものであったタラ農園は、スカーレットにとってもまた究極的な心のよりどころになっていた。

ジェラルド・オハラはなぜ土地所有者になれたのか。

それはトランプ賭博《とばく》ではったりをかます度胸と、一般によく言われているが、アイルランド人の生まれつき酒に強い性質《たち》を持っていたからだった。

ジェラルドがアメリカへ渡って来てから一〇年あまりがたったころだった。サヴァナの酒場で見知らぬ客がジョージア州北部の農園を手放したいと話しているのを小耳にはさんだ。その機会を逃すようなジェラルドではなかった。

この男は奥地で一二年間暮らし、農園を拓《ひら》いたが、屋敷が火事で焼けてしまい嫌気《いやけ》がさして、もう農園経営はあきらめたいと考えていた。ジョージア州政府は、先住民インディアンから譲渡されたジョージア中心部の広大な地域を、条件にかなう応募者に抽選で分配したのだが、見知らぬ男はその抽選に当たったのだった。

ジェラルドはオハラ兄弟商会の仕事で、沿岸都市のサヴァナから、サウスカロライナ州との州境を南北に流れるサヴァナ川を北へ百マイルさかのぼり、オーガスタの町へ行ったことがあった。見知らぬ男の話によれば、その土地はサヴァナから北西へ二五〇マイル以上行き、チャタフーチー川から南へいくらか下ったところにあるという。

それを現在の地図に照らしてみると、アトランタから二五マイルほど南の、ジョーンズボロから三マイルほど離れた、フリント川の東に位置する場所になる。

ジェラルドは商売でオーガスタへ行ったときに、足を延ばしてオーガスタの西の古い町を見てきたことがあった。それよりさらに奥深いとなると、チェロキー部族が居住していて、白人開拓者を襲撃してくるのではないかと恐れを抱いたのだが、酒場の見知らぬ男によれば、インディアンの脅威はもはやない、あちこちに町が建設され、農園は繁栄しているということだった。

そしてジェラルドはポーカー・ゲームに勝ったのだ。

農園の権利書を手にしたジェラルドは、いつものように泥酔した体を下僕にかかえてもらい、寝床へ運ばれながら、「離乳食代わりにアイルランドの密造酒《ポティーン》を食らってなけりゃ、トランプ賭博《とばく》とウイスキーをいっしょくたにやっちゃなんねえ」(第一巻一一六)と教訓を垂れている。

この見知らぬ男は抽選で土地を獲得したと言う。またこの男は、チェロキー部族の脅威はジョージア州の北部にはもはやないと言う。抽選とはいったい何だったのか、チェロキー部族の脅威とは何だったのか、その歴史的背景をひもといてみよう。

合衆国のインディアン政策

イロコイ語族に属するチェロキーは、イロコイ連盟の基盤であった五大湖の南あたりを先祖の土地としていた。白人植民者の侵入に押されるようにしてかれらが南下してくるのは、合衆国が成立するころの一八世紀終わりから一九世紀の初めあたりである。五大湖の南の領域に居住していた諸部族が、今日のオハイオ州あたりから撤退せねばならなくなったのは、一七九四年の「フォールン・ティンバーズ(倒れた林)の戦い」で決定的な敗北を喫したからだった。

それまで先住民の諸部族は、部族ごとに「ネイション(国家)」を形成することなく、各地の長老たちが統率するゆるやかな共同社会を形成していた。そこにヨーロッパからの白人植民者たちは、かれらの概念による国家を結成するように、「ひとつの声」になるようにと要求してきたのだった。先住民インディアンとの条約取り決めを容易に成立させるために、「ひとりのチーフ(王、皇帝)」、ひとつの議会、多数決の論理によるひとつの手続き」(マクラフリン 六)を求めていた。

チェロキーはこれに反対していたのだが、一七九四年の戦いで敗北してからは、いよいよ部族をまとめて白人の政府と渡りあわねばならないと考えるようになった。一八一七年、チェロキー国家は議会《ナショナル・カウンシル》を設立した。統一した政体として白人政府と交渉するためであった。さらに白人政府は先住民に自分たちと同様の憲法を制定するように要求し、一八二七年にチェロキー議会は、合衆国憲法にならって自分たちの憲法を制定し、ジョージア州北部のニュー・エチョータに首府を置く。だが、求められるように憲法を持ち、国家の形態をなしたからといって、白人たちと同等の立場になったのではなかった。ジョージア州民になったのでも、合衆国民になったのでもなかった。第二章で記したように、そもそも合衆国憲法は先住民インディアンをその人口に組み入れていない。

合衆国憲法第一条第二節③は下院議員の数と課税に関する規定であるが、それは人口比によると決められている。それでは人口をどのように数えたのかというと、年季奉公人を含んだ自由人の総数と、「その他のすべての者」で含意されている奴隷を五分の三と数えている。奴隷を一人の人間とはみなしていなかったのだが、いっぽう先住民インディアンについては、「課税されていないインディアンを除くものとする」という文言になり、先住民は現実には存在していながら、人口としては「無」として考えられたのであった。

ヨーロッパからの植民者は、この新世界をもともと無人の大陸と想定したかったのだ。したがって先住民を人口として数えることはなかった。その現実を無視した解釈は、結局のところ今日にいたるまで、あらゆる矛盾をはらむことになり、問題の解決を永遠に不可能にしている。

ジョージア州における先住民インディアンの扱いは、一八二八年以降に制定されていった法令により、黒人奴隷と同等と見なされ、「投票権、代議士になること、軍隊に入隊すること、白人学校に入学すること、法廷で白人に不利な証言をすること」(マクラフリン六)が禁じられたのだった。文明化すれば白人社会と共存できるという白人側からの要請は、現実的なものではなかった。白人植民者たちはいくらかれらが白人の文化・習慣・制度を採用しようとも、じっさいはとにかく土地を明け渡して自分たちの視界の外へ出て行ってくれれば、それでよかったのである。そのような状況にあって第三代大統領ジェファソンは、インディアン問題をどのように考えていたのか。

ジェファソン大統領には、先住民インディアンを狩猟民族から農耕民族に変え、白人の価値観に従うようにさせ、白人社会に同化させようという思惑もあった。インディアナ準州の知事だったウイリアム・ヘンリー・ハリソンへ宛てた私信でつぎのように記している。

「われわれの体制《システム》は、インディアンと永久の平和のもとに暮らすこと、かれらがわれわれに友好的になるように教化することである。（略）獲物の数の減少は、狩猟で生計をたてるのを難しくしており、われわれはかれらが農業や糸紡ぎや織物へ向かうように指導したい。（略）やがてわれわれはかれらを取り囲むようになり、するとかれらは合衆国市民として同化しなければならなくなる。さもなくばミシシッピ川以西に移住せねばならない。（略）いかなる部族でも愚かにも武器〔手斧〕を取ってわれわれに刃向かうことがあれば、平和維持のためにその部族の土地を全部没収して、かれらをミシシッピ川の向こうへ追いやることになる」（プルーチャ編二三）。

さらに時の為政者たちは、白人開拓者のあくなき土地への欲求、西へ西へという西漸《せいぜん》運動、あるいは〈自由の帝国《エンパイア・フォー・リバティ》〉建設への意欲から、インディアン問題の解決策として白人とインディアンの異人種間混交を奨励したところがある。ジェファソン大統領は、「あなたがたは結婚によってわれわれと混じるのです。あなたがたの血がわれわれの体の中に入り、この大きな島にわれわれとともに広がって行くのです。（略）やがてあなたがたはわれわれと同じようになるのです。われわれと共に一つの民族になります。あなたがたの血がわれわれの血と混じるのです」（ホクシーその他編五〇）と、積極的な人種混交を唱えている。

ただし、このジェファソン大統領の主語の位置関係でもわかるように、主体は白人であり、かれら先住民の主体性は考えられていない。そのうえ、先住民文化や習慣への考慮はなく、それらは野蛮なものであるのだから、捨てなければならないという姿勢だった。ところがチェロキーをはじめ先住民にとって、自分たちの文化や習慣へのこだわりは、当然のことながら簡単に捨てられるものではなかった。

ジェファソンはかれらを定住する農耕民族に変えて市場経済に組み込み、白人社会に依存する形態に従わせたらよいのではないかと考えていた。けれどもかれらが独自の文化伝承を、容易に捨て去るはずがないとも予想していたのであり、できればミシシッピ川以西へ、自発的に移住してくれることが望ましかったのだろう。政府はインディアン対策に頭を悩ませていた。

ルイジアナ購入と強制移住

そのようなときにルイジアナ購入という、アメリカの歴史上、画期的な土地売買が行われた。

一八〇三年、ジェファソン大統領はフランスを相手にルイジアナ購入という大規模な売買を成立させた。

その結果、ミシシッピ西岸のフランス領ルイジアナの広大な領域(約二一四万平方キロメートル)を手に入れ、アメリカ合衆国の領土は一挙に倍の広さになった。八千万フラン(一五〇〇万ドル)で購入するという条件は、今日考えれば合衆国にとってまったく「お買い得」な取り引きだった。

そのころフランスのナポレオン一世は、第二章で言及したハイチ(サン・ドマング)の黒人革命にてこずっていたこともあり、フランス領ルイジアナの維持は困難であると判断した。そのためにアメリカ合衆国の領土が一気に倍加し、一九世紀の大がかりな西部開拓が可能になった。ルイジアナ購入は大統領の権限を逸脱した判断であったかもしれないが、一九世紀のアメリカン・エンパイア建設への道を開き、合衆国の歴史を変える大事件だった。

ルイジアナの広大な領域を獲得したことは、先住民インディアン問題の解決策を見出すことにもなった。一九世紀の前半、綿花王国と呼ばれるようになっていたアメリカは、綿花畑のためにいくらでも土地が必要だった。綿花に適したジョージアの地に住む先住民インディアンを、ルイジアナ購入によってアメリカの領土となった見知らぬ地域へ移住させればよい。かれらは耕作民ではないのだから、不毛の土地であろうがかまわないだろうと考えたのだった。

ジェファソン大統領は、はじめはインディアンの移住政策に賛成してはいなかったが、ミシシッピ以西の広大な土地が拓かれて、インディアン問題解決には移住しかないだろう、という考えを強くしていった。

そこにあらわれるのが、インディアン・ファイターだった第七代大統領アンドルー・ジャクソン

（大統領在任期間一八二九―三七）である。

一八二九年、大統領就任後の議会への最初の一般教書演説で、ジャクソン大統領は、インディアン対策について細かく述べている。それによれば、政府はかれらを文明化しようと努力してきたが、ことごとく失敗したというのである。ジョージア州とアラバマ州のごく少数のインディアンが白人社会に同化したが、かれらはいま、独自の政府をたて、州政府の支配を受けないと主張している。自分は合衆国の行政の長としてそのような部族政府を容認できない。それならば「ミシシッピ川以西へ移住するか、さもなくば各州の法に服従せよと助言した」（プルーチャ編四八）と述べている。だが教書の意図は前者の「ミシシッピ川以西へ移住」であることは明々白々である。しかも土地所有に関して、先住民は土地に定住しているわけでもなく、土地利用も改良もせず、狩猟で通り過ぎるだけ、山から見下ろしているだけの土地が自分たちの土地であると主張するなど非現実的きわまりない、と結論づけるのである（プルーチャ編四八）。先住民の狩猟生活をまったく理解せず、白人の土地概念を押し付けるばかりだった。

ジャクソン大統領のもとでインディアン強制移住法（一八三〇）が成立し、ミシシッピ川以西へかれらは強制的に追いやられていく。

ジェラルド・オハラが獲得したタラ農園が想定されているクレイトン郡の地域には、一九世紀半ば近くまでチェロキー部族が居住していた。そのチェロキー部族を中心に、インディアン強制移住について見ていきたい。

チェロキーは白人政府の要求により、白人のような文明を獲得しようと憲法まで制定したのだが、それはチェロキー部族が他の部族と比較してより教育に熱心であり、文明化を拒絶しなかったからといえるだろう。それにはキリスト教宣教師の果たした役割が大きい。

アメリカ合衆国の中で先住民インディアンを対象にしたキリスト教の布教活動は、植民活動の始まった一七世紀から盛んだった。一九世紀になるとキリスト教の海外伝道が盛んになり、日本や中国、インドなどアジア諸国へ宣教師が派遣されていったが、いっぽう国内でも宣教師は啓蒙活動で大いに活躍していたのだった。

一八一二年の米英戦争のあと、チェロキー部族の居住する地域にキリスト教宣教師たちが入り込んでくる。かれらは読み書き・算数だけでなく、先住民の定住化の目的で農業を教え、文明化を進めるために家事、衛生への注意、食卓での礼儀作法なども教えていた。キリスト教徒に改宗させることにおいては、さほど成果が上がらなかったというが(パーデューその他(三二))、政府から派遣され、部族の集落からは離れて暮らしていたインディアン局の役人とはちがって、宣教師たちはチェロキー部族の居住地の奥深くへ入り込んでいき、日常的にかれらに指針を与えたのであり、かれらが文明化するために貢献したのだった。

ちょうどジェラルド・オハラのアメリカでの生涯と時代を同じくするのだが、一八二八年から六六年に死去するまでチェロキー部族の指導者だったジョン・ロス(一七九〇―一八六六)という人物がいる。ロスは英語力と外交能力に長けており、強制移住を食い止めようと尽力した。残されている写真からも明らかだが、ロスは純血のインディアンではない。スコットランド人を父親に、チェロキーとスコットランド人の混血を母親として生まれている。母方の祖父も混血であり、したがってチェロキーの血は八分の一しか入っていない。指導者の中でこのような混血の部族のメンバーが活躍したのは、一九世紀になり、もはや白人政府との交渉が必然となってきたかれら先住民を取り巻く政治状況によるのだろう。英語を駆使し、白人の教育・教養を理解する者でなければ、ワシントンの政府に太刀打ちできなくなっていた。純血で英語を理解せず、部族社会の外に出たことがない者は、指導者として部族を率いることが難しくなっていた。チェロキー議会の議員の過半数が経済的に豊かな混血で、英語を話したという。

ジョン・ロスの例を見るまでもなく、このころになると混血はかなりの割合で見られたようである。自分の家族を伴わずに新世界へ渡った白人植民者や、独身の男たちが奥地(インディアン集落)へ入り込み、先住民インディアンの女たちと関わりをいっさい持たなかったと考えるほうが不自然である。当時のチェロキー部族の指導者の中には数多くの混血がいて、いわばいとこ同士が相対立する側を代表することも珍しいことではなかった。

ジョン・ロス(John Ross)

ジョン・ロスと同じく移住に反対した集団は〈ナショナル・パーティ〉と呼ばれた。いっぽうそれに反対する集団がいた。

白人開拓者の囲い込みの激しさに、これ以上の抵抗をするよりは金銭的に妥協したほうがよいと考える〈条約派《トリーティ・パーティ》〉と呼ばれる一派だった。かれらはチェロキー国の首府であったジョージア州ニュー・エチョータで、一八三五年一二月二九日に条約を結び、三八年までには土地を明け渡すということで同意してしまう。

ジョン・ロスはその条約の無効を求めて連邦政府や議員に訴える。強制移住をインディアン政策として冷酷きわまりないと見なす、たとえばマサチューセッツ州選出の上院議員だったダニエル・ウェブスター(一七八二―一八五二)などがいたが、一八二九年に、インディアン・ファイターのジャクソンが大統領に就任すると、ワシントンの空気はこれまでとはすっかり変わってしまった。連邦政府はニュー・エチョータの条約を有効であると認め、一八三八年までに移住しなければ、強制的に移住するように軍隊を派遣すると宣言した。

綿花とジョージア・ゴールド・ラッシュ

ジョージア州のクリーク部族やチェロキー部族を追放したかった理由は、一九世紀の初めに綿花産業が隆盛をきわめるようになったからである。かれらの居住する土地は綿花栽培に適しており、綿花産業の発展とともに、白人植民者たちはいくらでもかれらの土地が必要になった。ジョージア中部・南部を占めていたクリーク部族は、まず最初にジョージア州政府の標的になった。一八一四年、一八一八年、二一年に土地譲渡を余儀なくされていたが、ジョージア州はそれだけでは満足しなかった。州知事ジョージ・M・トゥループ（一七八〇―一八五六）は、帝国の拡張主義を支持する〈明白なる運命〉を信じ、先住民インディアンが文明化して白人社会に同化することは望んでいなかった（ウイリアムズ一三）。徹底した差別主義者で、クリーク族がすべての土地を譲渡することを目標にしていた。

それに対して交渉に応じたのが、クリーク部族の指導者だったウイリアム・マッキントッシュ（一七七五―一八二五）である。皮肉なことにマッキントッシュは混血で、しかもトゥループ知事とはいとこ同士にあたる。一八二五年、マッキントッシュはクリーク部族議会の賛同を得ないままに、ジョージア州に土地を譲渡する〈インディアン・スプリングズ条約〉を締結してしまう。自分自身は知事から地味豊かな農地を代替地として与えられたのだが、その裏切り行為に怒った同輩から襲撃を受けて殺されている（ウイリアムズ一四）。ウイリアム・マッキントッシュにしろチェロキーのジョン・ロスにしろ、このようにインディアンと白人の混血が、白人側と相対立するような複雑な人間関係を生み出していた。父親が白人であっても母親のもとで育てられる先住民インディアンのたいていの子どもたちは、そのアイデンティティはインディアンであると見なされていた。

ジョージア州政府と先住民インディアンとの条約締結には問題があった。連邦政府と州との対立があったからである。〈インディアン・スプリングズ条約〉の場合も、大統領ジョン・クインシー・アダムズによる介入があり、あらたな条約が締結されるまでトゥループ知事はクリーク部族の土地を測量してはならないと命じられた。

そして一八二六年、あらたに連邦政府との間に結ばれた〈ワシントン条約〉により、クリーク部族は、土地を譲渡せねばならなくなる〈ウイリアムズ一四〉。結局のところ、前の条約と大差なかったのだが、南北戦争で南部が脱退の理由に挙げた〈州権〉と連邦政府の断絶が、インディアンとの土地譲渡においても明白になり、連邦政府の権利が尊重されることになったのである。連邦政府の援助を受けられないとなれば、先住民は州政府と敵対することもできなかった。クリーク部族は他州への移動を余儀なくされたのである。

クリーク部族の問題が解決すると、今度は、ジョージア州北部のチェロキー部族にその矛先が向けられていった。

白人開拓者たちは、第一義的に綿花栽培のために土地の確保が必要だった。だがチェロキー部族が居住していたジョージア州北部から追いたてられたのには、ほかにも理由があった。それは〈ジョージア・ゴールド・ラッシュ〉と呼ばれる金鉱の発見だった。

一八二八年、ジョージア州北部のチェロキー部族の土地にあるランプキンあたりを中心にして金鉱が発見されたのだが、一八世紀末ごろからヴァージニア、ノースカロライナ、ジョージア、アラバマへと連なる地域に金鉱脈があることは、うすうす知られていた。最初にジョージア州で金鉱を発見したのは、チェロキーの少年で、時期に関しては、一八一五年だったという説もある〈ウイリアムズ一二〉。〈トウェンティ・ナイナーズ〉と呼ばれたジョージア・ゴールド・ラッシュは四〇年代初めまで続き、金鉱発掘のノウハウは、次のカリフォルニアの〈フォーティ・ナイナーズ〉たちに受け継がれていった。

蛇足ながら、今日のアトランタにあるジョージア州の議事堂はドーム形の天井で、金箔が貼られている。これは一九五〇年代終わりに改修工事が施されたときに、ゴールド・ラッシュのあったランプキンの人びとが寄贈した金塊をもとに作られた金箔によっている。

〈チェロキー・ネイションズ対ジョージア州〉

このようにさまざまな理由から、土地所有を狙う白人開拓民の要請にこたえるべく、連邦政府は南部に住むチカソー、チョクトー、クリーク、チェロキーなどの先住民インディアンに土地譲渡を迫っていたのだった。

一八三〇年五月二八日、アメリカの歴史上で悪名高い大きな決断がなされた。ミシシッピ川の東側に住む先住民インディアンを川向こうの不毛の地へ送り込むという案が、現実的に考慮されるようになった。インディアン・ファイターだった大統領ジャクソンのもとで、強制移住法が制定されたのである。米議会上院での投票数は、二八対一九、下院では、一〇一対九七であった。アメリカ議会の大多数が賛成だったわけではないことがこの数字から明らかである。それでも移住法は通過し、実行されることになる。

この決定と並んで同時期に、今日のアメリカ社会における先住民インディアン問題にかかわる重要な最高裁決定がなされている。

それは〈チェロキー・ネイション対ジョージア州〉と呼ばれる最高裁判決である。一八三〇年一二月二七日付と一八三一年一月一日付で、チェロキー部族の指導者ジョン・ロスがジョージア州知事と州司法長官あてに提出したのは、きたる三月五日、開廷中のワシントンDCの連邦最高裁判所に、ジョージア州知事、その他の関係者がチェロキー・ネイションにジョージア州の法律を押しつけることに対して差し止め命令を嘆願するという内容であった（ピーターズ二一）。

自分たちはこれまで連邦政府と条約を締結してきたのであり、その条約の条件内において連邦政府の庇護のもとにある。「インディアンのチェロキー・ネイションは、外国の国家《フォリン・ステイト》であり、合衆国およびこの連邦のいかなる州にも、また自分の国家以外のいかなる君主にも国家にも忠誠の義務がないのであり、「太古の昔からチェロキー・ネイションは、主権を有し独立した国家であった。そのような国家としてこれまで繰り返し承認されてきており、合衆国によって現在も承認されている」（ピーターズ二二）とロスは主張したのである。

さらに、チェロキーは白人たちがヨーロッパからこちらへやって来るはるか以前から、この土地に居住していたのであり、その権利は人類の父親である〈大霊〉からもたらされたものである。土地はこの〈大霊〉のものである（ピーターズ二三）、とロスは述べている。

ここでロスが指摘しているのは、土地は個人のものではない、誰かが所有するものではないという、先住民インディアンの土地概念である。土地は自分たちの生命をつなぐために、生きている間は〈大霊〉から借り受け、生きるために必要なだけの狩猟をおこない、地面に鍬《くわ》を入れて傷つけることになるが、畑を耕すのは、食べ物を得るためである。一九世紀に白人たちは、鉄道敷設のためにバッファローの大量殺戮をおこなったが、先住民はそのように動物を殺すことはない。部族の食料を確保するために一頭を撃ち、祈りと共に死んでもらうのである。

ヨーロッパ人植民者は、〈土地所有者〉になる喜びを求めて新世界へ渡ってきたのだが、土地を個人で所有するという考えは、先住民インディアンにはなかったのだった。そのため土地譲渡の条約の意味を、一七世紀の先住民インディアンは理解していなかっただろう。現在ニューヨークとされるマンハッタン島をマンハットー部族から、六〇ギルダー（二四ドル）相当の物品と交換したと信じているオランダ人の意図を、先住民のほうではどこまで正確に了解していただろうか。土地概念の相違のために、ヨーロッパからの植民者と先住民との間にはさまざまな誤解が生じていった。土地譲渡の条約締結の意味さえ明確に理解していなかった。

ヨーロッパからの植民者は、新世界を無人の大陸と見なしたかっただろう。だが先住民が住んでいるという事実を消し去ることはできなかった。一五世紀のコロンブスの〈アメリカ大陸発見〉というのは歴史的事実ではなかった。かれらは無主物先占という考えで、コロンブスの一行は、西インド諸島と呼ばれるようになった島々を「発見」すると、そのたびに上陸前に海岸に王旗を立て、先住民を前に宣言書を読み上げるという儀式をおこなっている。繰り返されるその行為は滑稽なほどだが、当時はそのような儀式を経ないかぎり、その土地を所有したことにはならなかった。二〇世紀の後半、月面着陸したアメリカ合衆国の宇宙飛行士が必死になって星条旗を立てた行為にも、その名残がある。

ヨーロッパ人にとっては新世界の「発見」であったのかもしれないが、ロスの主張するように、太古の昔から自分たちのほうが先に「発見」していたのだった。ロスは次のように記している。

「原告（チェロキー部族）は、『最初の発見』による権利であると伝えられたが、それは事実として正しくない。（略）最初のヨーロッパの船が大西洋を渡って来るはるか以前から、原告たちが発見し、占有してきたのである。起源となる発見と定住の時期は、キリスト教時代のはるか昔の闇の中にあり、その時期を特定はできない」（ピーターズ四）。

たしかに二〇世紀の半ば過ぎまで、私たちは〈コロンブスのアメリカ発見〉と歴史教科書を通して教え込まれていた。一九六〇年代後半の〈レッド・パワー〉（先住民の権利回復運動）の活躍により、「発見」は括弧つきで表現されるようになった。それはすでに一九世紀のチェロキーの指導者が指摘していたことだったにもかかわらず、一五〇〇年にわたって無視されてきたのである。ロスは、「かれらの申し立てている発見」、「最初のヨーロッパ人発見者がこれらの土地を購入する第一の独占的権利がある」（ピーターズ四）という白人政府の主張に疑義を呈した。

一七八五年、チェロキー部族は白人の連邦政府とサウスカロライナ州ホープウェルで条約を結ぶ。その後に結ばれた数々の条約によって、「独立した主権国」「合衆国の市民でも、どの州の市民でもない」「分離した独立国家」（ピーターズ七）という表現を繰り返し使いながら、ジョン・ロスは訴えている。

チェロキー部族は、ジョージア州政府が州法を押しつけてくることに対して、連邦政府の介入を求めたのだった。最高裁主任判事ジョン・マーシャル(一七五五—一八三五)は、そもそもチェロキー・ネイションは、ちゃんとした憲法も持たず、国家として成立していないのであり、外国ではない。したがってこの裁判を起こす権利もないのだ、という主張もある中で、とにかく連邦最高裁はこの件を取り上げ、考察し判断をしようと努力したと記している。それでも最高裁判決はチェロキー・ネイションに対して好意的ではなかった。

マーシャル最高裁主任判事は、「チェロキーが国家として、明確な政体として存在しているのか、(略)憲法の定めるところの外国として法的に成立しているのか」(ピーターズ一六〇)と問いかける。インディアン・テリトリーは合衆国の一部をなすものとして認められ、諸条約によってチェロキーは合衆国の保護のもとにあることを認め、合衆国が唯一独占的な交易の権利を持つことを認めている、と論を展開する。すなわちジョージア州には、連邦政府をおいて自分たちの州法をチェロキー・ネイションに適用することはできないと判断するのである。

それではかれらの主張による、自分たちは憲法で「課税されていないインディアンは除く」と除外され、合衆国に忠誠を誓っていないのであるから、その意味では「外国人」であり、その総体としてチェロキー・ネイションは外国であるということへ、マーシャルはどのように返答するのか。

マーシャルは苦しい論理づけをする。「合衆国の領域の中に居住するかれらが、正確には外国と認識されるものかは疑わしい」(ピーターズ一六一)と述べ、それからよく知られるようになる次のような定義を考案した。

「かれらはおそらく、より正確には、国内の依存する国家《ドメスティック・ディペンダント・ネイションズ》と呼べるのだろう」(ピーターズ一六一)。

曖昧表現の助動詞や副詞を重ねているところに、マーシャルの論理がいかに曖昧で、矛盾しているかが露呈している。マーシャルはそして、かれらと合衆国の関係は、「被後見人と後見人」であり、したがって「外国」として独立しているのではないと結論づける。

この複雑な解釈が、その後の先住民インディアンとアメリカ合衆国の関係を支配することになる。これが矛盾に満ちた定義であるところに、今日の解決しない先住民問題がある。

〈チェロキー・ネイション対ジョージア州〉という歴史に残る判決の一年後に、もう一つ補足的な判決が下されている。

一八三二年、キリスト教宣教師サミュエル・ウスター(一七九八—一八五九)は、「自分の良心とチェロキーの法律に従ったために逮捕」(デロリア八)される。ウスターは州政府の許可なくチェロキー・ネイションの地域へ入って行ったのだが、ジョージア州の法律では、州政府の許可なくチェロキー部族の地域に行ってはならないことになっていた。最高裁主任判事マーシャルの〈ウスター対ジョージア州〉判決は、チェロキー・ネイションの主権を認め、州法はチェロキー・ネイションに適用されないというものだった。しかも一八三〇年の強制移住法を「無効・非合法・違憲」であり、それまでに合衆国と結ばれた諸条約に反すると裁定したのである。

〈涙の道〉

ところがジャクソン大統領は、この最高裁判決を無視し、チェロキー部族の追放を実行した。連邦政府が強制するよりも自発的に移住することが望まれた。一八三七年、ジャクソン大統領の後任になったマーティン・ヴァン・ビューレン大統領(一七八二―一八六二)は、チェロキー部族に十分な準備期間を与えていたが、ジョージア州知事の催促にあって、最終的な移住の期日を一八三八年五月二三日に設定した。この日までに立《た》ち退《の》かなければ、連邦政府は強制的に移住を推し進めるというのだった。

その監督に任命されたのは、ウインフィールド・スコット将軍(一七八六―一八六六)だった。スコット将軍は、のちに南北戦争において、封鎖を効果的にするため南部包囲の〈アナコンダ作戦〉を練り上げた軍人である。一八三八年五月一〇日、スコット将軍は七千人の部隊、民兵、志願兵を引き連れて(スミス二〇四)、チェロキー・ネイションへ赴任した。そこで部族に向かって演説をする。

「友よ!」と呼びかけ、「兄弟同胞よ!」と言いながら、その出だしで自分には軍隊の強力な後押しがあることをまず語っている。「チェロキーたちよ! 合衆国大統領が強力な軍隊と共に私をここへ送り込んだ。一八三五年の条約に従い、すでにミシシッピ川の向こう岸に定住し繁栄している、あなた方の仲間と一緒にさせるためである」(エール二三四)と。連邦政府の容赦しない姿勢がそこには明らかで、もはやチェロキー部族の運命は決定された。

約一万五千人のチェロキー部族が祖先の地を離れ、強制的にインディアン・テリトリー(今日のオク

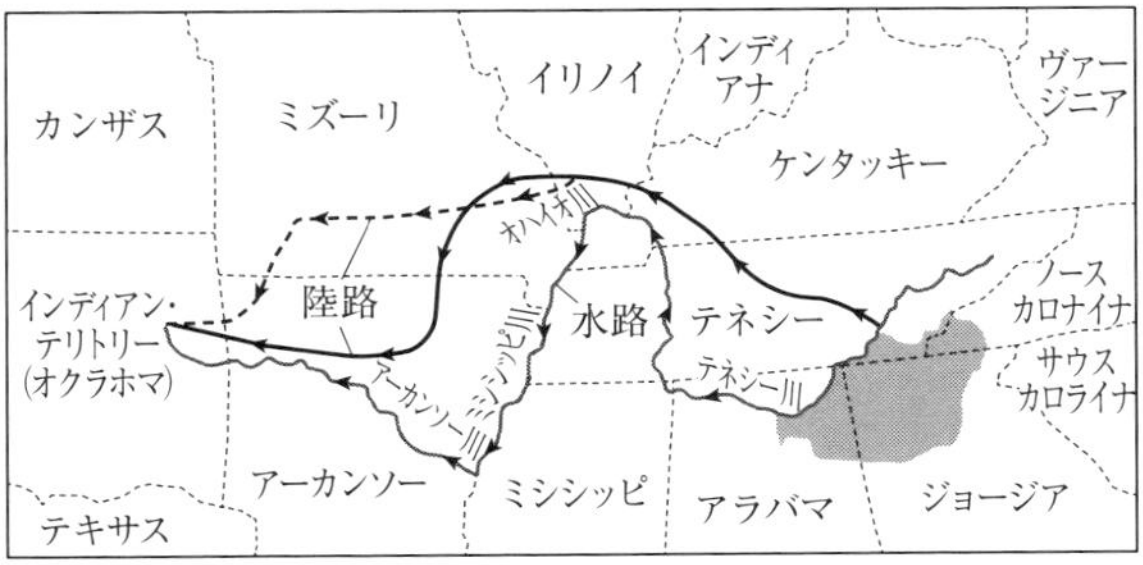

〈涙の道〉

ラホマ州）までおもに徒歩で移住することになった。そのうち約四千人が途中で死んだと推定され、約千マイルのこの行程は、〈涙の道〉と呼ばれるようになった。五月に始まり、かれらは数ヵ月をかけて移住して行った。なかには馬に乗ったり、場合によっては小舟に乗ることもあったが、たいていは徒歩だった。寒い季節に入ってからもかれらは歩かねばならなかった。

この〈涙の道〉は、チェロキーだけでなく、チョクトー、セミノール、チカソー、クリークを含む南部に居住する〈文明化した五部族〉のたどった道だった。

一八三一年の終わり、アメリカを視察旅行していたフランス人政治家で歴史家・刑法学者のアレクシ（ス）・ドゥ・トクヴィル（一八〇五―五九）は、たまたまミシシッピ川に到着したときにメンフィスで、チョクトー部族が川向こうへ、ミシシッピ川以西へ移住するのを目撃している。トクヴィルはその情景を次のように記している。

「かれらはミシシッピ川の右岸へ渡り、そこにアメリカ政府が用意した避難所を見つけるところだった。季節は真冬で、その年はとりわけ厳しい寒さだった。雪が降り地面を叩き、川には大きな氷塊が浮いていた。インディアンは家族を伴っていた。なかには怪我をしている者、病人、新生児、瀕死の老人がいた。テントもなければ荷車もなく、少しばかりの食料と武器を持っているだけだった。かれらはこの大きな川の渡し船に乗り込もうとしていた。その光景を私は決して忘れないだろう。押し黙っている集団からはすすり泣きや不満の声は聞こえなかった。かれらの苦悩はいま始まったのではなく、その苦悩が消え去ることはないのを感じていたのだろう。向こう岸へ渡る船にかれら全員がすでに乗り込んでいた。かれらの犬はこちら岸にいた。すると犬たちは、永遠にこちら側に取り残されるのだとついに悟り、それは恐ろしい声でいっせいに吠え始めた。そして氷のように冷たいミシシッピ川へ突進し、主人を追って泳ぎ始めたのである」(トクヴィル三三四)。

メソディスト派の宣教師エヴァン・ジョーンズ(一七八八―一八七二)は、テネシー州から次のように報告している。

「チェロキー部族はみんな囚人になったと言ってもよい。自分たちの家から引きずり出され、各地の砦や軍隊の施設に宿営させられている。特にジョージア州では、大多数が着の身着のままで、他の物を持ち出す余裕は与えられなかった。(略)快適な暮らしに慣れ、比較的裕福だった女たちが、野蛮な男に銃剣を突きつけられ歩かされている。下品でやかましい怒鳴り声で追い立てられ、かれらにとって屈辱のきわみである。まことに痛ましい光景である」(ジャホダ二三三)。

このような描写こそ、〈涙の道〉と呼ばれた先住民インディアンの強制移住について、その真相をよく伝えている。これらの文章は、沈黙せざるを得ない部族の悲劇的な運命を物語っている。

くなった。

土地の抽選分譲と〈明白なる運命〉

このようにして強制移住が遂行され、アメリカ南部の土地から先住民インディアンは基本的にいなくなった。

すると白人たちはわれ先にかれらの土地をむさぼり求めた。

一九世紀の初めからジョージア州では先住民インディアンを追い立て、アーカンソー州など西側の他州へかれらは移住していた。居住者のいなくなった土地は、土地所有者になろうとするものや、土地投機でひと儲けしようとするハゲタカのような白人開拓者の標的になった。州政府がインサイダー取り引きをして汚職の原因になったりもした。

そのような不正を防止しようとして考案されたのが、独特の抽選制度だった。ジョージア以外の州でも抽選による土地分譲は実施されたが、ジョージア州ほど大がかりではなかった。

ジョージア州では一八〇五年から三三年の間に八回にわたって土地分譲の抽選を実施している。〇五年、〇七年、二〇年、二一年、二七年、三二年、三三年で、三二年には通常の土地分譲だけではなく、金鉱が埋もれていると推定される地域の〈ゴールド・ロッタリー〉(金鉱埋蔵地域抽選)を実施した(ウイリアムズ四七―八)。

ジェラルド・オハラが土地所有者になったのは、ジョージア州でおこなわれた抽選に当たった人物から権利書を獲得したからだった。泥酔しながらポーカー・ゲームをして、最後にジェラルドは兄弟商会のなけなしの財布を、相手はのちにタラ農園になる土地の権利書を賭けたのだった。作中の第三章には、そのポーカー相手が抽選に当たったのは、ジェラルドがアメリカへ逃げて来る前の年だったと記されている。それは一八二一年の抽選のことで、このときはジョージア州中部および北東部の土地が分譲された。三二年の抽選分譲では、チェロキー・ネイションの土地が当てられ、これが〈涙の道〉の強制移住をいたしかたなく受け入れる契機になっていったという。

抽選に参加できる条件は次のようであった。一六〇エーカーの土地に対しては、「一八歳以上の白人男性で、ジョージア州に四年以上居住する者。同様の居住者でろうあ者、目の見えない者。寡婦。孤児。退役軍人。軍人遺族」。

最後の抽選はゴールド・ラッシュの後だったが、四〇エーカーの金鉱埋蔵地域の抽選に対して条件はほとんど変わらず、居住条件が三年に短縮されている（ウイリアムズ五一）。これによって土地を分譲され、寡婦であっても巧みに金鉱掘削会社を設立し、経済的に豊かになった者もいたという。あるいは貧乏な農民が抽選に当たったものの、それをさらに譲渡し、自分は売って得た大金をもとに南へ移住し、そこで子どもたちに教育を受けさせることができた、という一種の〈アメリカの夢〉実現のサクセス・ストーリーも紹介されている（ウイリアムズ五四）。

先住民インディアンからの土地譲渡に関して、かれら白人政府や白人開拓者たちを正当化していたのは、〈明白なる運命〉というスローガンだった。〈西への衝動〉は、ヨーロッパからの植民者に大西洋の危険な航海に生命を賭けさせ、新世界へ向かわせたが、一九世紀になるとそれは大陸を横断する西漸運動になり、二〇世紀には、ケネディ大統領が〈ニュー・フロンティア〉政策を打ち出し、太平洋を渡ってヴェトナムにまで到達することになった。その結果は悲劇的なヴェトナム戦争だった。〈民族浄化〉ともいえる先住民の強制移住の理由づけをしていたのは、それが「神聖なる計画」(C・ウォーカー一九七)で、神の御意であるという考えかただった。

トマス・ハート・ベントン(一七八二—一八五八)はミズーリ州選出の上院議員だったが、強力な拡張主義者で、西部開拓に関して、一八四六年の演説で次のような言葉を残している。

「神聖なる掟の結果と思われるものに対して、私はなにも不平は言えない。この議事堂がインディアン小屋のウィグワムに取って代わったからといって嘆いたりしない——このキリスト教徒たちが野蛮人たちに取って代わり——白人婦人がインディアン女に取って代わる——ポウハタン酋長の代わりにワシントンやジェファソンが取って代わったからといって文句は言えない」(C・ウォーカー一九七)。

またある一般人はチェロキー部族の抵抗に対して新聞で次のような意見を述べている。

「白人こそがこの国、この州の真の、合法的な、道徳的に正しい、文明化した土地所有者である。(略)白人こそがこの大陸を発見したのである」(C・ウォーカー一九七)。

上院議員から一般人までの意見が以上のようなものであるとすれば、このような考えかたが大勢を占めていたのだろうと推測される。一九世紀のアメリカ社会は、キリスト教信仰優先主義、ヨーロッパ優先主義が支配していた。

セコイヤのチェロキー文字

それでもチェロキー部族は、白人政府の要請のままに、文明化し西洋化しようとする努力をしていた。前述のジョン・ロスがそうだったように、混血で教養があり、指導者としての素質に恵まれ、事業を起こして経済的に豊かなチェロキーが、たくさんとはいわないまでも複数いたのは事実である。かれらは黒人奴隷を所有する場合が多かった。

ジェラルド・オハラの最初の黒人奴隷ポークはウィルクス家の所有になるディルシーと結婚することになった。そのディルシーは、「背が高く姿勢が」よくて、「赤銅《しゃくどう》色の不動の顔にはしわひとつなく、（略）あきらかにインディアンの血が混じっていて」と描かれている（第一巻一四八―一四九）。黒人奴隷とインディアンとの交流は、一七世紀に黒人奴隷が労働力としてアメリカ植民地へ連れて来られたときから始まっていた。

チェロキー部族が他の諸部族とちがって、特にきわだっていたのは、先住民インディアンとして初めて文字を所有したことだった。

文字の獲得がチェロキー部族を他の先住民インディアンとは異なる存在に「押し上げた」のは事実で、周囲の白人でも文盲が多かった環境の中で、かれらはチェロキー語の新聞〈チェロキー・フィーニックス〉を発行した。その新聞が部族としての連帯感を強めただろうことは想像に難くない。

その文字を発明したのはだれか。

セコイヤ（Sequoyah）

セコイヤ（一七七〇頃—一八四〇頃）は英語名ジョージ・ギストとも呼ばれ、母親がチェロキーで父親が白人だったとされるが、混血ではなく純血だったという説もある。残されている肖像画は、セコイヤが強制移住に関して反対の請願をするためにワシントンDCへ赴いた折りに描かれたものだが、その肖像画から推定されるのは、明らかに白人の血が混じっていることである。

　チェロキーの銀細工職人だったセコイヤは、一八二一年、チェロキー語を独特の音節文字で表現することに成功する。アルファベットを活用しているが、二六文字ではなく八五文字からなっていた。チェロキー・ネイション議会は、この音節表を使ってコミュニケーションが広がることの重要性をただちに認め、一八二五年には、正式にこれを適用することを決定した。やはり混血で、チェロキー部族のエリート家庭出身だったイライアス・ブーディノット（一八〇二—三九）を編集長に任命し、新聞〈チェロキー・フィーニックス〉が発行されることになった。一八二八年二月二一日のことである。ブーディノットを助けたのは、前述の宣教師サミュエル・ウスターで、チェロキー語の音節表が印刷できるような新しい印刷機を作製させた。

　セコイヤが音節表を発明した時点で、それがただちにもろ手を挙げて受け入れられたのではなかった。言葉を文字化するなど狂気の沙汰で、魔法をかけているにちがいないと信じるチェロキーの人び

チェロキー文字（発音のしかた）

a	e	i	o	u	v[ə]
Ꭰ a	Ꭱ e	Ꭲ i	Ꭳ o	Ꭴ u	Ꭵ v
Ꭶ ga　Ꭷ ka	Ꭸ ge	Ꭹ gi	Ꭺ go	Ꭻ gu	Ꭼ gv
Ꭽ ha	Ꭾ he	Ꭿ hi	Ꮀ ho	Ꮁ hu	Ꮂ hv
Ꮃ la	Ꮄ le	Ꮅ li	Ꮆ lo	Ꮇ lu	Ꮈ lv
Ꮉ ma	Ꮊ me	Ꮋ mi	Ꮌ mo	Ꮍ mu	
Ꮎ na　Ꮏ hna　Ꮐ nah	Ꮑ ne	Ꮒ ni	Ꮓ no	Ꮔ nu	Ꮕ nv
Ꮖ qua	Ꮗ que	Ꮘ qui	Ꮙ quo	Ꮚ quu	Ꮛ quv
Ꮝ s　Ꮜ sa	Ꮞ se	Ꮟ si	Ꮠ so	Ꮡ su	Ꮢ sv
Ꮣ da　Ꮤ ta	Ꮥ de　Ꮦ te	Ꮧ di　Ꮨ ti	Ꮩ do	Ꮪ du	Ꮫ dv
Ꮬ dla　Ꮭ tla	Ꮮ tle	Ꮯ tli	Ꮰ tlo	Ꮱ tlu	Ꮲ tlv
Ꮳ tsa	Ꮴ tse	Ꮵ tsi	Ꮶ tso	Ꮷ tsu	Ꮸ tsv
Ꮹ wa	Ꮺ we	Ꮻ wi	Ꮼ wo	Ꮽ wu	Ꮾ wv
Ꮿ ya	Ᏸ ye	Ᏹ yi	Ᏺ yo	Ᏻ yu	Ᏼ yv

注：表中の“v”は鼻母音を表す

とがいた。「読み書き能力は破壊力につながる」（ホクシー一二三七）と考えていたのだった。そのような文化伝統の中で、識字能力を浸透させるのは並大抵のことではなかっただろう。それでもセコイヤの説得で、文字を学ぶことは狂気の沙汰でも魔法を使うことでもなく、〈チェロキー・アイデンティティ〉を保持する有効な新しい力であると考えるようになったという（ホクシー一二三八）。ある白人観察者は、「〔セコイヤの〕アルファベットの知識がチェロキー・ネイションの中でまるで炎のように燃え広がっている」（ホクシー一二三八）と報告している。一八二五年までには、チェロキー部族の大多数が文字を習得したと言われる（ホクシー一二三八）。

口承文学の文化伝統の中にいた先住民インディアンにとって、語り部の言葉が紙の上で文字化されていくという現象は、じっさい革命的な大事件だった。

新聞〈チェロキー・フィーニックス〉は、チェロキー部族からの発信だけではなかった。宣教師たちはチェロキー語で讃美歌を印刷し、聖書の一部の翻訳を印刷することができた(パーデュ二三四)。その始まりにあっては二言語の新聞の予定だったが、英語の記事が多くなり、ブーディノットがチェロキー語で書く記事は全体の一五パーセントにしかすぎなかったという。新聞は一八三四年まで発行され、合衆国内のみならずヨーロッパ諸国からも注目を浴びていた。〈フィーニックス〉紙は他の新聞、百紙以上と相互交換し、チェロキーのニュースやブーディノットの書く論説が他紙で掲載され、それだけ多くの読者がチェロキーのことを知るようになったという(パーデュ七五)。「インディアンの主張《コーズ》」(パーデュ七六)を外の世界に知らしめるにあたって、〈フィーニックス〉紙の果たした役割は大きく、セコイヤの文字の発明は先住民インディアンの歴史において画期的な出来事になった。

一八三四年五月三一日、〈チェロキー・フィーニックス〉は発行を停止することになる。

先祖の土地を離れなければならないという、部族にとってきわめて重要な時期に、この新聞が存在していたために、かれらは土地への思い、自分たちの文化への思い、そのアイデンティティなどを自分たちの言葉で訴えることができた。この新聞の影響力は大きく、その果たした役割は多大だったが、それでも強制移住を回避することはできなかった。

永遠の「インディアン問題」

強制移住によって、見知らぬ不毛の地へ移住させられたチェロキー部族は、そこであらたなネイションを建設しなければならなかった。それが容易ではないことは明らかだった。チェロキーのみならず、インディアン・テリトリーへ移住して行った諸部族の未来は暗澹たるものだった。いっぽう先住民インディアンをミシシッピ州以西へ追放して、連邦政府は「インディアン問題」を解決したことになったのであろうか。もちろんそうではなかった。

アメリカ合衆国の歴史は、二一世紀の今日にいたるまで先住民インディアンとの関わりの歴史でもある。一八世紀に制定された憲法では、インディアンの存在が無視された。一九世紀の最高裁判決では、インディアン・ネイションは、「ドメスティック・ディペンダント・ネイションズ」と定義された。部族国家は「独立した政治的共同体」でありながら、「合衆国の父権的権力に従属する」という、ややこしい関係になっている。一九二四年、先住民はアメリカ市民として認められることになった。ところが、「ナヴァホ・ネイション」のように、二一世紀の今日でも独自の国家としての存在を強固に主張している部族がある。

すべては、建国のときに「課税されていないインディアン」が除かれたために、今日までくすぶりつづけている矛盾なのである。その原因の一つはおそらく、一八世紀の建国の父やベンジャミン・フランクリンなども含めて、先住民インディアンはいずれは絶滅する民族だと見なしていたからだろう。あるいはそのような解決を潜在的に望んでいたからなのかもしれない。さしあたり憲法の定める人口に数え入れなくても、やがては消えゆくであろう、と。

一八九三年、コロンブスの「アメリカ発見」四百年を祝って、シカゴ世界博覧会が開催された。そこではインディアン村が設置されたのだが、それは完全に消滅しかかっている過去の民族の歴史を骨董品のように展示するという主旨であった。

民族学者で写真家のエドワード・S・カーティス(一八六八―一九五二)は、一九世紀末から二〇世紀初頭にかけて先住民の写真を撮り、その民族、文化を記録している。一九〇七年から三〇年にかけて刊行されたカーティスのよく知られる写真集は、しばしば先住民インディアンを「消えゆく民族」ととらえ、それを記録した写真集であると形容されている。それは一九世紀の末まで、いや二〇世紀の初めまで、アメリカ社会が漠然と抱いていた考えかたであり、白人たちの潜在的な希望だったのである。


これまで先住民インディアンのうち、作中に登場するチェロキー部族に焦点をあて、その一九世紀の歴史を見てきたが、このような歴史は多かれ少なかれ、一五世紀のコロンブスの新世界到達いらい、諸部族が体験してきたことであった。一九世紀の国民的詩人と呼ばれたヘンリー・ワズワース・ロングフェロウ(一八〇七―八二)の『ハイアワサの歌』(一八五五)を思い出してもいい。この長詩の中で、白人のロングフェロウは、東の方からやって来る白人に対して譲歩し友好的に暮らすのだ、と部族の長ハイアワサに遺言させている。

アイルランド人のジェラルド・オハラがアメリカへやって来たのは、アイルランド人を弾圧する英国政府の追っ手を逃れるためだった。自分たちの土地を奪われ、小作人に貶められて搾取されたアイルランド人は、いつの日か自分の土地を所有したいという願望を強く持っていた。そしてジェラルド・オハラがジョージア州北部のクレイトン郡に獲得した土地は、ほんの少し前までチェロキー部族がはるか昔の先祖の代から居住していた土地だったのである。

ジェラルドがポーカー・ゲームを仕掛けた相手は、ジェラルドがアメリカへ渡って来た前年に抽選で土地を手に入れ、その地で一二年間暮らしたという。そこから計算するとジェラルドがポーカー・ゲームに勝って、土地の権利書を手に入れたのは、一八三二、三年ころと推定される。それは強制移住法が制定され、白人開拓者によるチェロキーへの囲い込みがさらに激しくなったときである。三八年には強制移住が執行されたのだった。

この物語の始まりは一八六一年だったが、ジェラルドとスカーレットが愛するタラ農園のあった場所は、そのわずか三〇年前までチェロキー部族が、自分たちの文化・伝統を重んじながら豊かに暮らしていた領域だったのである。

第五章

南北戦争とホーム・フロント（銃後）の女たち

銃後のレディたち

一八六二年、タラ農園のスカーレットはアトランタへやってくる。南北戦争が始まって一年あまりがたち、スカーレットの人生は劇的に変化していた。

戦時中のアトランタもまたすっかり変貌していた。

タラ農園とはまったく違う、戦争によって生き生きと活気に溢れた世界が展開していた。新しい建物があちらこちらに建設中で、さまざまな製造工場が生まれ、工場は昼夜を問わず稼働していた。住人、新参者、兵士たちで人口は増え、あらゆる訛りが聞こえ、英語が通じない人びとも住むようになり、賑やかな町に変貌していた。

アトランタへ到着したスカーレットを待っていたのは、メリウェザー夫人やミード夫人たちからの病院奉仕会への勧誘だった。

ホーム・フロント（銃後）の女たちはこれまでの慣習をかなぐり捨て、外へ出て働くことが求められていた。病院で医師の助手となり、洗濯係、包帯巻き、患者の介助をして働いた。あるいは、屋根裏部屋から昔、使用した織機を取り出してきて生地を織り、ホームスパンの布地で兵士の軍服を縫う。あらゆる作業を担う奉仕活動はほとんど女たちの義務になっており、この活動を通じて女たちは戦争協力《ウォー・エフォート》をしていた。すべて南部連合の〈大義〉のためだった。スカーレットはこの町の賑わいに刺激を受け、産後うつの状態から抜け出していく。

だが実のところ、レディたちの病院活動はそれほど積極的に評価も尊敬もされてはいなかった。一九世紀半ば、看護師の仕事は、「下層階級の、しかもできれば男の仕事」(『発明の母』九二)だったのだ。

南北戦争の少し前、一八五三年から五六年にかけてのクリミア戦争で、英国のジェントリ階級出身のフローレンス・ナイチンゲール(一八二〇―一九一〇)が、社会における看護師の地位を引き上げることに貢献した。ナイチンゲールは近代看護学確立のために尽くし、それにより看護師に対する社会の偏見が徐々に薄れていったことはよく知られている。

ナイチンゲール以前、女看護師は職業として曖昧なものでしかなかった。ほとんどが無給の召使いに近く、身分的に蔑《さげす》まれ、女の職業として確立してはいなかった。ナイチンゲールはこの仕事の有給化に努め、女たちの立派な職業の一つであることを社会に認識させていったのである。

ヨーロッパにおいてもアメリカにおいても看護師は、女優という職業と同じように強い偏見を持たれていた。医者は〈男の領域〉である。そして男の医者しかいない病院は男の世界であり、そのために医者の助手を務めるのは男の看護師の役目だった。まして戦時の傷病兵を受け入れる病院であれば、患者もまた男たちのみである。その中に若い女の看護師が入り込むことは世間の慣習に背く行為だった。「女が戦争とどういう関係があるのだ?」と、男たちには理解できなかった。病院の医師たちも、男の看護師の助けは借りても、女の看護師の助けなど借りたくないと考えていた。

アトランタでは傷病兵を収容する病院が次々と増えていった。そのようすは、作中で印象的に描写されている。各地の教会や学校が、傷病兵の病院になって転用された。戦争とはすなわち傷病兵の生産装置でもあった。

戦闘が始まったその瞬間から戦死者や傷病兵は生み出される。登場人物の一人で、セミノール戦争やメキシコ戦争に従軍したというマクレイ老人が語っている。「戦争では腹ぺこになるし、はしかにかかる、湿地で寝るから肺炎にかかる。はしかや肺炎にならなけりゃ、今度は便通が大問題じゃ。そうじゃよ、戦争じゃあ便通に悩まされるわいの――下痢になったり、そんなことじゃ――」(第一巻二五一)、というのが戦争の現実だった。のちに参照する南北戦争の女性看護師の日記に、やはり赤痢や下痢がもっとも多い症例だったという言及があるが、マクレイ老人は若者たちに、戦争が華々しい凱旋の儀式を約束するものではないことを訴えたのだった。

じっさい、南北戦争の戦死者は約六二万人と推計されているが、これはアメリカ合衆国が経験した、二一世紀にいたるまでのいかなる戦争と比べても突出して多い。さらに南北戦争では、武勲を立てての戦死より、風土病などの病気で死んだ者が圧倒的だったという。北軍の兵士は異郷の南部の地で戦わねばならなかったから、その地の気候風土や風土病に対して免疫がなかったこともあった。北軍兵士の多くが病気で死に、スカーレットの夫チャールズ・ハミルトンは従軍してわずか二ヵ月ほどではしかにかかって死んでいる。チフスなどの伝染病で病死する兵士も多かった。クリミア戦争でナイチンゲールが真っ先に取り組んだのがこの問題だった。病院の環境が不衛生であったために院内感染する傷病兵が多かったからである。

ケイト・カミングの日記

アラバマ州モビール出身のケイト・カミング（一八三〇頃―一九〇九）は、一八六二年四月から戦争終結まで南部連合の看護師として働き、その体験を日記に事細かに書き記している。それは戦争が終結した翌年、『ケイト――南部連合の看護師の日記』として出版された。従軍看護師の詳細な日記は稀有で、この本により野戦病院、捕虜の傷病兵、南部人の北部人に対する反応など、当時の状況が見えてくる。

ケイト・カミング（Kate Cumming）

カミングは南部連合を支持し、ヤンキーを嫌う典型的な南部人だったが、生まれたのはスコットランドのエディンバラで、カナダを経由してモビールの住人になっている。自分が育った南部への愛情は深く、看護師を募集する牧師の説教にすぐに応じたのだった。それには当時すでに評判の高かったフローレンス・ナイチンゲールの影響もあった。それでも看護師などレディのすることではない、という世間の批判は強く、ナイチンゲールがそうだったように、カミングも家族の反対を押し切っての志願だった。

一八六二年四月七日、カミングは牧師に引率されて、四〇人ほどの応募者とともにモビールを出発する。その中にはすでに作家として名をなしていたオーガスタ・ジェイン・エヴァンズ(一八三五—一九〇九)もいた。エヴァンズはジョージア州の裕福な家庭に生まれたが、父親が商売で失敗し、一家はテキサスに渡り、その後モビールに移り住んでいた。

エヴァンズはこのとき二七歳だったが、一五歳のときに第一作となる『アイネズ』(一八五五)を、一八歳で『ビューラ』(一八五九)を書き、後に出版された。南北戦争勃発時には作家として南部でも北部でも高く評価されていた。南北戦争を扱った『マカリア』(一八六三)は、戦争中に大ベストセラーになった。北軍では部隊長がこの本を禁書にするところがあったほどである。エヴァンズに不動の名声をもたらしたのは、戦争終結後に出版された『セント・エルモ』(一八六六)だった。これは四ヵ月で百万部が売れるという大成功をおさめ、当時、女性作家の本領と見なされていた、いわゆる「家庭小説」を代表するアメリカの作家になっていった。

エヴァンズは前線へは行かなかったが、いっぽうカミングは前線の野戦病院へ配置された。カミングは、看護師として正式な訓練を受けたことがなく、病院で下働きをしたこともなかったため、多少の不安もあったのだろう、友人に次のように書き送っている。

「病院の中へ入ったことはありませんし、何をするように求められているのかもまったく見当がつきませんが、それでも一人の女性(ナイチンゲール)がやりとげたのですから、ほかの人だってできると思っています」(カミング xii)。

そもそもアメリカで正式の看護学校が設立されるのは、南北戦争後しばらくたってからのことである。ナイチンゲールが看護師助産師養成学校の必要性を痛感し、ロンドンでナイチンゲール看護訓練学校を設立したのが一八六〇年。アメリカでナイチンゲールの理念のもとに看護学校が設立されたのは七三年だった。この年、ニューヨークのベルヴュー病院に附属看護学校が開校された。大学に看護学科が設置されるのは一九〇九年で、州立ミネソタ大学が看護学の学士号を授与するようになったときである。

南北戦争勃発のころには、ナイチンゲールのようにドイツの看護学校で勉強した人は例外で、正式な教育を受けた看護師はほとんどいなかった。看護師と呼ばれる人たちは、病院の先輩から現場で実技を教わり、先輩を見習いながら仕事を覚えていったのだった。

一八六二年四月九日の日記で、カミングは病院の外科医たちがレディの看護師を拒否するのを嘆いている。

「外科医たちはレディを看護師として病院で受け入れることに強い偏見を抱いています」と述べ、患者の見舞いに病院へ入ることすら許可しないのは、見舞品を自分のふところへ入れたいからだという辛らつな皮肉さえ記している。

「医師たちはわたしたちにとにかくチャンスを与えて、何ができるかさせてくれればいいのに。女たちはこれまでに立派な仕事をしてきたのではないでしょうか。(略)ミス・ナイチンゲールの崇高な例は何の意味もないのでしょうか。わたしはそうは思いません」(カミング 一二)。

英国の上流階級の女性たちが尊敬されながら携わった仕事なのだから、自分たちにだってできないはずはない。その記述が日記の中で繰り返されているのは、それだけレディの看護活動に対して社会の風当たりが強く、偏見の目で見られていたことの証《あかし》だろう。「尊敬できない、ですって！」とカミングは怒りを込めて書いている（カミング六五）。

人びとが眉をひそめたのは、病院の看護の奉仕活動は二の次にして、医師や傷病兵の中から未来の夫を見つけようと企んだり、いっときの恋愛を愉しもうという魂胆の女たちがいたことも一因だった。「病院によっては、レディに関して多くの問題を抱えているところもあった」（カミング六五）とカミングは率直に述べ、「今朝、朝食を食べながらびっくりしました。とてもきれいな寡婦でしたが、この病院に来てこれほど楽しい思いをしたことはないとしゃべっているのです。家を出るときにみんなから、恋人を見つけていらっしゃいねと言われ、うまく捕まえたのだと」（カミング二一六）。

作家アーネスト・ヘミングウェイ（一八九九―一九六一）は、第一次大戦で負傷し、野戦病院で知り合った年上の看護師ときわめて親しくなった。このように男女の恋愛が野戦病院で生まれやすいのも事実だろう。自分では何もできない傷病兵が、看護師の立場上とはいえやさしく世話をしてもらう、その相手に恋心を抱くようになるのはごく自然な成り行きだった。そのような恋愛感情は傷病兵と看護師の間に限られたことではなく、密接にチームを組む医師と看護師との間にも相互を思う感情が生まれやすかった。そのようにレディが無防備な状況に身を置くことに、一九世紀の「お上品な伝統」社会はとりわけ敏感になっていた。

カミングはひとりの牧師の言葉を引用する。「真実の女性、この国を愛している女性であればこの仕事に就くものです」(カミング六五)。兵士たちが風雨の中の強行軍に苦しみ、暑さ寒さに悩まされ、戦場で銃弾を受けながら命を犠牲にして戦っているのだから、女たちが勇敢な男たちの犠牲に応《こた》え、包帯を巻き、水を飲ませてやることなど当然ではないか。世間が「尊敬できない」仕事と見なしているからといって、何もせずにのほほんと暮らしていてよいのか、とカミングは怒りを爆発させている。

一八六一年六月、ドロシア・L・ディックス(一八〇二―一八七)は、北軍の要請を受け、陸軍所属看護師の総監督になる。一年後に志願看護師を募集することになるが、その資格は次のようなものだった。「三五歳から五〇歳までの、頑健で既婚婦人のように落ち着いた、こぎれいで穏健で勤勉な女性」。かれらには旅費と一日四〇セントが支給されるという条件であった(サクストン二五一)。

じっさいには、「不器量な女性」が望ましいという条件さえあったようで、世間から男女の関係を疑われないための配慮だったのだろう。看護師志願者は化粧なし、張り骨《フープ》の入らない黒か茶色の地味なドレスを着ていることが暗黙の了解とされていた。

『若草物語』の作者ルイザ・メイ・オルコットは、志願して北軍の病院で看護師として働いた。六二年一一月のことである。その期間は六週間ほどだったから、カミングに比べたらはるかに短かったが、病院での体験を日記に書き残し、『病院のスケッチ』(一八六三)として出版している。

オルコットは三〇歳になったばかりで、三五歳以上という条件は満たしていなかったのだが、落ち着きがあり、考えかたもしっかりしている、と見なされたのに加え、強力な推薦状もあって採用された。翌一二月からワシントンのユニオン・ホテル病院で働き始めている(サクストン二五一)。

ある医師が、オルコットが仲間の看護師と住む部屋へ、しばしば本を持って訪ねて来たという。その医師に、「自分の部屋へ来るように誘われたけれど、わたしは行かない」(メイヤースン編一一五)とオルコットは書いている。拒絶の理由は、看護師と医師との間に、ディックス総監督が懸念する事態の生じる可能性があったからだろう。

さてカミングの話に戻れば、看護師になった六二年四月は、シャイロの戦いで負傷者が多数出た時期にあたる。

シャイロはテネシー州の南西部にある町で、ミシシッピ州との州境に近い。四月六日、七日の二日にわたる戦闘は、初日は南軍が勝利したが、ユリシーズ・S・グラント率いる北軍が、夜中に援軍を得て態勢を立て直していた。南軍ではジョンストン将軍が戦死し、ボーレガード将軍が部隊を引き継いだが、古い武器しかなく軍備面で北軍に圧倒的に劣っていた。翌日には北軍が挽回し、勝利して終わる。シャイロの戦いは激戦で、六三年七月一日から三日にかけてゲティスバーグの戦いが起きるまで、南北戦争中、最大の激戦として記憶されている。ゲティスバーグでリー将軍は北軍の守備を崩せずに敗退し、翌四日にヴァージニアに逃れることになる。この戦いだけで南軍の死傷者および行方不明者数は約二万八千人、北軍は約二万三千人にのぼった。

外科手術の中世と言われているこの時代、患者の痛みを和らげる処置がままならず、また南軍は封鎖のために特に医薬品が欠乏し、鎮痛剤や麻酔薬を十分に使用できずに切断手術が行われた。弾丸に毒が塗られて傷口が化膿しやすかったともいわれる。今日からみれば手術は野蛮そのものであるが、壊疽《えそ》の拡大を防ぐために負傷した部位を切断除去するしか命を救う手立てがなかった。鋸《のこぎり》のような道具を使い壊死した手足を切断する、その状況は凄惨だった。

カミングは病院での負傷兵のようすを次のように描写している。

「白髪まじりの兵士や――壮年の自尊心を持っているはずですが――、まだひげも生えていない少年兵士、あるいは北軍の捕虜だろうと、みんながあらゆる体の部位を切断され、床に横になっています。（略）あまりにぎっしりと寝かされていて、みんなの体を踏みつけないで向こう側へ歩いて行くことができないほどです」（カミング一四）。いつもは外科手術が行われるときには、手術台からなるべく離れているのだが、あるときそのそばを通らなければならなかった。「そこで見た光景にわたしは怖気《おじけ》づき、吐き気をもよおしました。手術台から下に置かれた桶に血が流れ落ちていましたが、その桶には切断された腕がありました。（略）その手は桶から外へはみ出ていたのです。命の宿らぬ物と化していました」（カミング二五）。

一九世紀を代表する国民的詩人と呼ばれたウォルト・ホイットマン（一八一九―九二）は、北軍の負傷兵病院で看護師として働いた。その体験をもとに詩集『草の葉』に、「太鼓の響き」という題名で南北戦争の詩を収めている。「傷口の手あて係」という詩は、詩人が負傷兵に包帯を巻いた体験から生まれたのだろうが、カミングが見た光景に似た描写がある。

「切り株になった腕、切断された手から／血糊《ちのり》で固まるガーゼを除き、かさぶたを取り膿と血を洗い流す／兵士は枕に頭を戻すが、首は垂れて横を向き／目を閉じ顔面は蒼白、血だらけの切り株を見ようとしない／まだ一度も／／脇腹の深い深い傷に包帯を巻く／それもあと一日か二日、衰弱しきった体はやせ細り／黄ばんだ青白い顔をごらん／／弾丸が貫通した肩、撃たれた足に包帯を巻く／激しく痛み悪臭放つ壊疽にやられた肩や手をきれいに洗う／反吐《へど》が出そうで不快のきわみ／助手は盆と桶を手にすぐ後ろ、脇にじっと立っている」（ホイットマン三二〇―一）。

助手が手にしている桶は、血で固まったぼろきれや滴る血でたちまちいっぱいになってしまい、それを空にしても、またすぐに桶はいっぱいになる。傷口から滴る血は、「草を地面を赤く染める」（ホイットマン三二〇）とうたわれる。野戦病院には床板などなく、屋根すらないことも多かったのだ。

負傷兵を抱えた病院の実状は、北軍も南軍も変わらなかった。志願して看護師になったホイットマンが「反吐」が出そうだと告白し、やはりみずからの意志で看護師になったケイト・カミングでさえ、切断された手足を見るのは耐えがたかった。スカーレットが血まみれになる病院での奉仕活動にうんざりするのも当然だった。生死の境で苦悶する負傷兵を四六時中見ていること、それはだれにとっても魂をえぐられる経験であり、憂鬱で意気消沈する光景だった。それでもホーム・フロントの南部の女たちは、南部の〈大義〉のために協力せねばならなかった。

長びく戦争

戦争は男たちの仕事と考えられていたが、現に女たちもこのような形で戦争に巻き込まれていった。

男手をなくした農村の女たち、農園の女主人たち、都会の女たちも、みなさまざまな領域で戦争協力を期待された。短期決戦で簡単に終結すると信じていた南部人の思惑ははずれ、この戦争は四年間にわたって継続されることになる。

その間に、女たちに厳しい負担が課せられたことは、南部連合にかぎらず北部《ユニオン》においても変わりなかったのだが、戦場となった南部の諸地域に住む留守家族の女たちへの負担は、より大きかったことだろう。

これまで南部の美女《サザン・ベル》として、レディとして育てられてきた女たちは、外の世界を知らなかった。スカーレットの母親エレンのように、あらゆることが夫しだい、慈悲心から近隣の貧乏白人《プア・ホワイト》の病人の手あてに行くときでさえ、夫の許可を求めていた。

南部の大農園制度《プランテーション》は白人農園主の采配によって成り立つ父権制社会だった。奴隷たちは隷属していたが、白人の女たちもまた主人の支配のもとにあった。男たちの機嫌を損なわないように自分の意見は控え、マミーがスカーレットに、「娘っ子は目ぇ伏せて、『ええ、おっしゃる通り、サー』と答えるんでごぜえますよ」と諭したように、自分で判断しないのが南部のレディの理想的な生きかたであり、そのためのレディのしつけだった。

それに対し、主人はかれらを庇護する責任を負っていた。男たちが不在となることは父権制社会の重要な中心が欠けて、それまで保たれていたバランスが崩れることだった。周囲に守られ、レディとして育てられた女たちは、責任を負うことには慣れていない。男たちがいなくなり不安になり見捨てられたと感じるばかりでなく、南部の女たちは「裏切られた」とさえ感じたのだった(『南部の物語』一二七)。

だが戦争で夫も息子も軍隊に取られてしまったのだから、残された女たちが大農園を運営せねばならない。サウスカロライナ州の農園主の妻は、「奴隷たちに鞭をふるうなど、レディにふさわしくなく不快きわまりないことだった」(『南部の物語』一二八)と記している。

奴隷たちの管理もより難しくなっていた。それは、戦争によって、かれら奴隷たちの意識も変化したからである。リンカンの奴隷解放宣言を耳にし、また北軍がそばにいることがわかると、農園からひそかに逃げ出し、北軍陣地へ助けを求める奴隷たちが続出した。

北軍は逃亡奴隷を〈コントラバンド〉と解釈し、土地案内や軍隊の雑用係として利用した。〈コントラバンド〉とは〈戦時禁制品〉という意味なのだが、これは北軍が考え出した苦しい解釈だった。というのは逃亡奴隷であれば、一八五〇年の逃亡奴隷法によって、かれらをかくまってはならず、白人所有者のもとへ送り返さねばならないことになっていたからである。それゆえ北軍は逃亡奴隷の処遇に困り、〈コントラバンド〉として北軍に所属させたのである。

男手がなくなったばかりでなく、それまで大農園のために働いていた奴隷たちが勝手に逃げ出すとなると、留守を預かる女主人の精神的負担はより大きくなった。大家族を取り仕切るために、女主人はそれまでも多くの家事労働をこなしてきた。石鹼作り、ろうそく作り、衣類を縫ったり編んだり、そのほか台所道具の手入れ、家禽の世話、豚の屠殺(クリントン二四―八)など、ありとあらゆる仕事を召使いと一緒にこなしてきた。それに加えてすべての判断を女主人が一人で下さなければならない状況は、計り知れぬほど心細かったことだろう。戦争は男たちを徴兵し、戦死や負傷でかれらの人生を奪ったが、それまで通常とされてきたような女の人生も奪ったのだった。

大農園の女主人

サウスカロライナ州カムデン近郊のマルベリー大農園の継承者と結婚したメアリー・ボイキン・チェスナット(一八二三―一八八六)は、南北戦争のころの暮らしを克明に記した日記を残してよく知られている。大農園経営についての記述は、一八六五年春の南部連合の敗戦後に多くなるのだが、戦中の記述によって読者は、当時の白人奴隷所有者と黒人奴隷との関係や、政治の中枢近くにいた夫の行動を通して、南部連合の内情を具体的に知ることができる。

メアリー・ボイキン・チェスナット(Mary Boykin Chesnut)

一八三五年、一二歳のときにメアリーはチャールストンの寄宿女学校に送られる。そこでフランス語を習得し、フランス文化の教養を積んでいった。さらにドイツ語も学び、知識を深めた。この学校は〈マダム・タルヴァンドのヤング・レディのためのフランス学校〉と呼ばれ、サント・ドミンゴ、今日のハイチの黒人革命を逃れてきたフランス人(第二章参照)、アン・マーサン・タルヴァンドが校長を務める水準の高い学校だった。

夫ジェイムズ・チェスナット・ジュニア(一八一五―八五)とは、マダム・タルヴァンドの学校で同級だった友人を介して知り合っている。チェスナット家はサウスカロライナ州で一、二を争う裕福な家柄で、四五〇人ほどの奴隷を所有し大農園を経営していた。チェスナット・ジュニアは大学卒業後の一八三八年、父親の大農園があるカムデンで法律事務所を開き、四〇年にメアリーと結婚する。

その後、チェスナット・ジュニアは政界に転身し、南部連合憲法の署名者の一人となり、ボーレガード将軍のもとに招喚され、その下でサムター要塞砲撃の指揮をとった。チャールストンに住んでいたメアリーは、一八六一年四月一三日の日記に次のように記している。

「サムター要塞は炎に包まれています。銃撃の音で普通に食卓を囲むことなどとても無理。誰も食卓につかず、小卓を廊下に持ちだし、家中のあちらこちらを動きまわっています」(ウッドワード編四八)。この戦争は奴隷制度廃止を支持するリンカン大統領の北軍との戦いであり、奴隷たちがどのように反応するのか、それも心配の種だった。「ニグロの召使いのことばにも態度にもなんら変化はありません。ローレンス(召使い)は部屋の戸口に立って、相変わらず眠そうに、敬意をもって、まったく無関心の風情。他の召使いたちもしかり。無関心すぎるくらい。サムター要塞のあるチャールストン湾の大騒音が聞こえているのかいないのか。昼夜を問わず、耳を聾《ろう》するほどなのに。みんな椅子かテーブルがあるだけみたいに平気で戦争の話をしています。それでもかれらは無反応。まったく愚鈍なのか、それともわたしたちより賢くて、時間の経過するのを待っているのかしら、黙ったまま意志を固くして」(ウッドワード編四八)。

メアリーは当時三八歳。三〇代はすでに中年と見なされていたこの時代、女盛りを越えた貫禄がある女丈夫だっただろう。六一年五月の日記に、「わたしが男だったら、ここに座ってまどろんだり、お酒を飲んでくだを巻いたりなんかしていない――ヴァージニアでいま戦っている戦争を忘れたりして」(ウッドワード編六五)と、感じたままを述べて、夫にたしなめられたと記している。このような率直な発言があるからこそ、日記は真実を含んでいる。もっともこれは、一日一日を追った純粋な意味での日記ではなく、戦後二〇年近くたった一八八一年から八四年の間に加筆され、刊行されたものである。

黒人奴隷についてメアリーは恐くないと書いている。六一年一〇月七日の日記に、「わたしたちみんな生きていることをありがたいと思わねば。だからと言って自分たちのニグロを怖がってはいません。かれら(殺人を犯した者)は身の毛のよだつような野蛮なけだもの――未開人、怪物――でもわたしのように、たいていの人たちは自分の家は大丈夫と信じています。二〇マイル四方に白人が一人もいなくたって、わたしは明日にでも農園へ行って、そこに留まっているつもり」(ウッドワード編二一一―二二)と。

これらの記述があるのは、じつはそのころメアリーの縁戚で、三〇年代に学校で一緒に学んだ友達が、自分の召使いの奴隷に殺される事件が起きていたからである。

同年九月一九日には、昨日、ウィザースプーン夫人が寝床で死んでいたという知らせを受けたとある（ウッドワード編一九五）。夫人はやさしく高潔で恨みを買うような人ではない。それなのに自分の奴隷たちに殺されたとは。メアリーは恐怖を覚えた。それまで「自分は奴隷を一人として傷つけたことはありません。かれらがわたしを襲うなんて考えられない」、「ニグロを怖がるなんて思ってもいませんでした」（ウッドワード編一九九）と考えていたのだが、「この世の聖女」（ウッドワード編一九九）と見なされていたウィザースプーン夫人が殺されるのなら、自分だってどうなることかわからない、と初めて信念を揺さぶられている。

メアリーの姑チェスナット夫人は、「ニグロが怖かったし、今でもそうです。若いころ、サント・ドミンゴの話を聞き、消すことができないほど心に強く刻まれてしまったのです」（ウッドワード編二一一）と言ったとメアリーは書いているが、ハイチの黒人革命は、南部の沿岸地域《コースト》では当時、まだ語り継がれる身近な歴史的事件だった。

一八六二年四月、南部連合は徴兵法を制定する。戦争が終結する六五年までに徴兵法は二度にわたって改正され、年齢条件は一七歳から五〇歳まで広げられた。該当者の四分の三が入隊し、南軍で軍務についたといわれ、ホーム・フロントは「白人女性と奴隷の世界」（『発明の母』三二）となっていた。ヴァージニア州レキシントンの女性は、「男は一人も残っていない。（略）女の世界になってしまった。少年と八〇代の男たちが少し残っているだけ」（『発明の母』三二）と嘆いている。

ウィザースプーン夫人の殺人事件は、男たちが戦争にとられ、男の管轄者がいなくなった南部の農園の心細い実状をあらわしているだろう。南部の父権制社会にほころびができ、やがては大農園《プランテーション》の経済形態が崩壊へと向かう兆候でもあった。

メアリーは、ストウ夫人の『アンクル・トムの小屋』を再読した際に、北部人とは異なる環境で、かれらの知らない体験をしてきた南部人の率直な感想を記している。

「作中のニグロの女のほうが、どこの白人女性に比べてもはるかに人生の機会に恵まれています」という叙述では、特に南部のレディたちが縛られている日常的環境を思い浮かべて嘆いているのだろう。そしてこうも書く。「ニグロを心穏やかに受け入れようとすれば、できるだけ距離を置くこと。宣教師は邪悪の撲滅のためにあらゆることを試みますが、わたしの知る限り、南部の女たちも同様に努力しています。それでも社会悪は英国であれ、ニューイングランドであれ、ロンドンであれ、ボストンであれ、抑え込まれてはいないのです。(略)〔『アンクル・トムの小屋』の〕エヴァみたいな人物は、ストウ夫人の想像力の賜物で天国にしか住んでいません。人間は汚いもの、醜いもの、むかつくものを好きになるよう強制されても心から好きにはなれません。けれども善意をもって接することはできます——距離があれば。そう、わたしは高潔な人間にはなれません。自分の目で見て判断するだけ」(ウッドワード編二〇七)。

メアリー・チェスナットは奴隷制度が擁護される南部に住み、奴隷を所有する女主人だったが、自分が奴隷制度擁護論者だとは認めていない。だからといって人道主義の立場から即時に奴隷を解放すべきだと主張しているのでもない。やがてはこの制度が消滅するだろうと予測しながら、北部の人道主義者たちの主張に見られる、机上の論理を喝破する。ストウ夫人が、解放された元奴隷たちとアメリカ社会で共生することは不可能だと考えていたことは、『アンクル・トムの小屋』に明らかだが、ストウ夫人のように北部にいて日常的に奴隷や自由黒人たちと接していない人びとの主張と、じっさいに日々かれらと共に暮らす南部人の感じかたとは違うのだと主張する。

このころ南部連合のメディアは、アメリカ合衆国が建国されるころ、女たちを〈共和国の母〉と持ちあげたように、しきりに〈南部の娘〉〈南部連合の新しい女〉と女たちを謳いあげ、たたえている。それまでのように「価値のない女」(『発明の母』二一)であることをやめ、家庭に引きこもらず、南部連合の勝利のために進んで行動することが奨励された。「自己信頼」、自分を頼り南部連合の女性としての責務を果たすことが求められた。だがいっぽうでは、女が公《おおやけ》の場所に出て自分を表現することに嫌悪感を抱く男たちがいつまでも存在した。

当時、南部連合の資金集めに人気があったのは、音楽会や独唱会よりも〈活人画《タブロー・ヴィヴァン》〉だったという(『発明の母』二一六)。スカーレットが〈タブロー・ヴィヴァン〉を演じて南部連合を称揚したように、特に「南部連合」を演じることがもてはやされた。それに対して、人びとの前で演じるなど「南部の女性の心からの謙虚さ、繊細な感情」(『発明の母』二一七)を損なうことだという批判があった。

たしかに〈女の領域〉を踏みはずしているという批判的な声があがったが、南部の女たちはいったん外の世界を経験すると、これまでの慣習に縛られた生きかたに疑問を抱くようになっていった。初めて舞台に立ち観客を前にしたときの興奮を、「自分が重要な存在と感じた」(『発明の母』二七)と記している例もある。戦争協力が女の自立をうながし、責務とともに女たちは喜びを経験していったのである。受け身に徹した人生は、かえって悲劇に向かうことにもなりうると悟ったのだった。

メアリー・チェスナットの夫は、南部連合大統領やボーレガード将軍、リー将軍など政府高官たちときわめて近しい間柄にあり、いわゆる上流階級の面々を招いて晩餐会やパーティを自宅で頻繁に開いている。リッチモンドのチェスナット家は南部連合のホワイトハウスのすぐそばにあり、南部連合大統領夫人とはほとんど毎日のように顔を合わせていたという(ミューレンフェルド一一七)。このようなパーティは気晴らしでもあったが、それ以上に情報交換の貴重な場であった。

一八六一年八月二七日のメアリーの日記に、グリーンハウ夫人の名前が登場する。

「グリーンハウ夫人がボーレガードに北軍の最新の動向を報告したことは疑いの余地がありません――それでマナサスの戦いで敵方は大敗北を喫したのです。夫人はわたしたちに敵方の作戦の詳細を送ってきました。しかも情報はすべて正しかったのです。兵隊の人数、作戦ルートなどなど」(ウッドワード編一六七)。「グリーンハウ夫人は軟禁され迫害されていて、だからこそ余計に夫人を信頼すべきです。夫人は南部連合が結局は自分を信用していないのではないかと疑っています。マナサスで戦った部隊は、夫人が善き天使だったと証言しています」(ウッドワード編一七二)と記しているが、このグリーンハウ夫人とはいったい何者なのか。

女スパイ

ローズ・オニール・グリーンハウ（一八一五頃―六四）は、首府ワシントンに居住していた南部出身のレディで、連邦脱退主義者であり南部連合のために働いたスパイだった。

メリーランド州の裕福な奴隷所有者・農園主の娘マリア・ロゼッタ・オニールとして生まれ、アイルランド人を祖先に持つ南部人だった。父親が奴隷の下僕に殴り殺され早くに亡くなったために、姉たちと首府ワシントンで下宿屋を営む母方のおばの世話になる。下宿屋といっても英軍に議事堂が焼かれたために急きょ建てられた建物で、その後、政府関係者の宿泊先になり、副大統領になったジョン・カルフーン（一七八二―一八五〇）などお歴々が泊まるところだった。カルフーンはローズ・グリーンハウの夫ロバート・グリーンハウ（一八〇四頃―五四）の友人でもあり、カルフーンと親しく語らううち、グリーンハウ夫人は政治に目覚めていったといわれる。のちに出版した著書には次のような記述がある。

「わたしは南部の女で、体の中に革命的な血が流れている。州権とか連邦制に関しての未熟な考えが一貫性を持ち、形をなすようになったのは、今世紀最大の賢者ジョン・カルフーンのおかげである。こういった思考は読書や観察を通して熟慮を重ね、よりしっかりしたものになった。言論・思想の自由は生得権で、米国憲法の自由に関する憲章で保障されており、わたしたちの祖先が命を賭《と》してそれに署名したのだ」（グリーンハウ五九）。

グリーンハウ夫人はこのように発言できる強い女だった。「政治に関する自分の見解を持ち、時事問題を論じる権利がわたしにはある。自分の意見を発表することを決してためらったりしない」(グリーンハウ五九)と述べ、なおそれを実践することができる破格のレディだった。

グリーンハウ夫人は、姉の一人が結婚した相手がマディスン大統領夫人の甥だった関係で、ワシントンの社交界へ顔を出すようになった。三五年に結婚した夫ロバートは、ヴァージニア州出身で医学と法律を修め、ヨーロッパでの修学経験もあり、フランス語やスペイン語など数ヵ国語を習得していた。

ローズ・オニール・グリーンハウ(Rose O'Neal Greenhow)と娘のリトル・ローズ(8歳)

ロバートはアンドルー・ジャクソン大統領のもと、通訳・調査官として国務省で働くようになり、三七年にはヴァン・ビューレン大統領によってメキシコに派遣され、情報収集を依頼されている。語学に堪能なロバートはこのような秘密の任務に適していただろう。四四年、太平洋岸の北西部の地勢調査の報告書は、政府によって『オレゴンとカリフォルニアの歴史』として刊行された(ブラックマン一二五)。ロバート自身には政治的野心がまったくなかったようで、測量や交渉ごとなどを政府に依頼されてこなしていたが、スパイ活動に携わったかどうかは確定されていない(ブラックマン一〇七)。けれどもグリーンハウ夫人は、メキシコ政府と秘密裏に交渉して、アメリカ政府へ報告する夫の姿を間近で見ていたのであり、のちのスパイ活動には、夫との生活がいささかなりとも役に立ったにちがいない。

グリーンハウ夫妻は、メキシコで何らかのアメリカ政府代表に任命されることを望んでいたが、半年滞在したあと、ゴールド・ラッシュが起きていたカリフォルニアへ渡る決断をする。ロバートは法律事務所を開設して成功したが(ブラックマン一六四)、五四年三月、事故で死んでしまう。

夫人はふたたび首府ワシントンへ居を移し、政治家たちとの社交生活を楽しむようになった。特にジェイムズ・ブキャナン(一七九一―一八六八)と親しくなって大統領選挙を応援し、ブキャナンが大統領になるとその政権時代(一八五七―六一)、グリーンハウ夫人の政治的影響力はもっとも強くなっていったという(クルーク四)。

ブキャナンが大統領に就任するとすぐに、夫人の姪アディが、妻を亡くした四三歳のスティーヴン・ダグラス上院議員と結婚する。〈小さな巨人〉と呼ばれたダグラスは五フィート四インチしかなかったが、アディはワシントンの社交界でもっとも背が高いと言われていた(ブラックマン一七六)。ダグラスはのちに南部連合の副大統領になる人物であり、この結婚によってグリーンハウ夫人はさらに政界の中枢へ入っていった。

グリーンハウ夫人宅のパーティは人気があり、南部・北部双方の政治家たちを引きつけていた。特にワシントンやリッチモンドのお屋敷で開かれるパーティには、政府高官が姿を見せるので、政治的機密をたくさん隠し持つ人びとが狭い部屋に押し合いへしあい集まっていた。その中にはスパイがいると思われていた。

戦争が勃発してからほどなく、陸軍のトマス・ジョーダン（グリーンハウはジョードンと表記）大佐が夫人に近づき、〈スパイ網〉の一人に誘い入れた。

〈ワイルド・ローズ〉というあだ名で呼ばれたグリーンハウ夫人は、情報収集能力に長けていた。夫人のスパイ活動のおかげで、最初の大規模な激戦となった、一八六一年七月二一日のマナサス（第一次ブル・ラン）の戦いで、南軍ボーレガード将軍は勝利を収めることができたと言われている。

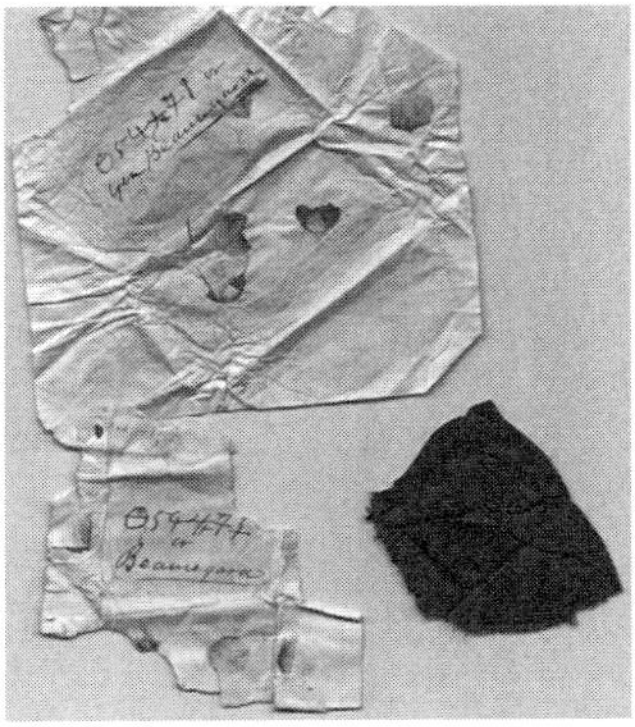

暗号化した伝言とそれを入れた袋

ジョーダン大佐から基本的な暗号を学んだ夫人は、同月初めにマナサス攻撃の秘密文書をボーレガード将軍へ急信で送ることに成功する。ちなみにボーレガード将軍の暗号名は、数字で〈054 173.〉とあらわされた（ブラックマン六）。

グリーンハウ夫人は暗号化した伝言を黒い絹の小袋に縫い込み、百姓の娘の格好をした手下のベティ・デュヴァルの黒髪の中に編み入れた。それは「一ドル銀貨より小さな袋」（ブラックマン六四）だった（図版参照）。その内容は一〇語の英語で、「マクダウエルが一六日に進軍開始の指示を受けたことは確実」というものだった。一六日の昼一二時に送った急信は、夜八時にボーレガード将軍のもとに届き、将軍はリッチモンドのデイヴィス大統領に援軍を要請する。翌日、夫人はジョーダン大佐から、「貴信は夜八時に受領。かれらの到着に対する準備は万端。敵軍の様子、目的地、大砲の台数について正確な情報を求む」という返信を受け、翌日には、「ウインチェスター鉄道切断の意図」のあることを知り、これも急信で発する(グリーンハウ一六)。北軍の作戦は、鉄道を切断してリッチモンドへの南軍の輸送態勢を切り崩す作戦だった。北軍は一六日の午後から進軍を開始し、その夜、ヴァージニア州北東部のヴィエナで宿営、翌朝、五時に進軍を再開する。七月一八日の朝には、マナサス(ブル・ラン)から数マイル手前までようやくたどり着いた(ブラックマン四〇)。

一八日の夜、どういうわけか、北軍勝利の知らせがワシントンに届き、町じゅうが歓喜に沸いた。グリーンハウ夫人はニューヨークで知るのだが、大いに失望する。だが北軍勝利の情報はまったくの誤報だった。マナサスの戦場を逸早《いちはや》く離れた者が、誤報を鵜呑みにしてしまったのだった。戦闘はまだ続いていた。

七月二三日、ニューヨークからワシントンへ戻ったグリーンハウ夫人は、南軍勝利に歓喜する友人たちに出迎えられたばかりでなく、リッチモンドから急信を受け取っている。それはグリーンハウ夫人を情報員にしたジョーダン大佐からだった。「大統領と将軍は私にあなたへの感謝の意を伝えるように命じられた。さらなる情報を期待する。南部連合はあなたに負うところ大である。ジョードン《(ママ)》」

（グリーンハウ一八）。

グリーンハウ夫人は、その後、少なくとも九回にわたり暗号化した情報をボーレガード将軍へ送っている。だが「プロのスパイと違って、複写したものを家に保存しておいた」（ブラックマン四七）ために、「北軍はオリジナルと暗号文の両方を入手してしまい、暗号を解読して、誤った情報で南軍を攻撃することにもなった」（ブラックマン四七）とあり、外からのぞき見できる一階で、北軍側の政府関係者と一緒に地図を広げたりと、素人ゆえに脇のあまいところがあったようでもある。ただし、本人は次のように書いている。これは自宅軟禁後、ワシントンの刑務所に収監されてからのものである。

「ここではわたしの手紙はすべて捜査員の手を経る。かれらは化学薬品を使って反逆罪を抽出する。というのは秘密警察の指示で書かれた新聞記事によると、わたしはあぶり出しインクを使用しているそうだ。わたしは本来の通信に目が行かないように、わざと準備段階のものを目立つ場所に放っておいた。かれらはこの餌に飛びつき、わたしの〔通信相手の〕友人は袋のねずみだと思ったようだ」（グリーンハウ二二五―六）。

そのような場面もあったのだろう。

マナサス敗北のあと、北軍政府は探偵を雇い、グリーンハウ夫人を追跡させている。雇われたのは、一八五〇年にシカゴで設立され、今日でも名称を変えて業務を続けているピンカートン探偵社のアラン・ピンカートンだった。夫人によればピンカートンはドイツ系ユダヤ人で、過度にユダヤ人の本能が働き、それはヤンキーとのかかわりでさらに研ぎすまされた、と批判的に描写している（グリーンハウ二〇三―四〉。ピンカートンは、大統領選挙に勝利した直後のリンカンの暗殺計画を察知し、未然に防ぐことに成功していた。南北戦争中、リンカンはピンカートンを私設の警護係として雇っている。

一八六一年八月二三日、グリーンハウ夫人はピンカートンたちにより逮捕される。逮捕状どころか、当局の権限を示す証《あかし》は何も持っていなかった。「かれらはわたしの家を占拠し、わたしの私信や、これまでの生涯に作成してきた書類をすべて読み検閲した。わたしの家と住人の捜査で、あらゆる礼儀作法は無視された。わたしを監視するとは、すべての法律が破られたにひとしい」〈グリーンハウ一一九〉。

そののち五ヵ月間にわたり夫人は自宅で軟禁されている。グリーンハウ家は〈女の反乱者たちの留置場〉とか〈グリーンハウ砦〉と呼ばれ、それ以降に逮捕された南部連合シンパの女たちはここへ送られてきた。

就寝中でさえ扉を開けたまま警備員に監視される軟禁状態にあったにもかかわらず、グリーンハウ夫人は〈スパイ活動〉を怠っていない。親類・友人に身のまわりのつまらぬ出来事を手紙に書く振りをして、じつは貴重な情報を伝達していたと説明している。

「サリーおばさんに伝えてちょうだい。子どもたちに古靴があるって。ダウンタウンまで誰か寄越して靴を取りに来てもらいたいの。そうしてくれる慈悲深い人がいるかしら、わたしに知らせて」という手紙は、「川向こう〈南部連合〉に伝えたい重要情報あり。すぐに使者を。信頼できる情報を手に入れる手段ありや?」〈グリーンハウ九二―三〉という意味だった。夫人は女で母親だったから、このような家族の日常に関することを書いても不思議ではなかった。それは北軍の目をくらます一つの方法だった。

あるときシカゴの娼婦が逮捕され、グリーンハウ家へ送られてきた。死んだ子どもの部屋だった夫人の隣室に入れられ、自由に夫人の部屋に出入りして話しかけてくる。食事も一緒に取るよう強いられ、夫人は拒否するが、このような形で自分を貶《おとし》めると憤慨している。国務省副長官がしばしばその娼婦の部屋へ来ているとの記述もあり（グリーンハウ一〇三）、北軍の男たちの道徳的堕落をそれとなくにおわせている。

一八六二年一月一八日、グリーンハウ夫人と娘のリトル・ローズは、軟禁されていた自宅から、オールド・キャピトル・プリズンへ送られることになった。皮肉にもこの建物は、その昔、おばが下宿屋を営み、一〇代のローズが姉とともに暮らした場所だった。刑務所となったかつてのおばの家は汚れていて臭く、衛生状態はひどいものだった。刑務所での扱いは野蛮で、衣類は盗まれるし、さらにニグロと一緒の部屋に入れられ、南部のレディとしては受け入れがたかった、と憤慨している。自宅軟禁より監視が強まり、不快な環境でグリーンハウ夫人は数ヵ月を過ごすことになる。

同年三月二九日、釈放のための公聴会が開かれたのは夫人の友人の家だった。かつてはそこで盛大なパーティが開かれたのだった。「賑やかな輝かしい情景」（ブラックマン二一九）を思い出した夫人はあまりの変わりように深い悲しみを覚える。戦争は、かつての親しく懐かしい場所を、異質の空気が支配する場所に変えてしまうのだった。

通算一〇ヵ月に及ぶ勾留生活ののち、六月四日、ようやくリッチモンドへ送られたグリーンハウス夫人は、翌日、滞在していたホテルにデイヴィス大統領を迎えている。大統領はローズの変わりように仰天し、のちに妻への手紙に、「マダムはひどく変わってしまった。精神的苦痛のために神経がやられているような感じがした」(ブラックマン二四一)としたためている。

南部の〈大義〉のためには、いかなる行動であれ、それを起こす権利が自分にはあると主張し、釈放された船の中でも北軍に囲まれながら、デイヴィス大統領へ乾杯の言葉を口にするような強い意志と実行力を持ったグリーンハウス夫人だったが、刑務所暮らしの身体的拘束はかなりこたえていた。すでに四〇代後半になっていたのだから当然だっただろう。それでもデイヴィス大統領のさらなる要請に夫人は応じている。それは海上封鎖を破ってヨーロッパへ渡り、英仏両国と交渉して南部連合を支持し承認してもらうという使命だった。

「グリーンハウ母娘を北軍のいわばバスチーユ監獄へ留置したことは、諸外国で同情され憤激を招いていた。特に英仏のエリート階級は、ヤンキーの高圧的で野蛮な姿勢を苦々しく思っていた」(ブラックマン二五六)ので、デイヴィス大統領は夫人を交渉の適任者と見なしたのだろう。

南部連合は脱退という形で連邦から独立を宣言してみたものの、諸外国、特に英仏の承認を得られなければ意味をなさなかった。大統領は南部連合を結成してすぐにヨーロッパへ政府要人を派遣して外交折衝に当たらせていたのだが、反応は芳しくなかった。

ナポレオン三世のフランスでは、たしかに南部を支持する動きはあったようである。イデオロギー的な支持ではなく、自由貿易推進の立場から南部に加担しようとした。今日のフランスの歴史家の一人は、「フランスは南部を選ぶ」という記事で、「フランスがアメリカの戦争に賭けるのはイデオロギーによるものではない。ナポレオン三世は、南部連合が自由貿易の原理を支持し、フランスの産物——絹織物・リボン・レース・ワインなど——に関税を課さずに輸入する用意があるのを知らないわけではなかった」(アムール六九)のであり、商業的な利益から南北戦争を捉えていたと主張する。

けれどもナポレオン三世はいつでも英国の出方を慎重に眺めていた。

一八六三年八月五日、グリーンハウ夫人と娘のリトル・ローズは南部連合の最速船ファントム号でヨーロッパへ向かった。夫人はロンドンを拠点に、パリとの間を往復して、大統領の指令を実行した。英国のヘンリー・J・T・パーマストン首相(一七八四―一八六五)と会い、ナポレオン三世を説得しようと努めたのだが、英仏の南部連合承認を獲得することはできなかった。

一八六四年一〇月一日、夫人は自分に可能な工作はこれで終わりと見きわめ、娘リトル・ローズを聖心会の寄宿学校へ預け、帰国することにした。だが夫人の乗った蒸気船コンドル号は、ほぼ南部へ帰還したに等しいウィルミントン近くで封鎖船ニホン号に発見され、陸地から三百ヤードの沖合で浅瀬に乗り上げてしまう。ヤンキーにふたたび逮捕されるのを恐れた夫人は、翌朝、潮の満ちるのを待つべきだという船長の助言を払いのけ、小さな救命ボートで陸地を目指す。だがボートは転覆し、夫人は溺死してしまう。翌日、夫人の遺体は岸に打ち上げられた。その身には南部連合政府への急信と、当時の二千ドル相当に値する四百ポンドの英金貨の入った革袋が結びつけられていた。それは前年に、ロンドンで出版された夫人の本の印税だった。

グリーンハウ夫人の葬儀は南部連合軍により盛大に営まれた。戦時中で物資不足の中、最大の努力が払われ、棺《ひつぎ》を南部連合の旗で覆い、軍隊の高官たちが列席し、かれらやウィルミントンの政府高官たちが棺の付き添い人を務めた。雨の降る中、長い葬列が続き、町の住人たちも勇敢な南部の英雄的なレディの突然の死を悼んだ。

新聞は南部連合のために身を捧げたローズ・オニール・グリーンハウをジャンヌ・ダルクにたとえ、その果敢な生涯を賞讃した。南部連合を支え、揺らぐことのなかったその強い信念に、メアリー・チェスナットのように感動する南部の人びとは多く、その殉職を惜しんだのだった(ブラックマン二〇一)。

女たちの社会参加

当然のことながら、スパイは南部連合においてもグリーンハウ夫人だけではなかった。北軍のために働いた者を含めるとおびただしい数にのぼった。女スパイたちもまた、それぞれ愛国心に燃えて南部のため、北部のために、〈戦争協力〉したのである。

南北双方に〈ビッグ・ファイヴ〉と呼ばれた女スパイたちがいた。グリーンハウ、ベル・ボイド、エリザベス・ヴァン・ルー、ポーリーン・クッシュマン、アントニア・フォードである(ヴァロン六二)。

一八世紀末から一九世紀半ばにいたるまで、〈女の領域〉として家庭に閉じ込められていた女たちは、戦争という非常事態により、初めて自分たちの能力と個性を生かす機会を与えられた。

一八六一年から六五年の間に、驚くほど多くの南部の上流階級や中産階級のレディたちが、初めて有給の仕事に就くようになっている（『発明の母』八〇）。戦前も女たちは、たとえば婦人帽作り・パン職人・お針子・洗濯屋・下宿業・飲食業などで働いていたのだが、それは生活のために従事する賃労働で、下層階級の女たちのすることだった。いっぽう中産階級や上流階級では働くことに対する偏見が強く、日本でもそうだったように「職業婦人」は世間から軽蔑され、またレディたち自身も侮蔑していた。

教職は中産階級の女たちが就ける職種として、一般的には尊敬の念をもって認められていたにもかかわらず、教師になることにすら強い抵抗があった。男たちが払底《ふってい》し、女たちが教師になるように社会が求めた戦時でも、「教える仕事に就くくらいなら死んだほうがまし」（『発明の母』八六）と感じる南部のレディは多かった。まして賃金をもらうことにはおぞましいという感覚があった。ある南部のレディが「反対を押し切り、わたしのことを愛している人たちを不愉快にさせて、ここに教えに来ました。教師にならなければ満足しないと考えたからです」（『発明の母』八七）と記している。

ところがそのような周囲の抵抗、世間の習慣からはずれるという個人的な葛藤があったにしても、じっさい社会に出て自立した生活を始めた女たちは、社会参加によってもたらされる充足感を味わっていた。戦争によって半強制的に外に出されたが、それによって〈女の領域〉は否応なしに広げられていった。戦争は女たちの意識高揚運動の役割を果たしたのだった。

女子教育にも改革の動きが見られた。女子教育の重要性を説き、女性教師養成の学校創設を計画し、花嫁学校《フィニッシング・スクール》で教えるような科目ではなく、代数・幾何・三角法・応用科学が基幹科目に数えられることを奨励する動きもあった(『発明の母』八五)。南部連合の未来のためには、女たちにフランス語、ピアノ、ダンスなどの花嫁修業をさせるだけではなく、理系の力が現実的に必要であることを認識したのだろう。

スカーレットはフェイエットヴィルの花嫁学校を出ている。本を読むのが嫌いだったという設定になっているが、数学は得意だった。再建時代に入り、暮らしてゆくために製材所の経営を始めると、男たちより商売の能力を発揮し、すらすらと暗算をこなしたと描写されている。〈新しい女〉の資質を備えていたのだ。

教育改革をはかる男たちは、かといって男女平等を唱えたのではない。あくまでも「女は女である」という姿勢は崩していない。戦争が女たちの考えかたを現実的にさせたのだが、それは期せずして男女の意識を少しずつ変えていく契機になった。

女兵士・女牧師

女たちは兵士になることすら望んでいた。戦争勝利のために脇から奉仕活動をするもどかしさより、直接的に戦争に参加して〈戦争協力〉をしたいと願う勇敢な女たちがいた。特に南部に多かったというわけではないかもしれないが、文学や映画には、そのような南部の女たちがしばしば登場する。

二〇世紀になると映画産業が生まれ発展していくのだが、南北戦争終結五〇周年になる一九一〇年代には、南北戦争をテーマにした作品が何本か制作されている。一九一五年のD・W・グリフィス監督による「国民の創生」はとりわけ人気を博し、映画史上に残る傑作と今日でも評価されている。グリフィス監督はこの映画を撮る前に、南北戦争を扱った短篇映画を数本、発表している。なかでも「鎧戸《よろいど》の締まった家」(一九一〇)や「刀剣と心」(一九一一)では、南部の若い娘が兵士の制服を着て南軍のために活躍するという内容である。そこで描き出されるのは、南部の「臆病な男」たちと対照的な、現実的でたくましい女兵士の姿だった。

「鎧戸の締まった家」は一六分の短篇で、最初に南部の豊かな上流家庭の居間が映し出される。そこでは母親と若い娘が南部連合の大きな旗を広げながら、南部への誇りを体中であらわしている。そこへりりしい軍服姿の息子が登場する。若者は近くに布陣したリー将軍のもとへ、仲間の兵士とともに意気揚々と出かけて行く。ところが戦闘が始まると恐怖心が募り、いたたまれなくなって酒で自分を鼓舞しようとする。リー将軍に依頼され、前線に手紙を届けるという任務を負うのだが、戦死する仲間の姿を目にすると、いくら酒をあおって勇気を奮い起こそうとしても臆病風には勝てなかった。とうとう手紙を届けるどころか、持ったまま家に帰ってしまう。酔っぱらった息子がリー将軍の手紙を持っているのを発見した母親は、娘に軍服を着せ、長い髪を切り、前線へ送り出し手紙を届けさせる。兄の兵服を着て変装し、無事に任務を遂行して戻ってきたところで、女兵士は地面に打ち捨てられていた南部連合旗を見つけて拾い上げる。その瞬間、背後から敵軍の銃撃を受けて女兵士は斃《たお》れる。掲げていたのは、最初の場面で母娘が誇り高く広げていたあの南部連合旗だった。リー将軍からは勇敢な行為をたたえる書簡が届き、息子の戦死が顕彰される。

息子の軍隊からの脱走を恥じる母親は戸惑い、死んだことになっている臆病な息子を家に幽閉し、鎧戸を閉じて外界と隔離する。妹は兄の戦死を悼んで悲しみのあまり引きこもってしまったと世間には嘘をつく。やがて中年になった兄が鎧戸を開け、そこですべてが露顕する。

アメリカ文学において〈臆病〉は男の作家たちの大きなテーマの一つで、一九世紀末には、スティーヴン・クレイン(一八七一―一九〇〇)が、『赤色武勲章』(一八九五)で南北戦争を背景に兵士の〈臆病〉と恐怖をテーマにし、二〇世紀にはアーネスト・ヘミングウェイが、死を前にして臆病になる男たちを描いている。臆病であることはアメリカの男たちにとって最大の屈辱であった。

そのように小胆で風上に置けない兵士とは対照的に、女兵士は勇敢な姿で描かれる。

たとえば、ウイリアム・フォークナーの『征服されざる人びと』(一九三八)では、南北戦争中に南軍兵士とともに従軍していたベイヤード・サートリスの従姉ドラシラが登場する。この連作物語の中でドラシラは、南部の優雅なレディではなく、果敢で男まさりの女、結婚を望まない女として描き出されている。

文学や映画に女兵士が登場してくるのは、現に男装した女兵士たちがいたからである。

何らかの形で〈戦争協力〉をしたいと願い、あるいは第二のジャンヌ・ダルクになりたいと夢想して、または夫や恋人の近くにいたいと望んで女たちは兵士に変装して従軍した。「数百人の女たちが男の服装をして兵士として入隊した」(マクファーソン八六四)と推定されている。「多くの、おそらくほとんどの女兵士は、娼婦か愛人だった」という説もある(『南北戦争の女たち』八四)。

サラ・エマ・エドモンズ(一八四一―九八)は、二年あまりをフランクリン・フリント・トンプソンという名前で北軍兵士として務め、戦後、結婚し子どもにも恵まれているが、一八八六年には軍人恩給を申請し受給している。ジェニー・アイリーン・ホジャーズ(一八四三―一九一五)もアルバート・D・J・キャッシャーという名前で、三年近くを無事にイリノイ部隊の兵士として務めあげ、一九〇七年にはやはり恩給をもらい、一〇年に自動車事故で復員軍人病院に搬送され、初めて女であることが判明したという(『南北戦争の女たち』八二)。

女スパイたちが兵士に変装して諜報活動を行うこともあった。

ホーム・フロントの女たちはまた、日常生活において男の役割である牧師になることもあった。

画家ウイリアム・D・ワシントン(一八三三―七〇)は、南部連合の〈失われた大義〉の象徴としてよく知られている「ラタネの埋葬」(一八六四)という油絵を描いた(一八四頁図版参照)。これは一八六二年の〈半島《ペニンシュラ》作戦〉で戦死した、若い南軍兵士ウイリアム・ラタネの埋葬式を題材にしている。牧師職は〈男の領域〉だったが、牧師が不在であっても死者は弔い埋葬せねばならない。この絵では、大農園の女主人が、まだ農園に残っていた男の奴隷を使って墓穴を掘らせ、埋葬式を執り行い、祈りを捧げて

ウイリアム・D・ワシントン「ラタネの埋葬」

いる。スカーレットの父親ジェラルド・オハラの埋葬式では、女ではなかったが、牧師の資格を持たないアシュリーが司式した。

日用品の欠乏

女たちは南北戦争の間、以上に挙げたような、かつては〈男の領域〉とされていた職に就き働くようになった。だが南部のホーム・フロントの女たちがもっとも苦労したのは、日用品の欠乏だった。全米の九四パーセントの衣料品工場、九〇パーセントの製靴工場が北部に存在していたからである。

作品中、レット・バトラーが南部には戦争をするために必要な重工業が欠けていることを指摘して、南部の男たちを憤慨させたが、じっさい全米の鋳鉄工場の九三パーセント、機関車製造工場の九六パーセント、火薬工場の九七パーセント、船舶工場の九八パーセントが北部にあり、線路に不可欠の圧延工場は南部にまったく存在していなかった（フリーリング四）。

一八六三年四月初め、リッチモンドでは「パン寄越せ」の一揆が起きた。

貧しい女たち数百人が群がって、政府の倉庫に備蓄している食料を放出せよ、そして原価で分けよ、と要求したのだった。肉屋のおかみさんたちは肉切り包丁を片手に、ピストルを腰に差し、集団を率いて泥道をデモ行進した（左の図版参照）。知事公舎の前までやってくると、女たちは「パンを！」と叫び、知事が姿を現さないと知ると、怒りに燃えて暴徒化した。あちこちの店のガラス窓を破り、つかみとれる物なら何でもつかんだ――食料品、ろうそく、布地、帽子、ズボン、乗馬用ブーツ、婦人用の靴、刺繍された子ども服など何でも（ブラックマン二五三）。

六二年から六三年にかけての冬は異常気象で、例年より気温が低く、雪も多かったという。小麦の値段は樽四〇ドルまで高騰し、七面鳥は一羽一五ドルになった。そのうえ、南部連合の兵站《へいたん》部隊が食料調達に来ては農家の作物、家禽、馬を連れ去って行った（ヴァロン一〇二―三）。

「パン寄越せ」一揆（1863年4月）

ヴァージニア州のあるレディは、一八六一年には南部連合への愛国心から、アイスクリームやケーキを食べるのを断念したと記している。翌年になると食卓から肉や穀物が消え始めた。六四年には、アラバマ州で飢餓による死者が出るようになった（『南部の物語』一二五）。小麦粉、お茶、コーヒー、ワイン、砂糖、香辛料がなくなり、針、糸、ボタンなど裁縫に必要なものまで不足した。歯ブラシが二ドル五〇セント、帽子が六〇ドルもした（ラブル九二）。

食べものの不足は人びとにとって最大の心配ごとだったが、衣類や靴の不足にも悩まされた。女たちは、「紡いだり、織ったりという昔の仕事」に精を出し始め、「この古代からの仕事は、いま、とても盛んになっている。封鎖されているので、そうでもしないかぎり、物が手に入らないから」（カミング六四）。綿花の梳きぐし《コットン・カード》（図版参照）で梳《す》き、紡ぎ、織った。普通の家が「家庭工場《ドメスティック・ファクトリー》」（マクデヴィット五）に変わっていった。ホームスパンの軍服や衣服が当たり前になり、染料が手に入らないため薄い黄土色、生成りのみすぼらしい服装になった。

綿花の梳きぐし（コットン・カード）

それでも衣類は社会的立場の象徴だったから、南部のレディにとってホームスパンは屈辱的だったようだ。つぎはぎだらけでも絹や麻なら我慢できるのだが、「ホームスパンの下着となると、どうしても下品で庶民に貶められたように感じるのだった」と嘆いている（ラブル九三）。

作中でもメリウェザー夫人の娘は花嫁衣装だけはホームスパンではいやだと泣きわめき、レット・バトラーが白いサテンの布地を結婚の贈りものにしたことで、バトラーの立場が好転するという場面がある。戦争中、特に田舎では〈ホームスパンの花嫁姿〉はなじみの光景になっていた。一八六二年、戦争が始まって一年しか経たない時点で、ホーム・フロントの服装事情はそれほど悪化していた。

南部連合の女たちは古着をほどいて縫い直し、スカーレットがそうしたようにカーテン地やシーツや枕カバー、テーブルクロス、その他ありとあらゆる布地を利用して着るものを作った。下着もほとんどまかなえないようになっていった状況は、スカーレットやメラニーの寝巻のみすぼらしさにあらわれている。

とりわけ靴は問題だった。「靴はもっとも高価な品物」（『南北戦争の女たち』二〇四）の一つだった。南部連合には製靴工場がなく、戦前は北部で生産された靴を購入していた。母親は育ちざかりの子どもたちの靴を作るために、自分たちで皮をなめしたりもした。けれども利用する皮革《かわ》が手に入れば幸運で、たいていはスカーレットのように絨毯地《じゅうたんじ》を靴代わりにしたものを履き、靴底もまた木や厚紙だった。一八六五年までには、絨毯が敷かれている家はほとんどなくなっていたという（『南部連合の代用品』一二四）。材料不足のために絨毯はすべて靴などに使われてしまっていた。

兵士にブーツがなく、雪中でも裸足《はだし》で行進しなければならず、悪徳商人が南部連合軍に持ちの悪い靴を売りつけて金儲けをしている話は、作中でも批判的に言及されている。

一八六二年一〇月には南軍兵士の装備がすでに劣悪になり、同月二七日の看護師ケイト・カミングの日記に次のような箇所がある。

「ブラッグ将軍〔ブラクストン・ブラッグ、一八一七―七六〕率いる部隊の負傷兵が毎日、到着しています。病院はかれらでいっぱい。あんなに疲労困憊した兵士は見たことがありません。ぼろ着をまとい、たいてい裸足なのです。軍隊はどこも苦戦しており、炒りトウモロコシしか口にしないこともしばしばだとか」（カミング七四）。

紙も払底した。紙がなくなり、スカーレットはタラ農園との通信にも不都合を感じていた。作中でもすでに書かれた便箋を再利用して行間に文字を埋めるために、手紙が読みにくかったようすが描かれている。一八六三年にはジョージア州マリエッタにあった製紙工場が閉鎖する。こうして日常生活はどんどん不便になっていった。

「戦争は偉大なる平等主義者」

このようにホーム・フロントの女たちは、長引く戦争の影響で物資が不足し、男手をどんどん失うなか、それでも耐久戦を生き延びねばならなかった。戦争という現実が南部の女たちを変えないはずはなく、女たち自身も変わらざるを得なかった。

ケイト・カミングは次のように記している。

「ホームスパンの灰色の服を着て、前からこんな暮らしだったのよ、とわたしは平気。戦争は偉大なる平等主義者。わたしたちに思考の機会を与えてくれますもの」（カミング九八）。南部の男たちが状況に順応するのにも驚いている。「台所で働く男たちは、いつだってそこで働くのが自分の仕事だったように見えます」（カミング九八―九）。

カミングが記すように、「戦争は偉大なる平等主義者」で、命を賭ける戦いの前では男だ女だと言う余裕はなく、状況に応じて判断し活動せねばならなかった。一九世紀のヴィクトリア朝の〈女の領域〉などという社会規範にこだわってはいられない。否応なしに厳しい現実を突きつけられる暮らしの中で、男女の役割分担の境は退き、平坦化するのである。

このように戦争はたしかに南部のレディたちに「思考の機会」を与えたのだった。これまでの慣習が役に立たなくなった現実を前に、女たちはレディであることの意味を失い、戸惑い、スカーレットは、「お母さま、あなたはまちがっていた！」（第三巻三六）と叫ぶ。

戦争は、南部のこれまでの慣習的なレディの生きかたに対して、初めて疑問を呼び起こさせたのだった。

第六章

マーガレット・ミッチェルとその時代

ミッチェル・娘時代の習作

マーガレット・ミッチェル(一九〇〇年一一月八日―四九年八月一六日)は、兄スティーヴンズによると、小学校に上がる前から本を読むようになり、書きかたをおそわる前に、お話を作るようになっていたという(エスクリッジ編 xix)。

ミッチェルは、アトランタの公立小学校に通っていた。英語は得意科目だったが、小学校一年のときから算数は苦手で、すべての科目に秀でた優等生ではなかったようだ。兄や友だちと馬を乗り回し、外で跳びまわることの大好きなおてんば娘だった。一九一四年、母親メイベルの意向で、家から近い私立のいわゆる花嫁学校《フィニッシング・スクール》、ワシントン・セミナリーに進学する。

この時代に書かれたミッチェルの習作が発見されたのは、まったくの偶然だった。死後はすべての手紙や書類を焼いてほしいと、常日頃から夫ジョン・マーシュに遺言していたそうで、誠実なジョンは、その願い通りにほとんどを焼いてしまっている。少女時代のノートや手紙や日記は、ミッチェル家の遠い縁戚に当たるウエイルズ・トマスのパートナー、ジェイン・エスクリッジが、トマスの叔母の家を整理していて発見したのだった。二〇〇〇年にその一部が出版され、その中にはミッチェルが一二歳ころに書いた、〈ヒュー・ウォーレン――北軍《ユニオン》のスパイ〉とか〈ダン・モリスン――南部連合のスパイ〉という題の、南北戦争をテーマにした短篇も含まれている。

ミッチェルの子ども時代は、家庭劇が盛んで、ピーチトリー通りのミッチェル家では、一〇代の子どもたちによる芝居が繰り返し演じられていた。ワシントン・セミナリーでは演劇クラブで演じるだけでなく、脚本を担当し、校内雑誌に〈ペギー・ミッチェル〉の名で短篇小説も発表している。

一九一六年、三月二二日付の便箋に書きつけた戯曲は、〈ハン・サンの誕生会〉と題され、ほんの二頁分が残っているだけだが、一五歳のミッチェルがどのような想像力を持っていたのか、その片鱗《へんりん》に触れることができる。

日本で一番の美人ハン・サン（お花さんでもあるのだろうか）の誕生日を祝う会という設定で、エンペラーが出席する（エスクリッジ編一三四―五）。芝居の流れや完成度よりも、一〇代のミッチェルが日本という異国を取り上げた点に、その関心のありかたを読み取ることができるだろう。

また、一九一五年一月七日の日記には、一四歳のミッチェルが母親について書いている。

「母はわたしのことをわかってくれない。決して感情をあらわさないのだ。ほとんど。そんなふうにわたしを育てたのだ。みんなの前で感情をあらわすのはきらい――泣いたり、怒ったり、愛したり、大声で笑ったり、おおげさに喜んだり悲しんだり。みんなの前でこんなことをするのがきらい。でも家の中だったらかまわないじゃないの。母を愛しているし、母もわたしを愛してくれていると思う。母がわたしに何を言おうとしようと、わたしは母の被保護者だろうから、わたしはたいてい黙っている。母は愛情から何かを命令するのではなく（略）、いつだって、〈義務〉なのよ、とわたしに向かってどなっている」（エスクリッジ編一四一）。

この年ごろの女の子であれば、親との間にこのような距離感があっても、それは格別めずらしいことではない。けれどもミッチェルは母親の愛情が薄いと感じていたようなふしがある。同じ日付の日記でミッチェルは、母親はもう一回というチャンスをだれにも与えないと嘆いている。そして「わたしは懇願するタイプではない」とも。乞い願うくらいなら自分の手を切ったほうがまし、などと恐ろしいことを書いている。

ミッチェルと母親は、スミス・カレッジへ入学する直前に二人だけの旅をして、東部の親戚を訪ねている。そのとき初めてミッチェルは母親を少し理解するようになった。ところが母親はその数ヵ月後、スペイン風邪に罹って死んでしまう。その死の床でミッチェルへの遺言を兄に口述筆記させているが(エドワーズ五七―八)、その言葉には親として娘に期待し、よい人生を送ってほしいと切に願う、子を思う強い気持ちがあらわれている。

ミッチェルはまた次のような将来の夢を描いてもいた。

「どういう形でもいいから有名になりたい――演説家・芸術家・作家・兵士・ボクサー・政治家、ほとんど何だっていい。男の子だったら、ウエストポイント士官学校を狙うんだけど、能力があったらの話だけど――そう、ボクサーだって――何かスリルのあるものなら。たしか聖書にこんな文句があった。〈叩けよ、さらば開かれん〉」(エスクリッジ編一四二)。

当時の一五歳の女の子が、自分の人生に見る夢としては平均的なものではなかった。兵士・ボクサー・政治家など、女の子にとってほとんど不可能な領域だった。父親や兄が進んだ法曹界への道も女たちには閉ざされていた。弁護士になりたいと言ったら、おそらくだれもがびっくり仰天しただろう。

この時代の女たちは、選挙権のない黒人と同じように、白人であっても明白に差別されていた。

ミッチェルの青春時代は、第一次世界大戦と重なっている。一九一六年三月下旬にミッチェルが書いた〈ローズヴェルトが大統領だったら〉という、一種の政治評論が残っている。一九一〇年のメキシコ革命にあたって、ウイルソン大統領は積極的政策を取らずに、「監視しながら待つ」という受け身だったために批判されていた。シオドア・ローズヴェルトが大統領だったら、アメリカはもっとうまく対処していたはずだという世間の論調に対して、ミッチェルは反論している。一五歳の少女だったミッチェルが、社会の動きにいかに反応したか、そこに読み取ることができるだろう(エスクリッジ編二〇〇一)。

一九一七年四月、アメリカ合衆国議会は参戦を決議し、ドイツに対して宣戦布告をする。ミッチェルの世代の若者たちは、ウイルソン大統領の〈民主主義にとって安全な世界を〉というスローガンのもと、この〈大きな戦争〉を戦わねばならない、と理想に燃えてヨーロッパ戦線へ向かって行った。だがその結果は、戦争は殺戮でしかないという現実認識だった。

一九一七年一月には、ミッチェルの住むアトランタに軍隊の基地が置かれることになり、夏にはキャンプ・ゴードンが建設された。ミッチェルはワシントン・セミナリーの最高学年(高校三年生)で、一番親しい同級生のコートニー・ロスとともに、赤十字のために自動車の運転を担当し、戦争協力をしている。

一七年から一八年にかけてのミッチェルの高校生活の最後は、アメリカ合衆国の参戦の影響のもと、賑やかな日々となった。軍隊が駐屯しているアトランタには兵士たちがあふれ、かれらのためにダンス・パーティや、お茶会などが頻繁に開かれた。ミッチェル家には車もあり、お手伝いもいて、その大きな館は兵士たちの格好の息抜きの場所となり、若いミッチェルは母親と共に兵士たちをもてなし、ダンスの相手になり、会話を楽しんで、まさに青春を謳歌した。

のちに弁護士になるミッチェルの兄スティーヴンズは、合衆国の参戦を知り、ハーヴァード大学で法学の学位を取る計画を中断し、軍隊に入隊した。たまたま故郷アトランタ勤務になったために、母親メイベルはミッチェルと共にしばしば息子を訪問し、その帰りに仲間の兵士を車に乗せて家に連れてきたという(パイロン七七)。このようなパーティで一七歳のミッチェルに出会い、恋心を抱いた兵士は一人だけではなかった。ミッチェルの電話番号〈ヘムロック五六二一八〉番は、若い兵士たちの間で人気の番号だったという(フリーアー編一七)。

若い兵士たちは、前線へ送られる前の不安を抱き、また若さゆえの豪胆さをもって、ミッチェル家で開かれるパーティにやってきた。故郷を離れ、一人ぼっちの若い兵士は南部の娘たちのやさしさに心ひかれ、有頂天になってしまっただろう。暖かい南部の宵のパーティは、かれらをロマンティックな気分にひたらせたに違いない。兄スティーヴンズはその思い出を次のように語っている。

南部のほがらかな娘たちは、この地域に備わるあらゆる魅力の象徴だった。夏のガーデン・パーティでは日本製の提灯があたりをほんのり照らし、まるで魔法にかかったようで、北部人《ヤンキー》の多くの若者たちは、アトランタの穏やかな宵に圧倒されてしまった。ドライヴ、ダンス、広いテラスのある館、カシの木々の深い暗闇と月明かりのもと、ギターを抱えた黒人ミュージシャンが、庭をゆっくりめぐって音楽を奏でている。（パイロン七八）

作家F・スコット・フィッツジェラルド（一八九六―一九四〇）もまた、南部アラバマ州モントゴメリーに住む地域社会の名士、州最高裁判所のセイヤー判事の家で開かれるこのようなパーティで、男たちの恋心を燃え立たせた、判事の一八歳の娘ゼルダ（一九〇〇―四八）と運命的な出会いをしたのだった。

このころミッチェルもひそかに本人同士のあいだだけで婚約をしている。いつどこでどのようにして二人が出会ったのかははっきりしていないが、相手はニューヨークの上流階級出身のクリフォード・ウェスト・ヘンリー中尉（一八九六―一九一八）だった。

クリフォード・ヘンリーは、一九一七年に入隊すると、一八年五月半ば、アトランタのキャンプ・ゴードン勤務となった。二ヵ月後の七月末にはヨーロッパ戦線へ送られるのだが、その間にミッチェルと出会い、相思相愛の仲になる。ヘンリー中尉は「先祖伝来の大きな指輪」をミッチェルに贈り、結婚の約束をした（パイロン七九）。

だがヘンリー中尉は、一九一八年一〇月一六日、フランスで戦死する。ミッチェルはそのころアトランタを離れ、母親の教育方針通りに、東部マサチューセッツ州の名門女子大学スミス・カレッジの一年生になっていた。この婚約はミッチェルの父親の猛反対にあい、ミッチェル家の両親からは認められていなかったとはいえ、一七歳のミッチェルが一人で結婚を決意した相手だった。遠い女子大の学寮で、恋人の戦死を知らされたときのショックは計り知れない。ヘンリー中尉の面影は一生、消えることなくミッチェルの心に残り、生涯、ヘンリー中尉の命日に、その両親へ供花を送りつづけている。ずっと後になってからミッチェルは、恋人の死に終わったこのロマンスを、忘れることができなかった、と打ち明けている(パイロン七八)。

習作『消えたレイセン島』

ミッチェルは、いわゆる〈失われた世代《ロスト・ジェネレーション》〉と呼ばれるようになった作家たち、フィッツジェラルドやアーネスト・ヘミングウェイとほぼ同世代で、戦後の〈狂瀾怒濤の二〇年代〉に成人するのだが、そのころのミッチェルを語る前に、もう一つミッチェルが残したノヴェラ(中篇小説)の習作について述べておかねばならない。

『消えたレイセン島』という題名のノヴェラは、ミッチェルが一五歳のときに書いている。南太平洋を舞台にしたラヴ・ロマンス・ミステリーで、恋愛の三角関係を扱い、人物造型において、『風と共に去りぬ』の登場人物との類似が認められる。だがそれよりも、まだ一五歳にすぎないミッチェルが、かなりの構成力をもって、一つの作品として完成させていることに注目したい。そのうえ、『風と共に去りぬ』を書き始める一〇年ほど前の一九一六年七月一〇日に書き始めたこの作品を、ひと月もたたない八月六日には書き終えているのである（フリーアー編一〇）。

この作品の存在が外部に知られるようになったのは、一九九四年のことだった。その翌年、これがミッチェルの創作であると確定されると、アトランタにある〈タラへの道博物館〉はこの新しい事実を公表した。その結果、これまで知られていなかったミッチェルのラヴ・ロマンスのあらたな事実も判明したのである。

『消えたレイセン島』は、ヘンリー・ラヴ・エンジェル（一九〇〇―四五）に贈られていた。一九五二年にヘンリー・エンジェルの母親が死に、それよりだいぶたってから、ヘンリーの息子、ヘンリー・ジュニアは、その祖父から父親の秘密の形見とされる品々を受け継いでいる。その中には、父親とミッチェルの親しい間柄を伝える五七枚の古い写真、ネガ、一五通の書簡、それにミッチェルから贈られた二冊の作文帳が含まれていた（フリーアー編九）。その作文帳にこの作品は書かれていたのだった。

ヘンリー・エンジェルとミッチェルはアトランタで隣近所に住んでいた。一九一二年ころ、エンジェル一家は、アトランタのピーチトリー通りへ引っ越してくる。この時代にミッチェルが親しくなった女友だちにコートニー・ロスがいる。ロス一家もまたこのころ、テネシー州メンフィスからアトランタへ移り住んでいた。三人は同じ小学校に通う友だちとして仲よくなり、青春時代をともに過ごす

ヘンリーからミッチェルへのプロポーズ(マーガレット・ミッチェル『消えたレイセン島』より)

親しい隣人同士になっていく。

かれらは〈嘆かわしい三人組《ザ・ダーティ・スリー》〉、略して〈DTクラブ〉と称したグループを結成し、それぞれが二二歳、二三歳で結婚するまで、一緒に遊び、芝居を演じ、旅行し、乗馬や球技に興じ、ハイキングをするよき仲間になった。女友だちのコートニーとミッチェルは、ワシントン・セミナリーでも同級生で、コートニーは一つ年上だったが、その言葉を借りれば、二人は〈一卵性双生児〉(フリーアー編一五)のようだったという。コートニーとミッチェルは生涯つづく友人関係を結んだのだが、男友だちのヘンリーとそのような関係を保つのはむずかしかった。ヘンリーは繰り返しミッチェルに結婚を申し込み、二人はプロポーズの場面を演じて、それを写真に撮らせたりもしている。

このころのミッチェルにはたくさんの男友だちがいたが、そのだれとも結婚を望んでいなかった。一七歳のときの、結婚まで考えた初恋が尾を引いていたのかもしれないが、それよりもミッチェルには、いわゆる結婚願望が薄かったように思われる。母親メイベルは、「自分の二本の足で立つように娘には教育してあります」(パイロン八〇)と、クリフォード・ヘンリー中尉の母親に語ったと伝えられているから、ミッチェルは女が経済的依存のために結婚しなければならない、という世間の慣習になじんでいなかったのだろう。それにまた父親が不動産業で成功し、弁護士としてアトランタの法曹界の名士でもあったから、豊かな暮らしに慣れていた。二〇代初めのミッチェルには結婚が、経済的理由で必死になって実現すべき人生の目的とは映らなかったのかもしれない。

『消えたレイセン島』は次のような物語である。

南太平洋のトンガ諸島の島々を舞台に、アイルランド人の船長ビリー・ダンカンが部下の船乗りチャーリーに、一五年前の出来事を語るという設定で物語は始まる。

当時、一等航海士だったダンカンは、島々の日本人《ジャップ》や中国人、カナカ人を相手に貿易にたずさわる船に乗り組んでいたが、けんか好きのあらくれ男だった。ところがそこに天使のような女性が登場する。その白人女性コートニー・ロス（ミッチェルの友人と同名）に思いを寄せる、求婚者ダグラス・スティール、ハリスン船長、ダンカン、日本人とスペイン人の混血ホアン・マルドとの間に、女性の〈名誉〉を賭けた戦いが展開する。ダンカンが島を離れていたとき、火山の噴火でレイセン島は消える。スティールはコートニーを守り、小舟〈メリー・メイド〉号に乗って逃げるのだが、そこにマルドと手下二人が乗り込んでくる。コートニーを守ろうとしてスティールはマルドと決闘になり、マルドに襲われそうになったコートニーは、自分で命を絶つ。

ミッチェルは、男の勇気を証明したスティールと、自分の命よりも名誉を重んじたコートニーをたたえて物語を締めくくっている。

今日の日本の読者からすれば、南太平洋に浮かぶ島々に住む日本人への批判的・侮蔑的なミッチェルの姿勢が気になるかもしれない。だが一九一〇年代は、西海岸地域、特にカリフォルニア州で、日系人排斥運動が盛んになり、日本人への恐怖感が強くなり、〈黄禍《イエロウ・ペリル》〉と呼ばれたアジア人に対する差別意識が高まった時代である。一九二四年、その一連の動きの中で移民法が改められ、日本人移民の門戸は閉ざされてしまった。このような社会状況だったから、ミッチェルの造型した人物マルドがステレオタイプだったとしても無理からぬことだった。

それよりもミッチェルの独自性は、コートニーに思いを寄せ、強引に欲望を満たそうとする悪者を純血の日本人ではなく、スペイン人との混血にしているところにある。英米でゴシック小説が盛んだった一八世紀から一九世紀の初めにかけて、悪者はアングロ・サクソンではなくラテン系、プロテスタントではなくカトリックやイスラームであることが多く、ラテン系でカトリックのスペイン人の姿で登場してくることが多かった。この作品の中では、それを日本人とスペイン人の混血にした点に特異性がある。ミッチェルには何らかの思惑があったにちがいない。

一五歳のときに書かれたことを考慮すると、ミッチェルには並々ならぬ創作力があったと評価してよいだろう。一九九七年、このノヴェラが出版されるや、ニューヨーク・タイムズのベストセラー・リストに載った。それは『風と共に去りぬ』の作者の、未発表原稿の発掘というだけでなく、破たんなく構成され、それなりにサスペンスがあり、多様な人物造型とラヴ・ロマンスの筋立てなど、作品としての力を持っていたからである。

『風と共に去りぬ』と重なるところがいくつかある。たとえば語り手の船長がアイルランド人で、一六歳のときに家族も友人も学校も捨てなければならなかったのは、「ちょっとした反乱にかかわり、首に懸賞金がかけられたからだった」（フリーアー編八五）という箇所は、まさにジェラルド・オハラがアイルランドを追われ、アメリカへ逃げてきた理由と重なっている。

登場人物コートニー・ロスは、ミッチェルを思い起こさせるような、背丈五フィート、体重一一五ポンドの〈リトル・レディ〉で、これ以上ないと思われる、最適の結婚相手ダグラス・スティールから逃れ、南太平洋の島へやってきた〈宣教師〉だと紹介されている。もちろん教会が派遣した宣教師ではなく、私費で学校を建て、島民を啓蒙しようというミッションを抱いた、いわゆる自称〈宣教師〉である。コートニーは「科《しな》をつくったり媚びを売ったりせず、男のようにじっと相手の目を見る」（フリーアー編六八）女性として描かれている。

再建時代《リコンストラクション》のスカーレットは、母親が仕込んだレディになるための教育は何の役にも立たなかった、と慨嘆し、自分の手足を使い、働き、男まさりの勢いで商売に精を出していた。そのようなスカーレットとコートニーの資質には相通じるところがある。

一九一八年、ヘンリー・エンジェルは入隊し、ミッチェルは大学入学のためにアトランタを離れた。

けれどもこの冬、スペイン風邪が流行し、一九年一月、母親メイベルが感染して急死してしまう。スミス・カレッジにいたミッチェルは急いで帰ってくるのだが死に目に会えず、そこで遭遇したのはメイベルを失くしてうろたえている父親の姿だった。これはのちに南北戦争中にエレンをチフスで失い、茫然自失状態になったジェラルド・オハラの姿に重なってくる。

南部娘のミッチェルが東部の学生生活を体験するなかで、南部人《サザナー》とヤンキーの精神的風土の違いをどのように体験したのかは明らかではない。入学する前に、母親とコネティカット州の母方の裕福な叔母を訪ねたときには、ヤンキーに対する嫌悪感を父親と祖母宛の手紙の中で吐露している。ここは「お金、お金、お金」の世界であると。

それでもミッチェルが、東部の大学生活を楽しまなかったわけではなかった。スミス・カレッジの近くにあるアマースト大学の学生に人気があり、社交面では充実していたようである。けれどもミッチェルにとって大学生活は決して精神的には充実していなかった。

一九一九年三月一七日付の手紙で、その空虚な気持ちを兄に率直に告白している。

「スティーヴ、ここにずっといる意味がないんじゃないかしらって、自信を失くすことがあるの。勉強のことじゃない――成績はCくらいだから、まあまあ――でも何か成し遂げたってことがひとつもないの。輝くものがわたしには何もない――学業・体育・文学・音楽、なんにも。学生数二五〇〇人の大学で、わたしなんかよりずっと賢くて才能のある人がたくさんいるのよ。一番になれないのなら、この世にいないほうがまし」(M・ウォーカー三七)。

結局のところミッチェルは、母親を亡くして戸惑う父親を目にして、学位を取得し、「自分の足で立つように」と願った母親の教育方針をまっとうすることなく大学を中退する。

アトランタへ戻ったミッチェルは、ふたたびかつての男友だちや女友だちと付き合いはじめた。第一次大戦後の一九一九年夏のことである。ジャーナリストになるという一つの夢は、大学卒業を果たせなかったために遠のいていた。ミッチェルはのちに中退したことを後悔していると語っている。だが自分でも成績がCの学生であることを自覚し、とりわけ秀でた才能もないと認めていた当時は、実は後悔の念はそれほど強くなかったのではないだろうか。

一九二〇年代のミッチェル

第一次大戦後のこの時代は、ニューヨークのみならず、パリ、ベルリン、東京、上海などで芸術・文化が花開いた時代といわれている。

〈大きな戦争〉に絶望し、深い傷を負った若い世代は特に、平和な時代を迎えて、カルペ・ディエム（この日をつかめ）の精神に支配され、自分たちの青春を謳歌しようと必死だった。あのような残酷な戦争に、ふたたび巻き込まれないとも限らない。それならいまの自由を大いに楽しもうではないか。自由恋愛が奨励され、女たちは男のように髪の毛を短く切ってボブ・ヘアーにし、タバコを吸い、禁酒法の時代だったが密造酒を飲み、あるいは都会のスピーク・イージー（もぐり酒場）でこっそり酒を飲んではダンスに興じた。

〈ジャズ・エイジ〉と呼ばれた〈狂瀾怒濤〉の二〇年代に、ミッチェルは大人になっていった。まさにこの〈時代精神《ツァイトガイスト》〉に大きく影響を受けて、二〇代の初めを過ごしていたのだった。

一九二一年三月一日、アトランタのジョージアン・テラス・ホテルで、この年にデビューをした上流階級の娘たちによるチャリティ・ダンスパーティが計画された。今日でもアメリカの保守的な都市では、上流階級の娘たちを社交界にデビューさせる舞踏会が開催されている。ミッチェルはアトランタの名士の娘だったから、デビュタントになり社交界デビューを果たした。

このときデビュタントたちが踊るチャリティ・ダンスパーティのテーマは、〈フランス〉だった。ミッチェルは、パリの下町で流行《はや》っているとされた〈アパッチ踊り〉に挑戦した(パイロン一〇七)。ジョージア工科大学の友人と自由奔放な野生的な踊りを激しく踊り、最後には長いキスをして踊り終わった(フリーアー編四二)。それがゴシップの種にならないはずがない。性的に奔放な踊りだったとミッチェルは非難され、アトランタのお上品なクラブから敬遠されることになった。このような経験もあって、ミッチェルの〈レディ〉嫌いは強くなっていった。

これより四年後のパリでは、アメリカの黒人ダンサーのジョセフィン・ベイカー(一九〇六―七五)が、アフリカ人の男性ダンサーと二人で〈ダンス・ソヴァージュ〉(野生の踊り)を踊って、一夜にして有名になっている。ミッチェルのダンスの写真を見ると、洋服はきちんとしたもので、ジョセフィン・ベイカーのようにほとんど裸の状態ではないのだが、そのポーズは〈ダンス・ソヴァージュ〉に負けず劣らず情熱的である。パリとは違ってアトランタは、いやアメリカは、まだそれを賞讃するほど洗練されてはいなかった。

このエピソードからも読み取れるように、ミッチェルは女たちに押しつけられる社会の規範に対して、反抗的姿勢を取るという強い傾向があった。母親が、必ずしも結婚しなくてよいと教えていたのだから、結婚観も平均的な娘のものとはかけ離れていた。

ところが、一九二〇年になると少女時代から親しかったコートニー・ロスが婚約を発表し、同年一〇月二一日に結婚式を挙げる。ミッチェルは〈花嫁介添え人《メイド・オブ・オナー》〉になり、新婚夫婦はやがて夫の任地である南太平洋へ旅立って行った。コートニーの旅立ちがミッチェルに精神的喪失感を与えたであろうことは想像にかたくない。

周囲の娘たちも、二一歳、二二歳になると陸続と結婚していく。地方紙の社交欄では結婚のこと、上流階級の若い男女のロマンスの噂などが盛んに報じられている。それも結婚への大きなプレッシャーになっていただろう。スミス・カレッジからアトランタへ戻り、結婚を決意するまでの三年間、一九一九年から二二年までの時期は、落ち着かない、「人生においてもっとも不幸な時代」(M・ウォーカー五七)だったと、のちにミッチェル自身がジョン・マーシュに告白している。男友だちはたくさんいて、毎日のようにデートをしていたから賑やかに日々を過ごしていたものの、生涯の仕事も見出せず、ミッチェルは悶々としていた。

ミッチェルとの結婚をひそかに願っていた男友だちは、少なくとも五人はいたという。それでもミッチェルはだれかひとりと親しい恋人同士になるのではなく、複数と親しい友人でいる関係を保ちつづけていた。「自由奔放なプラトニズム」（パイロン一三二）だったと、ひとりの男友だちは回想している。あれほど親しかったヘンリー・エンジェルとも結婚する意志はなかった。

じっさい日付はないが、おそらく一九二〇年に書かれたと推定されるヘンリー宛の手紙で、ミッチエルは、「エンジェル、モン・シエール《いとしいひと》」と書き出している。「オールド・ディア《とてもいとしいあなた》」という呼びかけも使われている。健康を気遣うようすも書かれていて、お互いを思い合う温かさが伝わってくる。ヘンリーにとってミッチェルは初恋の人だった。

一九二二年の春に書かれたと推定されるミッチェルの手紙は、「あなたが幸せであってほしい。それにヘンリー、ああ、まったく、わたしはあなたのことを思っている――結婚はできないけれどあなたを思う気持ちは変わらない、といったら、そのまま信じてほしい――」、好奇心ばかりの他人の言葉を信じないでほしい（フリーアー編五一）、と訴えている。

一九二二年六月、ミッチェルは、別の求婚者ウインストン・〝レッド〟・ウィザーが所有する、アラバマの大農園《プランテーション》へ出かけて行くのだが、そこからヘンリーへ宛てた六月二四日付の手紙では、だれとも結婚の決断をできないこと、ヘンリーへの思いは、自分なりに変わらないことを伝えている。

「あなたの健康をわたしが気にしていないとか、関心がないというふうにあなたが思っているのではないかと心が痛みます。（略）わたしのこと怒っているの？　それともグレイスとか、別の女の子があなたの心を占めていて、わたしのことを忘れてしまったの？　それともわたしのレッドへの愛があなたへの思いをいくばくかでも変えてしまったと思っているの？　マイ・ディア、とにかく知りたいの。だってこんなことで、わたしたち二人の間に溝ができてしまったなんて思いたくないもの」（フリーアー編五六）。

ところが七月の終わりになって、ミッチェルは突然あたふたと婚約を発表した。自分は結婚したくないからと、いくら求婚を断りつづけていても、当時の結婚適齢期を迎えた若い娘が、周囲の流れに心を動かされないはずはない。不安にならないはずはない。二一歳のミッチェルは、一六歳のときに知り合い、一九歳のときに初めてデートに誘われたベリエン・キナード・アプショウと婚約した。

ミッチェルとアプショウの結婚には周囲のだれもが驚いたようだった。一九〇一年生まれのアプショウはミッチェルより四ヵ月年下で、もともとコートニーの男友だちだった。

アプショウ家がアトランタへやってきたのは、一九〇五年ころとされる。いわゆる〈アトランタの旧家《オールド・アトランタン》〉ではなかったが、父親はアトランタの生命保険会社の社長で、それなりに裕福な家庭だったことは、アプショウがプレップ・スクール（私立進学校）へ送られたことからも推測される（パイロン一三二）。

アプショウに関する記述を読むと、タールトン家の双子たちや、F・S・フィッツジェラルドの〈ギャツビー〉が思い起こされる。一九一八年、アプショウはタールトン家の双子も入学した、ジョージア州最古の州立ジョージア大学アセンズ校に入学しているが、タールトン家の双子のように落ち着きがなく、一年で退学した。その次にアナポリスに所在する海軍兵学校《アカデミー》へ入学すると、今度は半年で辞めて、アセンズの大学に復学する。一学期を終えたところで、ふたたび大学を辞めてアカデミーへ戻るのだが、その後、四ヵ月でアカデミーを辞め、二〇年九月、再々度、州立ジョージア大学へ復学する。結果としては、大学を卒業せずに退学している。その後、両親が住んでいたノースカロライナ州ローリーで仕事に就くのだが、何をしていたのかは定かではない。仕事を見つけてきても、長つづきすることはなかった。

アプショウは背は高いけれどやせていて、決してハンサムではなかったという。個性《パーソナリティ》もなく、人生の目標もなく、ミッチェルに備わっているような覇気もなかった。アプショウの父親に言わせると、息子は「神経質でエキセントリック」で、生涯において何かをなし遂げたことは一度もなかったが、「世界一の、最高の女性に求婚し、妻にする才に長けていた」という(パイロン一二三)。アプショウは三度、結婚し、三度、相手から離婚請求をされて離婚している。アルコール浸りで肺結核になり、最期は飛び降り自殺をした。一九四九年八月にミッチェルが交通事故で亡くなる半年あまり前のことだった。

アプショウとの結婚はカトリック教会ではなく、監督派の教会の牧師を招いてミッチェル家で執り行われた。それはカトリック教会との決別宣言とも受け取られ、母方の祖母や親類のフィッツジェラルド家は、ミッチェルとの付き合いを拒否することになる。しかもこのときミッチェルは、通例、花嫁が持つ白い花束ではなく、「茎の長い一二本の赤いバラの花束」(パイロン一二七、M・ウォーカー八七)を手にして参列者を驚愕させたとも言われている。

アプショウには経済的基盤がなかったために、新婚夫妻はミッチェルの父親の家で暮らすことになった。ミッチェルの父親も兄も保守的なところがあったようで、定職もない娘婿に厳しく接した。アプショウは、会社の出張と称してときおり長い期間留守にすることがあった。帰宅するとお金を家に入れたが不定期で、何の仕事をしているのかはっきりしない。ミッチェルにとっては経済的基盤のない暮らしは不安の源だった。結婚式を挙げたその日に、ミッチェルはこの結婚は失敗だったと悟るのである。

ヘンリー・エンジェルが保存していた最後の手紙は、一九二二年九月二〇日付になっている。ミッチェルはアプショウと二二年九月二日に結婚式を挙げているから、ノースカロライナ州アッシュヴィルへのハネムーンから帰ってきてからのものである。

「ヘンリー・ディア」という呼びかけで始まる手紙の中で、ミッチェルは体の不調を訴えている。扁桃腺が腫れて声が出ず、ヘンリーの母親に挨拶の電話をしようにも電話交換手は聞きとってくれなかった、と愚痴っている。〈嘆かわしい三人組《ザ・ダーティ・スリー》〉のエンブレムは、いま玄関ホールに飾ってあることを伝え、かつての親しかった時代を懐かしんでいる。ところが最後の行をどう解釈したらよいのだろうか。ミッチェルのエンジェルへの思いが聞こえてくるようだ。ミッチェルは次のように書く。

「ヘンリー、恥知らずなのはわかっているけれど、今週、いつでもいいからお昼に誘って！　あなたに会いたいだけじゃなくて、あなたの物をお渡ししたいの」(フリーアー編五八)。そして「ラヴ、ペギー」と署名している。新婚のミッチェルが書く手紙にしては、やはり厚かましく「恥知らず」だろう。そしておそらく、そうせざるをえないほど新婚生活に問題があって、切羽詰まった心境になっていたのだろう。

一九二〇年から三三年にかけて、アメリカは禁酒法の時代だった。そのため密造酒の醸造と販売は、うまく法をくぐり抜ければ汗水垂らして働かなくとも、濡れ手で粟のうまい商売だった。ミッチェルは最初、夫が何の商売に携わっているのか、気づかなかったようだが、コツコツと地道に努力することが不得意なアプショウにとって、密造酒の醸造と販売は容易に生活の糧を得られる、願ったりかなったりの商売だった。

ミッチェルは結婚式を挙げたその日にアプショウとの結婚を後悔したようだが、それでもすぐに離婚に踏み切れなかったのは、母方の、離婚を禁止するカトリック教徒の背景があったからだろう。スカーレットはレット・バトラーに離婚を切り出されたとき、青天の霹靂《へきれき》のように驚きおののいている(第六巻三三五)。一九世紀の当時も、一〇世紀のミッチェルの時代も、離婚は家族にとっての汚点であり、スカーレットもミッチェルも決して熱心なカトリック教徒ではなかったとはいえ、そのような慣習の中にいて離婚への抵抗感は大きかったにちがいない。

だが、結局はミッチェルが裁判を起こすことになり、二年後の一九二四年一〇月に離婚は成立している。

ジャーナリスト・ミッチェルとジョン・マーシュ

ミッチェルが二度目の夫となるジョン・ロバート・マーシュ（一八九五―一九五二）に初めて出会ったのは、一九二一年一一月のことだった。たちまちのうちに二人は意気投合して毎日、デートをするようになる。ジョンは自分のことをミッチェルのたくさんいる男友だちの一人にすぎないとわかってはいたが、本を貸し合ったりする仲になったことを喜んでいる。ジョンはミッチェルより五歳あまり年上のジャーナリストだった。アトランタのＡＰ通信社で整理部の記者として働くかたわら、新聞〈アトランタ・ジョージアン〉、〈アトランタ・ジャーナル〉などの仕事を手伝って、二人が親交を深めていった二二年の春には、アトランタ鉄道・ジョージア電力会社の広報局で働くようになっていた。

ジョン・マーシュがこれまでの男友だちと違っていたのは、本をよく読み、ミッチェルと文学について語ることができ、書くことや編集について共通の関心があったことだろう。ミッチェルの父親も兄もジョンを気に入っていたが、周囲の女たちから見れば、ジョンは平凡で個性のないつまらない男だった。そのうえジョンは病弱で、軽い癲癇《てんかん》の発作を起こすことがあった。そのため、生涯、車の運転はせず、ミッチェルが運転手になり、ミッチェルの死後は友人やお抱え運転手に車を出してもらっていた。ジョンは胆のう炎のためにしゃっくりが数週間も止まらず、何ヵ月も入院していたこともある。いっぽうミッチェルは、子どものころから落馬したり、やけどをしそうになったり、怪我が多く、決して丈夫な体ではなかった。最初の結婚に悩んでいたときにはうつ状態になり、キューバに転地療養に行っている。
ミッチェルはジョンと親しく付き合いながらも結婚の意志はなく、ジョンも結婚を強要しなかった。妹宛ての一九二二年一月の手紙で、ジョンは二人の関係を次のようにあらわしている。

ペッグ〔ミッチェル〕と僕は自由でプラトニックな関係を楽しんでいる。説明しないと理解できないだろうが、ここで細かく記すつもりはない。お互いに恋愛感情をもたないという厳粛な取り決めをしたというだけで、今のところ十分だろう。ペッグはそういった関係を結ぶのがうまい。二〇歳の娘が持ちうる男友だち、真の友人、仲間などの数はだれにもまして多く、また奇妙なグループに囲まれている。その仲間に自分も入れて光栄だ。おそらく時が経つと僕もみんなと同じように、決して実らない情熱を隠しながら、ひそかに恋心を抱くようになるのだろう。(M・ウォーカー七三)

ところがこの時期はアプショウがアトランタから姿を消していたときだった。一九二二年三月、アプショウはアトランタへ戻ると、たちまちミッチェルを含むデビュタントの仲間たちとの付き合いを再開する。そのときジョンはアプショウの登場で、ふたたび状況が変化することを察知した。じっさいミッチェルの口利きで、アプショウを自分のアパートへ迎え入れ、奇妙な三角関係が始まった。二人の男たちは相談してお互いに時間を割り当て、ミッチェルは一晩のうちに二人の男とデートしている。

そのころジョンは妹に次のような手紙を送っている。

ちょっと面白い写真を同封するよ。登場人物はミス・ペギー・ミッチェルとその恋人の一人で僕のルームメイトのミスター・レッド・アプショウ、それにミスター・マーシュだ。場面――ミッチェル家のおもてのポーチ。時間――日曜日の朝か午後、いやいつだっていい、午後か夕方。テーマ――いとしい魅惑の人ふたり、どちらかひとりが姿を消したら、残ったひとりを愛すだろう。教訓――弱音を吐くな。（M・ウォーカー七九）

結局、七月になってミッチェルが結婚の意志を固めた相手はアプショウだった。ミッチェルの交友関係は奇妙だった。たとえば結婚式の花婿の介添え役を自分の男友だちに頼んでいる。ジョン・マーシュもアプショウの介添え人の一人になった。

そのような三人の関係があったのだが、ミッチェルが最初の結婚に破れ、離婚が成立すると、ジョン・マーシュはふたたびミッチェルを恋愛の対象として見るようになった。いくら自分のほうから望んだ離婚とはいえ、ミッチェルは傷つき、心身ともに消耗していた。ヘンリー・エンジェルは別の女性と結婚していたから、そのときミッチェルをやさしく包んでくれたジョンの存在をありがたく思ったことだろう。一九二五年七月四日、とうとう二人は結婚式を挙げた。

かつてミッチェルの母親は、自分の二本の足で立つようにと娘を教育した。文章を書くことが好きだったミッチェルはジャーナリストになる道を夢見てもいた。それが最初に実現したのは、一九二二年の春、アラバマ州バーミングハムに住む親しい女友だち、オーガスタ・ディアボーンのピンチヒッターとして、〈バーミングハム・ニューズ〉紙の社交欄の無給の記者になったときだった(フリーアー編五〇)。ほんの二、三ヵ月だったが、それでも社会に出た初めての経験だった。

一九二〇年代には、都会に出てタイピストや速記者などになって、会社で働く女たちが増え、アメリカ社会には新しい生きかたを求める女たちが誕生していた。かつて生活のために働かなければならなかった娘たちには女工の道くらいしか開かれていなかったが、都市化を迎えたこの時代には、若い娘たちは外に出て、会社の事務職として働く職場が広がっていた。だが会社の秘書のような仕事は、上流階級の女たちのものではなかった。

上流階級の出身で教育のある若い娘たちを引きつけていたのは、ジャーナリズムのような新しい職種だった。世間の慣習を越えて高い教育を受けた娘たちは、どこかで働きたいと願っていたが、かれらに準備されている働き口は狭かったのだ。学校教育が普及し、経済的な余裕が生まれてくると、読者人口も増え、各地で新聞が発行されていった。新聞を読む女の読者数が増えたことから、かれらを対象に記事を書くことのできる婦人記者の需要が、ようやく生まれようとしていた。たいていは短期間のジャーナリスト生活だったようだが(パイロン一四四)、それでも大学教育を受けた女たちにとっては、魅力のある職場だった。若い娘たちは親元を離れてまがりなりにも〈職業婦人〉としての一歩を踏み出すことができるようになった。

とはいえ社会が働く女たちを認めていたのではない。特にジャーナリズムの世界では女が除外されていた。男たちは女が書くことを快く思わず、ジャーナリズムは男の世界であると見なしていた。ミッチェルの父親は、娘がジャーナリストになることに激しく反対していた。あるときミッチェルはタイプを習いたいと思ったが、「お父さんが許してくれなかった」（パイロン一四三）と、後になって述べている。上流家庭の娘が〈職業婦人〉になるという考えは、ミッチェルの父親には想像もつかないことだった。

ミッチェルは父親の家に住んだまま新婚生活を送っていたが、夫のアプショウの収入は不安定で頼ることができず、その夫も家を出て行ってしまったために、経済的理由からジャーナリストの職を求めることになった。一九二二年一二月初旬、ミッチェルはアトランタ・ジャーナル社に自分を売り込みに行った。すんなりと採用されたわけではなかったが、日曜版マガジンの編集部に雇われることになった。それから二年間で匿名記事を約五〇本、書評を二〇本、その他、〈マリー・ローズ〉という総称のもとで、何人かの記者が書くコラムも担当した。その他、校正などさまざまな仕事があったが、ミッチェル自身はスペリングも句読点の打ち方にも慣れていなかったので、その弱点を指摘されないかと戦々恐々としていた。けれどもミッチェルの熱心な姿勢や、その愛らしさは職場のみんなから好かれ、〈スマイリー〉とか〈おしゃべり〉などと親しいあだ名で呼ばれるようになった（パイロン一五〇）。それから四年近くミッチェルは〈アトランタ・ジャーナル〉の日曜版マガジンにかかわって記者生活を送ることになる。

ミッチェルがそこに書いた記事を一つ取り上げておこう。〈アトランタ・ジャーナル〉の日曜版マガジン、一九二三年八月五日号に掲載された文章は、心理学者の意見となっているが、もちろんミッチェルも同意しているにちがいない。今日の若い世代は概して母親の世代に比べて若々しいのはなぜなのだろうか、という問いかけに専門家の意見として答えを出している。

心理学者の話によると、今日の女性たちは、よく考えるようになっている。かつては建設的な思考がほとんど必要ないことしかできなかった。それしか求められていなかったし、許されていなかった。育児、家事、料理、噂話が女性たちのおもな仕事。新しい考えを避け、知的な事柄を避けたのは、〈急進的〉とか〈青踏派《ブルー・ストッキング》〉と呼ばれて非難されるのが怖かったからだ。（略）その結果、女性たちの心はじっさい萎縮してしまい、身体の不消化が心の不消化を映し出すことになった。新しい考えを持たない心の状態が、必然的に顔にあらわれてくるのだ。（パイロン一六八）

ミッチェルはこのように、新聞記者になったおかげで、二〇年代の思潮にのって同時代の女たちの考えを表現する機会を与えられた。新聞記事を書くことを通して、女たちの抱える問題に対する考えを深めることになっていった。それはスカーレットの内的告白の台詞に反映されていくことになる。

この時代、アメリカでは婦人参政権が認められたばかりだった。ミッチェルの母親メイベルは、アトランタで婦人参政権運動を始めた創立メンバーの一人だった(M・ウォーカー三四)。ミッチェルにも母親の資質を受け継いだところがあったのだろう。アメリカの婦人参政権運動は、女権拡張運動として一八三〇年代から奴隷制度廃止運動と連動して闘われてきたのだったが、実現するには一世紀近い年月を必要とした。

メイベルは親から相続した不動産を持ち、税金を払っているのに、女たちには参政権がなく、自分の意見を反映する手立てがないことに不条理を感じていた。アメリカ独立戦争のとき、建国の父祖たちは、「代表なくして課税なし」をスローガンに、あたかも当然のことのように英国王に盾突いたのだったが、そのアメリカの男たちは、二〇世紀になっても、女たちに代表権を与えず、女たちの存在を無視してきた。一九一五年、メイベルは、〈なぜ婦人参政権論者になったか〉という演題で、アトランタの婦人参政権組織の年次大会で話している。「ユージーン・ミッチェル夫人は、すばらしい演説をした」と、〈アトランタ・コンスティテューション〉紙は伝えている(パイロン四〇)。

メイベルのこのような社会参加の姿勢が、ミッチェルに影響しなかったはずはない。しかも子ども時代から、女の自立を説いていた母親である。当時、作家で社会改革家のシャーロット・パーキンズ・ギルマン(一八六〇―一九三五)の『女性と経済学』(一八九八)が、女の経済的自立の必然性を唱え、大きな反響を引き起こしていた。

ミッチェルも兄スティーヴンズも母親を尊敬していた。一九三三年三月一五日付のハーヴェイ・スミス宛ての手紙でミッチェルは、「いいえ、わたしは母とは違います。母はわたしの知っているかぎり、最高に賢くて、親切で、魅力的な女性です」と述べ、母親が分け隔てなく人びとと接触し、町で貧しい人や黒人が冬の寒さに震えているのを見ると、自分の手袋を外して与えてやり、家におなかを空かしてやってくる人がいれば、食べ物をたっぷり与えていた、と語っている〈M・ウォーカー二三―四〉。身分の違う人びとに対する〈キリスト教徒の慈悲〉による行動なのかもしれないが、黒人への身近な接触を厭《いと》う白人社会で、当時、メイベルの行動は一般の常識を越えていた。上流階級の出身だったが、このような〈コモン・マン〉の感覚は、ミッチェルの中に継承されていっただろう。

一九二三年四月には、ジョン・マーシュも〈アトランタ・ジャーナル〉紙の記者および編集係として勤めるようになり、ミッチェルはこのころからジョンの編集能力に依存するようになっている。ミッチェルの原稿に朱を入れ、言葉遣いを訂正し、スペリングを統一するという作業を通して、ジョンはミッチェルの文章力を磨く手助けをした。ジョンの編集の力は、ミッチェルが一〇年間にわたって書きためていた原稿を、筋の通った大河小説にまとめ、『風と共に去りぬ』として完成するときに、ふたたび大いに発揮されることになる。

ミッチェルの新聞記者としての勤めは、のちにジョン・マーシュのいう〈偉大なアメリカ小説〉〈M・ウォーカー一〇一〉の執筆に向けての基礎となる修業の時代だった。

ミッチェルはジャーナル紙の締め切りに合わせて記事を書きつづけていたが、やがて期限に悩まされるようになり、新聞社を辞めたいと願うようになった。病弱で扁桃腺が腫れやすく、流行性感冒に罹りやすく、歯痛、耳鳴り、生理痛などに悩まされていた。ヒポコンデリー（心気症）の傾向があったともいわれる（パイロン一一二）。子どものころから怪我も多かったが、くるぶしの痛みから歩行が難しくなり、医者に動かないようにと命じられたのが、新聞社を辞めるきっかけになった。すでにジョンと結婚していたから、経済的な最低保障はあっただろう。一九二六年五月三日、ミッチェルはアトランタ・ジャーナル社を退職する。

そのときの解放感をミッチェルは手紙に、「わたしのこの四年間の宿命だったのだけれど、ハツカネズミのように回し車をこぎつづけることや、奴隷監督みたいに支配する編集長からすっかり解放された」（M・ウォーカー一五二）と書き、自由になった身を喜んでいる。

娘時代のミッチェルは行動的で、スカーレットのように、一日中、踊っていても疲れを知らぬところがあった。頑健で自立心が強い振りをしていたが、ミッチェルは、「要求の多い他者依存」タイプの典型だった（M・ウォーカー一五二）という見かたもある。ジョン・マーシュと結婚して一年、ミッチェルはジョンのやさしさに心の安らぎを見出すようになっていた。ジョンは夫として献身的に尽くし、その姿勢は生涯変わらなかった。

一九二六年、新聞社を辞めたミッチェルは、子ども時代からの執筆衝動にかられて、〈偉大なアメリカ小説〉を構想するようになる。

南部の文学と女性作家たち

一九三六年に刊行された『風と共に去りぬ』は、映画の大成功とあいまって、不朽の名作と見なされるようになった。だがアメリカ文学史においてこの作品が研究対象として論じられることはほとんどない。文芸評論家レスリー・フィードラー（一九一七―二〇〇三）は、アメリカ文学研究における影響の大きかった『アメリカ小説における愛と死』（改訂版、一九六六）の中で、「ビッチ《めす犬》・レディのスカーレット・オハラ」（フィードラー三二八）と酷評し、「一人の女を描いたというより、北部人の描き出す苦悩する南部のステレオタイプ」（フィードラー三二九）を創りだしただけと、この作品を数行で片づけている。またその後の『文学とは何だったのか――階級文化と大衆社会』（一九八二）で一章を割き『風と共に去りぬ』を論じているが、ミッチェルの人格を攻撃するばかりのこの章は、誠実な評論・研究論文とはいえない。

マーガレット・ミッチェルはジョージア州で生まれ育ち、南北戦争を南部の農園社会を築いた人びとの立場から取り上げ、歴史的大河ロマンスを書き上げた南部出身の作家である。けれども南部の地域性を強調するローカル・カラーの作家だったのではない。その読者対象が南部に限られたことはなく、作品はアメリカ社会にすらとどまらずに、全世界に読者を広げていった。そのようなアメリカ文学作品がその他にどれだけあるだろうか。ミッチェルの、アメリカ文学史における〈位置〉を、もう一度確認し、その評価を正しく見つめ直すことが必要なのではないか。

今日、いわゆる南部の作家として評価され、研究対象にされる作家の筆頭はウイリアム・フォークナーである。一九四九年、フォークナーがノーベル文学賞を受賞すると、南部の作家たちがとりわけ注目されるようになった。南部作家が輩出してきたのは、フォークナーのノーベル文学賞受賞以降であると見なす研究者もいる。ユードラ・ウエルティ(一九〇九―二〇〇一)、キャサリン・アン・ポーター(一八九〇―一九八〇)、カーソン・マッカラーズ(一九一七―六七)など、現代の南部文学を考えるときに、「女性〔作家〕が多かったというのはどこに理由があるのか」明白ではない、という研究者もいる(本間編四三)。けれども二〇世紀になって突如として女性作家が活躍するようになったのではない。一九六〇年代当時は忘れ去られていたのだが、その背景には、一九世紀の文学世界ですでに、南部の女の作家たちの活躍があったのだった。

ピューリッツァ賞受賞のころのミッチェル

たしかに一九世紀を代表する南部の作家として文学史に登場するのは、エドガー・アラン・ポウやウイリアム・ギルモア・シムズなど男の作家である。だがポウはアメリカよりもフランスでまず評価されているのだから、とりわけ自分を南部作家と見なしてはいなかっただろう。シムズもまたアメリカの作家であり、南北の対立が激化して南北戦争が始まる前までは、ニューヨークの出版社と密接にかかわり、自分を南部作家と限定することはなかった。

『アメリカ文学における南部一六〇七—一九〇〇』（一九五四）を著したジェイ・B・ハベルは、一九世紀初めにおいて、南部意識は確立していなかったと述べている。一八〇〇年以前には、南部で発行されていた雑誌は一冊もない状況だった（ハベル三六六）。「一八二〇年より以前には、南部と北部より、東部と西部の対立意識がより強かった」（ハベル一七〇）のであり、南部の人びとが地域性を意識し始めるのは、なんといっても奴隷制度をめぐって南北のイデオロギーの対立が明白になってくる一八三〇年代以降である。

英国の歴史家マイケル・オブライエンは、建国の父祖たちはジョージ・ワシントンしかり、トマス・ジェファソンしかり、南部出身者が多かったのであり、一八世紀の終わりから一九世紀の四半世紀にかけて、自分たちが南部人であるとは意識していなかったという。「一九世紀初めのかれらの知的伝統は、南部というよりヨーロッパの古い文化によって形成されていた」（オブライエン二）のである。かれらはまず各都市の人間であり、その次にアメリカ人であった。チャールストンの出身であれば、自分をチャールストニアンと認め、その次にアメリカ人であると自己規定し、南部人であるという意識は希薄だった。

南部の地域性や南部の文学の構築を意識するようになるのは、南北戦争の勃発をうながすことになる政治思潮の流れの変化によるだろう。南部の印刷所は新聞や暦、パンフレットのような実用的な刊行物の発行がほとんどだったが、一八二八年、『サザーン・レヴュー』が創刊され、三二年には終刊を迎えたが、四二年、『サザーン・クォータリー・レヴュー』が創刊され、五七年までつづき、いっぽう影響力のある雑誌に、三四年に創刊された『サザーン・リテラリー・メッセンジャー』があった。これは南北戦争さなかの六四年までリッチモンドで刊行されている。作家たちは否応なしに南部をより強く意識するようになっていった。

一八五〇年の逃亡奴隷法は、逃亡奴隷を厳しく取り締まる法律で、奴隷制度廃止論者たちはそれに抗しようといよいよ盛んに廃止運動を展開していった。その一つのあらわれが、奴隷制度廃止組織の機関紙『ナショナル・イアラ』に連載されたストウ夫人の『アンクル・トムの小屋』だった。一八五二年にまとめて単行本になって出版されると、すぐに大ベストセラーになっている。いっぽう南部出身の女性作家オーガスタ・ジェイン・エヴァンズは、やはり南北戦争を題材にしてベストセラー作品を書いていた。ところがエヴァンズの存在は、南北戦争で南部が敗北するとともに北部のストウ夫人の存在に隠れて、ほとんど忘却されていったのだった。

一九世紀の半ば、北部の白人男性作家や思想家たち、エマソン、ホーソーン、メルヴィル、ソロー、ホイットマンなどが、それぞれの傑作を発表してゆき、この時代を〈アメリカン・ルネサンス〉の時代と呼ぶようになったが、いっぽうで女性作家もたくさんの作品を発表していた。いわゆる〈純文学〉とされた作品より、女性作家たちの〈センチメンタル・ノヴェル〉が当時よく読まれていたことは、『緋文字』(一八五〇)の作家、ナサニエル・ホーソーンを嘆かせ、「あのいまいましい女文士たち」という台詞を吐かせることにもなった。女性作家たちの作品はよく売れていた。その「女文士」のひとりが、南部のジョージア州に生まれ、アラバマ州で娘時代を過ごしたオーガスタ・エヴァンズだった。

オーガスタ・エヴァンズは、第五章で触れたように、南北戦争が勃発すると、戦争協力をしたいと南軍の看護師になることを志願したひとりで、当時まだ若かったが、すでに著名な作家だった。エヴァンズは一五歳のときに、第一作『アイネズ』（一八五五）を書いている。第二作の『ビューラ』（一八五九）には、スカーレットに通じる主人公が登場するが、出版から九ヵ月のうちに二万二千部が売れた。だが南部の作家としてエヴァンズを有名にしたのは、第三作の『マカリア』（一八六二）だった。南北戦争のさなかに書かれたこの小説は、南部の二人の女性を主人公に南部連合の正当性をテーマにしている。エヴァンズは熱心な連邦脱退主義者で、南部連合の〈大義〉を信奉していた。

一八六二年六月から六三年三月の間に執筆された『マカリア』は、南部連合にまだ勢いのあるときの作品だった。結末近くになると、身近な家族や恋人たちの兵士の死が描写されているが、それよりもこの作品の主題は、戦争を背景として二人の南部の女アイリーンとエレクトラがいかに生きてゆくかであった。

『マカリア』がよく読まれたのは、負傷した兵士に尽くす看護師のやさしさを描く、感傷的《センチメンタル》な場面などがその一因だったのだろうが、それ以上に、一九世紀の閉塞状態にあった女たちを精神的に解放し、かれらを鼓舞し、女たちの存在理由を高らかに謳い上げたからなのだ。アイリーンは、これからの女は一人で勇敢に生きるのだと考えるようになっている。

「ねえ、エレクトラ、勇敢にも一人で生きようとして、世間からせせら笑われている女たちのほうが、愛のない結婚に逃げ込んでしまう人より、ずっと立派で気高いのよ。たしかにあなたもわたしも孤独だわ。でもわたしたちの未来には輝かしいものがある。あなたには大好きな〔絵を描く〕仕事がある。それに美術学校を建てる計画があるじゃないの。わたしにもわたしを必要としている人たちがたくさんいるのよ」（エヴァンズ四一六）と、南部の女たちの結婚に縛られた人生に疑問を投げかけているのである。

たちまちのうちに大ベストセラーになったこの作品に、北部は危険を感じていた。北軍の将軍ジョージ・H・トマスは、自分の部隊内では発禁書とし、兵士が所有していれば焼却処分という命令を出した（ハベル六一一）。奴隷制度を批判した『アンクル・トムの小屋』と同じころに、南部連合を支持する作品が大評判になっていた事実は、南部の文化を抑圧するような戦後の政策のもとに一般に忘れられてしまい、二〇世紀にはアメリカ文学研究の領域でもすっかり記憶から追い出されてしまったのだった。それで南部の女の作家たちが、二〇世紀後半になって突如として現れたような印象を、日本の研究者たちは受けたのだろう。

アメリカ文学史における評価

エヴァンズの『マカリア』が、南部連合の立場から南北戦争を取り上げているからといって、その二人の女主人公と『風と共に去りぬ』の女主人公スカーレットが、価値観を共有しているというのではない。スカーレットは南部の〈大義〉に、心の中ではいつも反抗していたが、アイリーンと作者のエヴァンズは強力な南部連合信奉者だった。

マーガレット・ミッチェルの時代は、南北戦争が南部の敗北に終わってすでに三五年以上がたっていた。南部連合は崩壊していたが、その残滓が南部社会にどれほどあったのだろうか。〈失われた大義〉に対する郷愁の念が、一部の南部人に抱かれつづけていたのは事実である。敗北から立ち直り、南部を見直そうという動きは、一九二〇年代・三〇年代に〈南部ルネサンス〉と呼ばれた文芸活動の中にも見られる。テネシー州のヴァンダービルト大学を中心に、文芸誌『逃亡者』が刊行され(一九二二―二五)、一九三〇年、南部農本主義者一二人が、〈わたしの立場を取る〉というマニフェストを発表した。

ミッチェルが先輩の作家の作品を読んでいなかったことはない。特にエヴァンズは、南北戦争後に出版した『セント・エルモ』(一八六六)によって、一九世紀の文学の世界で不動の地位を占めるようになっていた。その次の作品『ワシテ』(一八六九)もまたベストセラーになっている。そのような〈南部作家〉の存在を経てミッチェルが登場してくるのである。

歴史家のエリザベス・モスは、スカーレット・オハラがエヴァンズの第二作『ビューラ』の主人公ビューラ・ベントンや、戦争前の南部のドメスティック・ノヴェリスト(家庭小説作家)の描き出した主人公の系譜に、直接つながっていると主張する(モス二二〇)。一九世紀に活躍したこのような作家たちは、「まったく忘れ去られているかもしれないが、かれらの生み出した考えや想像の世界」(モス二二〇)は、南部や南部人観を形成していったのである。

新聞社を退職後、病気で家にこもっているミッチェルに、夫のジョンはかねてから小説を書くように勧めていたが、一九二六年秋、とうとう一万五千字のノヴェラ「ロウパ・カルマジン」という作品を完成したとされる。だがジョン・マーシュの反対にあい、この作品が出版されることはなかった。『風と共に去りぬ』の出版後、ミッチェルは秘書にこの原稿を焼却処分にするように命じたため、オリジナル原稿は残っていないが、『風と共に去りぬ』を出版したマクミラン社の編集者など三人がこの原稿を読んだり、ミッチェルが語るのを聞いたとされ、それは南部のゴシック小説だったと言われる(パイロン二一七)。

また一説によれば、その内容は没落していく大農園主の娘ユーロウパ・カルマジンを主人公に、主題は「異人種混交(アマルガメイション・ミシジェネイション)」であったとされる。南北戦争・再建時代《リコンストラクション》を生き延びるたくましさに欠けている旧家の娘が、ハンサムなムラトー(混血)の男に恋心を抱く。男の母親はカルマジン家の奴隷女だった。時代は一八八〇年代で、場所はタラ農園のあったクレイトン郡ジョーンズボロのあたり、南部の諸州で黒人差別のジム・クロウ法が制定されていったころである。旧家の白人女性が混血の黒人と恋愛どころか結婚をするなど、社会が認めるところではなかった。男は殺され、女主人公は隣人により先祖の土地から追放される(バートリー編一〇二―三)。

異人種混交の問題、しかも男の父親は娘の父親であったかもしれないという近親相姦もテーマにはらんでいたとすれば、かなりセンセーショナルな作品だったろう。

『風と共に去りぬ』の主要な黒人奴隷に、白人との混血はいない。再建時代に製材所の運営を任されたアイルランド人のジョン・ギャレガーの同居人が「混血女」とされているだけである。だが、ミッチェル自身が混血の問題に関心がなかったわけではないことを、ノヴェラ「ロウパ・カルマジン」は証明している。

『風と共に去りぬ』はこれまでどのような扱いを受けてきたのだろうか。レズリー・フィードラーの叙述を紹介したが、もう一つ、ヴァンダービルト大学で文学を担当していたウォルター・サリヴァンの主張を紹介しておきたい。

サリヴァンの論文「南北戦争の薄れゆく記憶」は、アメリカ合衆国情報局が世界の諸国へ向けて発信する短波放送〈ヴォイス・オブ・アメリカ〉を通して、一九七七年に放送されたもので、のちに単行本フォーラム・シリーズに収録された。〈ヴォイス・オブ・アメリカ〉というメディアは、アメリカ合衆国を宣伝するものであり、アメリカの保守的だが平均的な考えをあらわしているだろう。その中でサリヴァンは、『風と共に去りぬ』についてこう述べている。

「マーガレット・ミッチェルは成熟した作家ではなかった。一冊の本を書いただけの作家にすぎず、しかもそれは不完全だったが、それでも南部の歴史に特徴的ないくつかのテーマを世間に伝えることができた。（略）登場人物はステレオタイプである。だがそのようなステレオタイプとして、南北戦争前後の南部社会を構成していた人びとをおおむね代表しているだろう。（略）ミス・ミッチェルはディケンズがロンドンの町を誇張し、ロマンティックに描いたように、南部を誇張しロマンティックに描き出したが、文学的技巧ははるかに劣っていた。(略)ミス・ミッチェルの南部の描写が不正確だというのではない。戦争前後の社会環境に対する感覚には洞察力があり完全である。だが高度な文学的技巧に欠ける。そのほかこの本に欠落しているのは、現代的感性――古い南部と新しい南部がせめぎ合う歴史上の、あの瞬間の重要性に関して作者も主要登場人物も理解していないことである」(ルービン編一二六〇―一引用)。

サリヴァンのこの主張は、おそらく一九七〇年代当時、アメリカ文学研究者たちの一般的な見解だっただろう。だが問題なのは、サリヴァンがその批判の根拠を具体的には示さず、十分に論じていないことである。じっさい「高度な文学的技巧」で何を意味しているのか、「あの瞬間の重要性」を理解していなかったと、何をもって主張しているのか明白ではない。

第七章では、文学作品『風と共に去りぬ』について、その意味を考えてみたい。

第七章

アメリカン・サーガ

――永遠の歴史ロマンス『風と共に去りぬ』

続篇待望論

マーガレット・ミッチェルは、周囲から熱望されながらも『風と共に去りぬ』の続篇を決して書こうとはしなかった。語りたいことのすべてはこの一作に書ききった、と考えていたからである。ところが続篇待望論はあまりに大きく、ミッチェルはすでに第二作に取りかかっている、その題名は『そよかぜと共に戻りぬ』だと、まことしやかな噂すら流れたことがある(ブラウン二一六)。

続篇を望む多くの読者がいるいっぽう、続篇を書きたい作家たちもつぎつぎに登場した。ハリウッドの映画雑誌『スクリーン・ガイド』は、スカーレットとレットのラヴ・ストーリーのつづきを懸賞小説として募集し、一九四〇年九月号に、当選して懸賞金一〇ドルを獲得したアーノルド・マニングの作品を掲載している。その物語の内容は、別れたレットは酒に溺れ、スカーレットはとっかえひっかえ男をつかまえ、付き合ってはみたものの、レットのいない寂しさを感じ、レット奪回を企てる。レットがチャールストン港に係留された自分の船の中で酔っ払っていると、スカーレットに雇われた者によって誘拐され、その晩、スカーレットの主導で情熱的な一夜を送る。素面《しらふ》にもどったレットはそのたくらみに怒り狂い、チャールストンへ戻ってしまう。スカーレットは反省し、自分がやさしい女に変わったことを信じさせ、レットはふたたびスカーレットを好ましく思うようになり、二人は仲よく揃ってタラ農園へ帰って行く、というストーリーである。

雑誌側は、この結末こそまさにミッチェルが生み出した登場人物たちにふさわしく、ミッチェルがもう一章を付け足すとしたら、かならずやこのような結末になると太鼓判を押した（インターネット dearmrgable.com 二〇一五年一〇月二三日）。

その後、一九四八年には、フランスの女性マダム・アンリ・パジョが、『タラのレディ』という題名で続篇を書き、ミッチェルに許可を求めてきたが、マダム・パジョは、実はすでに一九四一年にミッチェルに続篇の出版許可を求めて拒否されていた。

『風と共に去りぬ』が出版されて数年の間に、複数の作家たちが続篇を書きたいと願い、その実現を試みている。他の文化媒体、ミュージカルや歌、はたまたストリップ・ショーにいたるまで、スカーレットやレットなど登場人物の名前を借用したり、筋書きを模倣したシナリオが書かれたりしており、『風と共に去りぬ』の与えた影響力の大きさは計り知れなかった。

続篇待望の衝動がやまないのは、何といってもこの物語のエンディングが、読者に決定的な結末を与えずに、オープン・エンディングになっているからである。カトリック教徒であるスカーレットが離婚はしたくないと言い、離婚などとても考えられないということを知ってレットは、それでは世間《せけん》体《てい》を保つためにときおり戻ってこよう、疑似家族の体裁を保つのにやぶさかでない、と提案する。ところがそのようなエンディングは、多くのセンチメンタル・ノヴェル（お涙ちょうだいを狙う小説）の読者が望むところではなかった。メラニーの言葉もあって、スカーレットはやっとレットを愛していることに気づいたというのに、このままレットが、「まったくどうだっていい《アイ・ドント・ギヴ・ア・ダム》」（第六巻二五五）と立ち去ってしまったら、読者は取り残された気分になってしまう。

ミッチェルは、この後どうなるのかとたずねられて、レットはもっとおとなしい女の人を見つけて再婚するでしょう、と答えたことがあるという。その発言の真偽はともかく、二人の愛のゆくえについて読者は宙ぶらりんにされている。できることなら二人のハッピー・エンディングを見たいと願うのは、それだけ読者がこの物語に感情移入しているからで、スカーレットにはやっと気づいた真実の愛をまっとうしてもらいたい、情熱的なレットにふたたび振り向いてもらいたいと、多くの読者が願っているからなのだ。

ミッチェルはじつに効果的に、男女の愛のタイミングのずれを描き出している。それこそまさに、読者がそれぞれじっさいの人生で体験していることではないだろうか。運命的なすれ違いについては、菊田一夫（一九〇八―七三）のラジオドラマ『君の名は』（一九五二―五四）や、韓国のテレビドラマ『冬のソナタ』（二〇〇二）の大ヒットを思い出してもいい。そのつれなさ、どうしてこうなるのかというはがゆさ。お互いに愛し合いながら、タイミングのずれが人生を複雑にしてしまう。それだからこそ人生が豊かになっているのでもあるだろう。

続篇を読者が望むもう一つの理由は、南北戦争とその後の再建時代《リコンストラクション》を扱った、変動する南部を背景にしたこの歴史ロマンスが、一二年間の物語で終焉を迎えてしまうのではなく、さらにつづくアメリカの壮大な物語として読みたいという欲求にあるのではないだろうか。

そのような読者の願望を察知していたから、マーガレット・ミッチェルの著作権継承者（遺産相続人)は、版権が切れる二〇一一年以降に勝手な続篇が登場してくることを恐れ、自分たちの選んだ公認の作家に書いてもらおうと企画した。

その結果、アレグザンドラ・リプリー(一九三四—二〇〇四)による『スカーレット』(一九九一)が誕生した。リプリーは、一九八一年に『チャールストン』という歴史小説を出版したベストセラー作家だった。ミッチェル側は南部人《サザナー》であるリプリーであれば、南部の歴史にも詳しく、安心して任せられ、マーガレット・ミッチェルの作品を損なわず、読者の満足するような続篇を生み出してくれるものと期待した。

ごくかいつまんでこの作品について述べると、タラ農園で危篤に陥ったマミーのもとでスカーレットはレットに再会する。二人は激情のときを過ごし、スカーレットは身ごもる。だがけんかの後、スカーレットはアイルランドへ渡り離婚が成立して、そこに落ち着くことになるが、レットのことが忘れられない。レットは再婚したものの相手が産褥熱で死んでしまう。アイルランド愛国主義者の政治運動に巻き込まれたスカーレットは、英国びいきとして館を焼き打ちにされるが、そこにレットが助けにあらわれ、スカーレットは二人の間に娘が生まれていたことを打ち明ける。二人はお互いを理解し合い、新しい生活を始めようとアメリカへ帰って行く。

このようなハッピー・エンディングで終わるリプリーの続篇だが、その評価は低かった。人気作品の続篇を書くことほど厄介な仕事はない。おそらくどんな内容であれ、読者を満足させることはないだろう。しかも同じ著者が書くのではなく、まったく別の作家による創作であったら、なおのことそうだろう。それでも『スカーレット』は大ベストセラーになり、何百万部も売れ、商業的には大成功だった。一九九四年、テレビドラマ化され、ミニ・シリーズとして放映されている。けれどもハリウッド映画で主演したヴィヴィアン・リーとクラーク・ゲイブルという最高・最強の組み合わせの前例があるだけに、テレビドラマ版はとても太刀打ちできなかった。

リプリーの『スカーレット』に失望したマーガレット・ミッチェルの相続人によって、あらたに続篇の刊行が企画され、南北戦争を舞台にした『ヤコブの階梯』(一九九八)を書いた作家ドナルド・マッケイグ(一九四〇—二〇一八)に白羽の矢が立てられた。マッケイグはレットを中心にした『レット・バトラー』(二〇〇七)を書き上げた。

また相続人から任命されたのではなかったが、二〇〇一年、アリス・ランダル(一九五九—)は、『風は去っちまったよ』という、原作『風と共に去りぬ』をパロディ化した作品を書いた。アフリカン・アメリカンであるランダルは、題名となった「風と共に去りぬ」が引用された、アーネスト・ダウソン(一八六七—一九〇〇)の詩に登場する女主人公サイナーラ(シナーラ)の名前を取って混血の奴隷、すなわちマミーとプランターとして言及される白人農園主との間に生まれたムラトー(混血児)を女主人公に設定している。命名の行為から明らかだが、作者は原作の黒人奴隷マミーに固有名がなかったことにこだわり、ここでは意図的に白人の農園主と妻のレディに固有名を与えていない。スカーレットに擬される娘は「他者 Other」と表記され、それが呼称になっている。

このような続篇が二一世紀に入ってもまだ書きつづけられていることに注目したい。ミッチェルの人物描写・筋立て・歴史的背景が、それほど堅固で魅力的であったことの証《あかし》である。二〇一四年に行われたアメリカの世論調査会社ハリス・ポールの調査結果によれば、アメリカの女性がもっとも親しみ好んでいる書物は、聖書に次いで『風と共に去りぬ』であるという（インターネット jaygabler.com 二〇一五年四月三〇日）。

これだけ影響力のある文学作品を、アメリカの二〇世紀の批評家たちは、大衆小説だからと（第六章参照）、あるいは少数派の視点から書かれていない、すなわちアメリカでよく言われている、ポリティカル・コレクトネス（政治的・社会的に正しいこと）の立場からふさわしくないと、十分に読まないままに批判し否定している。私たちは誠実に率直にこの作品を最後まで読み通し、そこに備わる力を認識して、この作品の意味を評価しなければならない。

この作品の面白さとは、強い影響力の根源とは、今日まで版を重ねつづけている理由とは何だろうか。アメリカ文学史の広い視点からその独自性を認識し位置を見きわめ、その重要性、社会における意味を検討する必要があるだろう。これだけ読み継がれていること自体が偉大な作品の証拠である。それゆえ、この作品をアメリカを表象する偉大な〈アメリカン・ロマンス〉と見なしてかまわないだろう。

〈アメリカン・ロマンス〉

アメリカの読者にもっとも人気がある文学のジャンルは、歴史上の出来事を背景にした人間ドラマである〈歴史ロマンス〉で、『風と共に去りぬ』やアレックス・ヘイリーの『ルーツ』(一九七六)にいたるまで、他のジャンルの追随を許さない、と英文学研究のジョージ・デッカー(一九三四―二〇一〇)は主張する(デッカー一)。ロマンスというと日本では単なる男女の〈愛の物語《ラヴ・ストーリー》〉と思われがちであるが、ミッチェルがこれを〈歴史ロマンス〉と見なしたとき、それはアメリカの建国とその成長にかかわる〈大きな物語〉、〈アメリカン・ロマンス〉であることを意味している。『風と共に去りぬ』は、スカーレットとレット・バトラーやアシュリー・ウィルクスという主要登場人物の織りなすラヴ・ロマンスであるとともに、その背景となる時代のアメリカ合衆国のドラマを描き出す〈アメリカン・ロマンス〉、すなわち〈アメリカン・サーガ(アメリカの叙事詩)〉である。

アメリカ建国期の作家たち、たとえばジェイムズ・フェニモア・クーパー(一七八九―一八五一)は、英国小説とは異なる自分たち独自のアメリカ文学を確立しようと意識しながら、創作に臨んでいた。クーパーは『モヒカン族の最後』(一八二六)を含む『皮脚絆《レザーストッキング》物語』五部作(一八二三―四一)を書き、アメリカ的題材である大自然や先住民インディアンを登場させて独自の文学を構築した。

英国のように長い歴史があり、風俗習慣が確立し、コモン・ロー(慣習法)が支配する社会とは違って、クーパーやヘンリー・ジェイムズ(一八四三―一九一六)が『ホーソーン』(一八七九)で、「アメリカないない尽くし」と嘆いたように、アメリカには小説の題材となるものが何もなかった。英国の作家ジェイン・オースティン(一七七五―一八一七)の、小さな町に住む数軒の家族の日常的な営み、かれらの人間的なかかわりと心理を細かく描き出せば〈ノヴェル〉は成立する、という考えは受容されにくかった。アメリカの作家たちが意図したのは、〈アメリカの理念〉を描き出す壮大な人間ドラマ、〈大きな物語〉を書くことだった。

『風と共に去りぬ』が〈アメリカン・サーガ〉であり、〈アメリカの神話〉にすらなり得ると思われるのは、抽象化された理念、すなわち南部と北部の精神や南部の誇り、南北戦争で一つの極点に達する両者の理論闘争・政治闘争などを枠組みとしているからである。そのうえで人物描写、とりわけ主要人物であるスカーレットと二人の男たちの心理描写が見事で、文学的仕掛けが巧妙だからである。たしかに男女の恋愛を追うだけでも、微妙な言葉のやりとりに読者は引きつけられ、思わず読み進めてしまう。それだけでもこの作品の魅力は十分にあるのだが、ミッチェルはそこで歴史的事実の正確さを徹底的に追究し、歴史物語としても優《すぐ》れたものにしている。この作品に対する批判の中に、歴史的正確さを非難する声は聞かれない。さらにミッチェルは、この壮大な〈歴史ロマンス〉にアメリカの根源的な理念、〈アメリカン・イデオロギー〉を組み込んで物語を展開している。

このように、『風と共に去りぬ』は偉大な〈アメリカン・ロマンス〉であり、それを〈アメリカン・サーガ〉と呼ぶことも可能だろう。

〈ダーク・ジェントルマン〉と〈フェア・ジェントルマン〉

『風と共に去りぬ』に登場する二人の男、レット・バトラーとアシュリー・ウィルクスは、レディたちにとってのいわば〈ダーク・ジェントルマン〉と〈フェア・ジェントルマン〉だった。

このような分類用語が文学史上にあるのではなく、英国小説における類型でよく出てくるのは、〈ダーク・レディ〉と〈フェア・レディ〉である。〈フェア・レディ〉の身体的特徴は金髪碧眼で、その性質は清純で誠実、貞淑で汚れを知らぬ無垢な若い娘であり、いっぽう〈ダーク・レディ〉は対照的に黒髪に黒い瞳、浅黒い肌で、その性質は情熱的で官能的、蠱惑《こわく》的な女であり、しばしば、「オリエンタル」な風貌が強調される。それは東洋（アジア）的という意味ではなく、当時の英国から眺めてのオリエンタル、すなわち中東あたりを指している。男はたいてい初恋の人〈フェア・レディ〉がいながら、〈ダーク・レディ〉へ魅せられていき、破滅への道をたどる。〈ダーク・レディ〉は男にとっての〈ファム・ファタール（宿命の女）〉になることもある。

ミッチェルが、このような〈フェア・レディ〉と〈ダーク・レディ〉の創作伝統を知らなかったはずはない。スカーレットとメラニーは、その容貌ではなく性格から、〈ダーク・レディ〉と〈フェア・レディ〉に分類できるだろう。外観についてミッチェルは、二つの要素を混在させたり交換したりしている。スカーレットは黒く濃い眉に薄緑色の目、メラニーは茶褐色の髪で黒い瞳の持ち主である。同様にミッチェルは、黒髪に黒い瞳、浅黒い肌のレットと金髪に灰色の目のアシュリーを造型し、いわば〈ダーク・ジェントルマン〉と〈フェア・ジェントルマン〉に当てはめているが、かれらの場合も外観と性質を混在させ交換しているところがある。

一四歳になったスカーレットは、大陸旅行《グランド・ツアー》を終えて帰郷したばかりのアシュリーにひと目ぼれする。

ハンサムな貴公子から「スカーレット、大きくなったね」（第一巻六九）と手を取りキスされて、娘心をそそられないはずがない。少女から娘になったばかりの、世間も知らないスカーレットがアシュリーに心を奪われるのは自然の成り行きだった。しかもアシュリーは、恋に目覚めたばかりのスカーレットを、「法廷の日《コート・デイ》」や舞踏会へやさしくエスコートして連れ回し、騎士のように振るまっている。「アシュリーがタラ農園を訪れずに一週間が過ぎることはなかった」（第一巻七〇）ほど頻繁にスカーレットに会いに来ていたのだから、結婚の申し込みがあると期待して当然だっただろう。それなのにいくら待ってもアシュリーからその言葉は聞かれなかった。

この物語では黒髪（茶褐色）の娘スカーレットが、〈フェア・ジェントルマン〉に心を奪われ、振りまわされている。二人は愛し合っていたのか、それともそう信じたのはスカーレットの幻想にすぎなかったのか。それがこの物語の結末までつづく問いかけであり、アシュリーは物語を進行させる、いわば狂言回しの役割を担っている。

いっぽうレットは、夢の恋物語に登場するような理想的な紳士ではなかった。浅黒い肌の黒髪に黒い瞳の〈ダーク・ジェントルマン〉は、うぶな若者ではなく、手練手管に長けた三〇代初めの壮年の男で、薄緑色の目のいわば〈ダーク・レディ〉、とはいえ小娘でしかないスカーレットに魂を奪われるのである。偽悪的なこの男に多くの読者が引かれるのはなぜだろうか。ミッチェルの人物造型の巧みな点は、いったいどこにあるのだろうか。二人の男の登場人物を見ていこう。

アシュリー・ウィルクス

アシュリーはスカーレットを愛していたのか、それともスカーレットの勝手な思い込みにすぎなかったのか。この物語をラヴ・ロマンスの側面から見れば、これが最大の問いかけかもしれない。早い段階でスカーレットは、「たしかにアシュリーが愛をささやいたことはない。(略)それでもアシュリーが自分を愛しているのがわかった。その確信に揺らぎはなかった。理性よりも強い直感と経験から自分への愛を確信した」(第一巻七〇)と独白している。恋愛経験の豊富なスカーレットが直感的にそう感じた情景とは、いったいどのようなものだったのか。分析能力に欠けるといわれるスカーレットの直感の鋭さは、おそらく真実を突くのだろう。アシュリーが愛を告白したことがないというのは事実だが、にもかかわらず自分を愛しているとスカーレットに確信させた出来事や状況があったはずである。

バーベキュー・パーティの後に、アシュリーを待ち伏せしたスカーレットが感情をあらわにする、あの書斎の場面を思い起こしてみよう。

大久保康雄訳では、「そうだ(略)愛している」(大久保康雄訳・新潮文庫第一巻二四九)となり、さらに問い詰められて、「どうしてぼくがきみを愛さずにいられただろう——生活にたいしてぼくが持っていないあらゆる情熱をもっているきみを! ぼくには不可能なほど、はげしく愛し、はげしく憎むことのできるきみを!」(大久保訳第一巻二五二—三)と訳され、物語の最初からアシュリーが、スカーレットへの愛をはっきりと告白したようになっている。だが原文は反対の意味で、ここでアシュリーはまだ愛を告白してはいない。

スカーレットに問い詰められたアシュリーは、「きみをどうやって好きになれるというのか——きみは私にない生きる情熱にあふれているのだから。私には不可能な激しさで愛し憎む」（第一巻二六八—二六九）のだからと当惑しながら、スカーレットを好きにはなれない理由を述べている。二人は似た者同士ではないから理解し合えない、結婚はお互いを理解できなければ難しいのだと、アシュリーはここで諭してもいる。

さらにスカーレットがアシュリーを「愛している」というときには「ラヴ」という動詞が使われ、それに対してアシュリーは「好き《ケア・フォー》」という穏やかな愛情表現をしていることも指摘しておこう。

アシュリーの「好きになれ（ない）」という答えに、若いスカーレットはもちろん納得できない。けれども物語がつづくその先一二年間にわたって、スカーレットのアシュリーへの愛情は衰えることがないのである。ひたすら一方通行であったなら、アシュリーが徹頭徹尾スカーレットに対して無関心であったなら、いかにスカーレットが愚かだったとしてもおそらく気がついたことだろう。それなりにアシュリーの反応があり、頑なに愛の告白を拒否していたとはいえ、やはりアシュリーの本心は魅力的なスカーレットを「愛していた」と考えるほうが、納得しやすいのではないだろうか。

たとえば南北戦争に従軍しているアシュリーがクリスマス休暇をアトランタで過ごし、兵役に戻って行く第一五章の最後の場面で、スカーレットはキスを強要し、アシュリーが顔を近づけてくると、両腕をアシュリーの首にまわす。「永遠とも感じられた瞬間、アシュリーはスカーレットをきつく抱きしめ」るのだが、「そのときアシュリーの体中の筋肉がとつじょ、緊張した」(第二巻三〇六)のをスカーレットは感じている。「愛・して・る」とむせぶスカーレットはその腕をはずし、アシュリーが腰をかがめて帽子を拾ったとき、スカーレットはその顔をちらっと見て、「これほどふしあわせな顔はこれからも見ることはないだろう」とも感じている。アシュリーのいつもの超然とした表情が消え、「そこに記されていたのはスカーレットへの愛と、スカーレットが自分を愛している喜びだったが、それを払いのけようとして恥辱と絶望が戦っていた」(第二巻三〇七)のだ。そのようなアシュリーの苦悶の顔だったと説明されている。

あるいは強いられてとうとう「愛してる《ラヴ》」と口に出して言った、再建時代《リコンストラクション》の冬のタラ農園の第三一章の場面である。タラ農園に追徴税が課され、スカーレットが果樹園で薪割りをしているアシュリーに相談に行くこの場面ほど、二人の愛情のありかたと二人の性格の本質的な懸隔を明らかにしている箇所(第四巻一〇三―一一六)はない。

二人は熱く抱擁し合い、「愛してるのね！」と確かめようとするスカーレットをアシュリーは、「葛藤と絶望に苦悶する目」で見つめながら、「やめてくれ！　やめてくれ！　そんなことを言うと、きみをいま奪ってしまうことになる、この場で」と心の叫びをあげる。そしてスカーレットが追い詰めると、「言わせるのですか？　わかりました。言いましょう。きみのことを愛してる《（ラヴ）》」(第四巻一一一―一一三)と、強要されたとはいえ、とうとう告白した。「ラヴ」という動詞に含まれる身体的愛を、アシュリーが口にした瞬間だった。アシュリーはかわいらしいスカーレットに、男としてどうしようもなく引かれながら、文化的背景や考えかたの違いゆえに、結婚相手としてはふさわしくないと理性的な判断を下していた。だが男が女を身体的に求めるのもまた、きわめて自然な欲望の発露だっただろう。

スカーレットを苦しめ、悩ませたのは、アシュリーのこのような愛だった。自分を求めているのを感じながら、アシュリーは結婚という制度の中での結びつきは求めていない。純粋無垢だった、あるいは無知だった若いスカーレットに、それはまったく理解できない態度だった。

アシュリーのスカーレットへのこのような愛は、物語のほとんど最後までつづいている。レットはアシュリーがスカーレットの身体を愛していたことに気づいていた。「アシュリーはきみの精神を欲してはいない、（略）そして私はきみの体を望んじゃいない。（略）私はきみの精神、きみの心が欲しいのに永遠に手に入れることができない」（第六巻一四五）と、アシュリーの誕生日パーティの修羅場の後で、レットは口走っている。

自分がいかに大ばかだったか、とスカーレットが悟るのは最終章の一場面で、「アシュリーの本質を知っていたら、好きになるはずがなかった」、「アシュリーをほんとうは愛してなかった」（第六巻三三八、三四〇）とレットに打ち明けるのだが、すべては遅すぎたのだった。

レット・バトラー

レット・バトラーが登場するのは、第一部のバーベキュー・パーティの場面である。チャールストンの旧家出身だが、二〇歳のときに父親から勘当され、まともな仕事についたことはなく、この一〇年あまりを闇の商売に携わって金儲けをしてきたらしいと噂され、すでに評判の悪い男である。「悪党、無頼漢、守銭奴、ならず者、人でなし、卑劣漢、下劣な男」などと、レットはさまざまに形容され、〈お上品な伝統〉の社会からは、〈招かれざる客〉と見なされている。職業については〈相場師・賭博師《とばくし》〉とたびたび非難する口調で言及されている。

スカーレットは、バーベキュー・パーティの開かれたトウェルヴ・オークスの屋敷で、自分を見つめる見知らぬ男に気づき、少なからず興味を示す。やがてその男の名前がレット・バトラーであると知るのだが、恋愛の対象として関心を抱いたのではなかった。占いをする女に、「真っ黒な髪の、黒くて長い口ひげの男と結婚する」と告げられ、「髪の黒い男なんてきらいよ」(第一巻三二)と怒り狂っていたスカーレットである。レディとしてしつけられ、相応の相手からプロポーズされることが人生の目的であった大農園《プランテーション》の娘にとって、世間からつまはじきにされているレットは恋愛の対象外だった。ところがレットは、初めてスカーレットに出会ったときから、その本質を見抜き、自分と同類であり、他のレディとは比べられない資質の持ち主だと見抜いていた。

〈南部の女〉であるスカーレットの、男の恋心をそそる身体的魅力をレットはじっくりと観察している。レットの視線は、スカーレットの身体を値踏みするかのように、ドレスの下につけている肌着まで見透かすようだったと描写されている。そのうえ、レットが娼婦の館に恥ずかしげもなく出入りする事実が繰り返し述べられ、性的欲望がレットの本質であるように強調されている。そのような印象から読者は、この〈ダーク・ジェントルマン〉はマッチョで、男の欲望の塊であるような印象を植え付けられる。そこが作者ミッチェルの巧みなところで、じっさいはレットとスカーレットのやりとりを詳細にたどってゆくと、見過ごしがちなレットの別の性質が書き込まれていることに気づくのである。

レットはたしかに〈黒い羊〉だったが、チャールストンの旧家の御曹司として生まれ育ち、その教養が高い水準にあることは、しばしばスカーレットを戸惑わせる会話に示されている。ラテン語の警句や熟語、古代ローマに関する知識、インドの埋葬の風習など幅広い文化的素養があり、それはアシュリーに優《まさ》るとも劣らない。のどやかなチャールストン訛りは、タラ農園があるジョージア州北部の新興開拓地の、荒々しくきびきびした口調の人びとからすれば間延びしたように響くのだが、それはレットが荒くれ者ではないことの証でもあるだろう。レットの言葉遣いは、スカーレットやメラニーなど、タラ農園やアトランタの上品な階級《クラス》の人びとと話すときには、決して乱暴な口調にはならない。

レットは、スカーレットよりはるかに年上だったが、社会の規範にかならずしも従順ではなく、自分と似た稀な資質を持つと思われる娘に出会い、ひと目で熱い恋心を抱いてしまった。レットは繊細で敏感で傷つきやすい性質《たち》で、じっさいは恥ずかしがりやでもあったのだろうが、相手にそれを悟らせまいと大胆不敵に振るまい、弱みを見せまいと偽悪的になった。

レットの本質的なやさしさがあらわれた感動的な場面がいくつかある。

最初は、あのゲティスバーグの戦いで、南軍がおびただしい数の死傷者を出したとき。スカーレットは死傷者リストを目にして、「一緒に育ち、踊り、恋にたわむれ、キスした」男の子たちの多くが戦死したことを知った。悲しみにくれるスカーレットに、「たくさんの友人が?」とレットはそっと声をかける(第二巻二七二)。「レットは静かで厳粛ともいえる面持ちだった。その目にあざけりの色は見られなかった」(第二巻二七三)。レットが心の奥深くでスカーレットと共感し、その魂を共有したときだった。スカーレットが自分の弱さをそのまま出し、率直に、誠実になったとき、レットは実に包容力のある、感情のこまやかなやさしい男になった。

次に、アトランタ陥落の晩の脱出行の場面がある。

北軍が侵攻してきた恐怖の中をメラニーのお産を助け、緊張が極限に達したスカーレットは絶望的になり、駄々っ子のように「家へ帰る!」と泣き叫ぶ。レットは北軍に包囲された中を突破するなど狂気の沙汰と知りつつも、最大限の努力をして荷馬車を用意し、スカーレットの願いをかなえてやる。その声はやさしく、「ブランデーとタバコと馬のにおい」(第三巻二一二)がするレットは、スカーレットに父親を思い出させ、ほっと安心させるのだった。レットがいなかったら「わたしたちいったいどうなったかしら?」とささやくスカーレットに、レットは当惑し、「口もとが下がり、(略)顔をそらす)」(第三巻二一七)。スカーレットの言葉に本心がどこまで響いているのか、自分の愛情をどこまで受け入れてもらえたのか、というレットの戸惑いと願望のあらわれた動作だった。スカーレットはここで初めてこれまでの男たちとは違う、レットの男としての魅力に気がついている。

あるいは、スカーレットがケネディ夫人となり製材所の経営を始めて、身重にもかかわらず一人で馬車を駆る場面がある。

スカーレットは、「ほとんど毎日、偶然レットに出くわし」、レットは、疲れているスカーレットの手綱を握ってくれ、おしゃべりをして気を紛らわせてくれた。「ひょっとしたらこれは偶然じゃないのかもしれない」(第四巻四二一)とスカーレットが感じることもあった。レットはこのような騎士道精神で、愛するスカーレットを見守っていた。

その他、飢餓の夢にスカーレットがうなされる場面も注目したい。「抱いて、レット」(第五巻三八一)と頼むスカーレットを体全体で支えて安心させてやる。そのようなときのレットの目は、いつもこよなくやさしい目になるのだった。

また軍政下のアトランタで牢へ入れられていたとき、スカーレットの訪問を受け、それが金策のためとは思わずに感激し、「誠実な喜びに顔を輝かせ」(第四巻二〇一)、その声は穏やかで震えていて、スカーレットを信じてしまったそのときには、疑い深くなったり、あざける様子も見られなかった。

レットが求めていたのはスカーレットの真実の愛であり、誠実な心だった。結婚した後でも、「気づかれていないと思うのか、レットがときどき見せる目つき」をスカーレットは、「切迫し、情熱的に何かを待ちつづけている表情」(第五巻三七八)だったと感じている。

レットは最後にスカーレットに打ち明ける。「男が女を愛せる限界まで、私はきみを愛していた。

そのことを考えてみたことがありますか?」(第六巻三四一)、「私たち二人が運命的に結ばれていたのはあきらかでした。きみの本性——私のように厳しく貪欲で無節操という本性——を知りながら愛することができるのは、きみの知り合いでは私だけだというのはあまりにも明白だった」(第六巻三四三)と。ところがレットは、あらゆる手練手管を弄してもスカーレットの愛を確信することができなかった。レットは待ちつづけ、そして疲れ果ててしまった。

二人の男たちは、自分の心に誠実で感情のままに行動する、率直で魅力的なスカーレットに強く引かれている。だがスカーレットとアシュリー、スカーレットとレットの愛の関係はいずれもすれ違い、その行き違いをミッチェルは巧みな物語に仕上げていった。

レット・バトラー　思想的骨組み

この物語において、レット・バトラーは、スカーレットの相手としてのみ存在するのではない。ミッチェルは、レットをこの作品の思想的な軸として、レットの口を通して人生観を語り、さまざまな社会批判を試みている。女の読者や解放された思想の持ち主にこの作品が賛同をもって受け入れられたのは、まさにこの点にあった。

戦争観・女性の権利・社会慣習の改善・女性の経済的自立などについて、レットはことあるごとに自分の意見を表明している。それらが読者の賛同を得るのは、「美徳なんてくだらぬもんですよ」(第二巻一二〇)というレットに、嘘と偽善と権威を嫌う基本的姿勢を見出すからだろう。

レットは、ヒンズー教徒の寡婦殉死《サッティー》の習慣を取り上げ、夫を亡くした女の人生を閉ざし、生き埋めにする南部の慣習のほうがはるかに残酷だと言う（第二巻一〇九）。異教徒の風習を野蛮と見なす、キリスト教優先主義のアメリカ社会で、このような比べかたをするレットは革命的な思想の持ち主だった。

常日頃から女の存在を尊重し、女の経済的な自立を認め、「自分の本心を語れ、生意気になれ、大胆不敵になれ」（第五巻二七七）とレットはうながしている。それがスカーレットと初めて話をしたときの「レディにはとんと魅力を感じない」（第一巻二七四）という言葉にあらわれていた。女もまた男と同じ人間であると認める姿勢は、当時の男としてはきわめて稀なことであった。

また当時の慣習では妊娠をひた隠しにし、直截的表現を避けて、〈厄介な状態〉などとしていたが、レットは妊娠を人間の自然な営みと見なして、誇るべきことだと言う。紳士は妊婦から目を逸《そ》らし、「地面や空や周囲のどこかあらぬほうへ視線を向ける」のだが、そのほうがよほど「卑猥」だと主張している（第四巻四三二）。

女の身体《ボディ》を醜いもの、女の生理を汚らわしいものと考える世間の反応は、日本だけではなく、アメリカでも二〇世紀までつづいている。二〇世紀後半のフェミニズム運動の結果、女の身体を直視しようという意識高揚運動が盛んになった。作家アリス・ウォーカー（一九四四—）は、映画にもなった代表作『カラーパープル』（一九八二）で、これまで女の身体は奴隷制度のもとで搾取されてきたが、自分の身体を美しいものとして見つめ直し、肯定しようとする現代のアフリカン・アメリカンの女たちを描き出した。あるいは一九七〇年代の初め、『性の喜び』(一九七二)という本がベストセラーになったが、ピューリタンの精神的土壌の上に、かれらアメリカ人は若いころから性の営みに対する罪の意識をいかに刷りこまれてきたか、この本の人気はそのアメリカの歴史的背景を示唆している。

レット・バトラーは、一九世紀半ばのヴィクトリア朝風の〈お上品な伝統〉が社会を支配する中にあって、人間の根源的な存在を肯定する意見を述べていたのだった。特に男女の性差に対するレットの考えは、まさにその後のアメリカ社会の展開を予測し肯定していたといえよう。そのような思想の持ち主であるからこそ、男としてのレットの身体的魅力ばかりでなく、その人間的魅力に読者は引かれていったにちがいない。

レットの戦争観はいかなるものであったのか。

レットはこの戦争は負け戦《いくさ》になると当初から見抜いていた。周囲の南部人たちが、〈大義〉を叫びまわり、南部人の誇りを熱く振りかざして突撃していくなかで、ひとり冷静に情況を判断していた。物資不足、軍需工場不足、兵士の未熟さ、いずれの点からも南部が不利であることは明白だった。レットはいっさい付和雷同せず、南部には「綿花と奴隷と傲慢さだけ」(第一巻二五四)しかないと明言してはばからなかった。

〈聖戦〉であるとみなが信じているときに、「戦争の現実はすべて金をめぐるけんか」でしかなく、普通の人びとが、「戦場にも行かない演説家の心地よい言葉しか聞いていない」(第二巻二一〇)ことをレットは喝破した。レットの見解は、南北戦争、いやアメリカの戦争だけではなく、有史以来、今も世界で起きているあらゆる戦争に当てはまる真実であろう。まさにレットは慧眼の士であった。

戦争に関しては、アシュリーもレットと同じ意見であることは、戦場のアシュリーがメラニーへ宛てて書いた手紙の中で記した通りである。「戦争は汚い仕事」であり、自分たちは南部連合を担う高官たちの宣伝文句に騙され、「王なる綿花《キング・コットン》が世界を支配すると信じた傲慢な南部魂」(第二巻一六九)に欺かれてしまったのだと。戦場に出て初めて、アシュリーはそのことに気づき、レットの言葉は正しかったと認めている。

それではなぜ戦争に対し批判的だったレットが、最終的には戦場へ向かったのだろうか。レットは、戦争末期に南軍に入り、八ヵ月にわたって戦っている。戦争は金儲けのために利用すべきものでしかなく、喜んで命を落とすなど愚の骨頂だと笑っていたレットが、である。そのレットが、アトランタが陥落してスカーレットたちがタラへ脱出したその晩に、敗色濃い南部連合軍に志願する。スカーレットにはその意図がまったく理解できなかった。

レットはスカーレットの問いに答えて、「なぜって、われわれ南部人《サザナー》すべての心に潜むセンチメンタルな感情のせいですかね」(第三巻二三二)と、わざと曖昧な返答をする。スカーレットやメラニーたちが北部人《ヤンキー》を嫌い、それぞれが南部をいとおしみ、タラ農園を愛するような形で、レット・バトラーが南部を愛しているのではない。それでもここにはレットの本心が隠れているのではないだろうか。レットは魂の根源に触れることがらになると、きわめて繊細で臆病になり、素直に表現できなくなる。

それはスカーレットへの思いにもよくあらわれていた。レットは勘当され否応なしに南部を去ったが、だからといって心の中で南部との絆が断たれたわけではなかった。究極的な危機を迎えた南部を目の前にして、「センチメンタルな感情」は、負け戦《いくさ》であることを承知のうえで、レットを南軍へ向かわせたのだった。

それはこの物語の結びの場面とも関連してくるだろう。レットは、スカーレットのもとを離れたら、故郷チャールストンを訪ね、家族と再会しようと考えている。「若いときにいとも安易に投げ捨てたもの（略）、家族の連帯、名誉、安寧、深くつながるルーツ」（第六巻三五二）をふたたび思い出し、静かな暮らしの魅力を感じ始めている。その中にどっぷりとつかることはなくても、すっぱりと決別することはできない。

「私にとってアトランタは荒々しすぎる、新興の都会すぎる」（第六巻三五四）ともレットは言う。母音を引き伸ばすような、のどやかなチャールストン訛りがレットの話しかたの特徴なのだが、いま、穏やかなチャールストンへ帰って行こうとしている。ジェラルド・オハラは、スカーレットとアトランタの町が同い年であると思い違いをしていたが、レットのアトランタとの距離感は、スカーレットとの距離感を意味してもいるのだろう。古い歴史を持つチャールストンに生まれ育った男は、年を重ねて新興の町アトランタに違和感を覚え始めていた。古い社会では受け入れられなかった、これまでの破天荒な行状にもかかわらず、レットは、「それほどに私もセンチメンタルなのですよ」（第六巻三五三―三五四）と締めくくっている。

古い南部の死

ミッチェルはこの物語で、南部を、代表的な南部人をことごとく死にいたらしめている。南部の〈偉大なレディ《グレート》〉だったエレン・オハラはチフスに感染して亡くなり、ジェラルド・オハラは、南北戦争による南部社会の劇的変化についてゆけず、生の中の死を迎えていたが、やがて落馬して死ぬ。ミード先生はアトランタを代表する知識人であり、南部の良識と崇敬されていたが、二人の息子を戦争で失い、北軍によって家は焼かれ、戦後になっても建て直す意志はもはやない。未来への希望はひとかけらもなく、寿命をまっとうするだけの余生であった。アシュリーの老齢の父親も戦死した。アシュリーの誇りであり、近隣にその美を誇っていたトウェルヴ・オークスの館は灰燼《かいじん》に帰した。「均整がとれて完璧《かんぺき》なシンメトリーをなす白い館」（第一巻二一七）は、南部農園経済の象徴であり、南部精神の誇りそのものだった。スカーレットには、「この館の女主人になりたいと、かつて夢見た家」（第三巻三一一）だったが、それもはかなく消えてしまった。アシュリーは戦場からメラニーに宛てた手紙で、自分が戦う理由を綴っている。「〈王なる綿花、奴隷制度、州の権利、卑しいヤンキー〉」（第二巻一六九）のためではなく、「白い柱に斜めに差しかかる月の光、そのもとでこの世のものとは思えぬ美しいマグノリアが花開き、最高に暑くなる正午でさえ、脇のポーチに日陰を作るつるバラ」（第二巻一七〇）のためであることを、戦場に出て初めて悟ったという。ギリシア建築を連想させるウィルクス家の館は、安定したシンメトリーで美しくそこに建ち、南部社会の存続は永遠であると誇っているようだった。バーベキュー・パーティに出席していただれもが、この館がよもや崩壊するとは想像しなかっただろう。アシュリーは戦場を体験し、戦争を生き延びても、そしてこの戦いに勝とうが負けようが、昔の静かな生活はもう戻ってこないこと、結局のところ自分たちは「失う」のだと悟ったのだった。

そしてもっとも読者の印象に刻まれる死は、若くしてすでに〈偉大なレディ《グレート》〉と見なされ、周囲のだれからも好かれていたメラニー・ウィルクスの死である。メラニーは第二子を流産して、その衰弱した体が回復することはなかった。

再建時代《リコンストラクション》を迎えたアトランタで、メラニーとアシュリーが構えた小さな家には、メラニーの若い友人のみならず、親の世代にあたる古き良き南部を代表する人びとが集まってきた。メラニーは「変化を拒否し、変化する社会にあって変化の理由があることすら認めなかった」(第五巻一二〇)のだが、旧南部の人びとはここで心おきなく昔の南部を懐かしく語り、共感し合うことができたのだった。メラニーの家の客間は南部の心を確認する温かなつどいの場になった。そこには、ジョン・B・ゴードン将軍や、〈リー将軍の剣〉を書いた詩人でもあるライアン神父、元副大統領のアレグザンダー・スティーヴンズなど、南部連合の中枢をなし大きな影響力を持っていた人びとが集まってきた。かれらの話題はきまって現状への不満であり、「もし」という仮定のもとに勝てたかもしれない戦争について、それぞれの見解を延々と述べあうことだった。

社会が急激に変貌していく中で、メラニーの小さな家には、取り残されたように昔の南部が息づいていた。その南部が残存していた小さな家の女主人の死は、とりもなおさず、かろうじて生き残っていた古い南部の死を意味した。

スカーレットは、死の床にいるメラニーに呼び寄せられ、滞在先のマリエッタから急きょ戻ってくる。メラニーの遺言を聞きながら、スカーレットは恐怖におののく。それは一番親しい友人であり義妹であるメラニーの死が、ただ一人の身近な人間の死というだけではなく、ある大きなものの死を意味していたからだった。

「あなたにとてもいてほしかった」とスカーレットはメラニーの死を伝えながらレットに言う。だがレットは、「いや、耐えられなかった」(第六巻三三一)と弱々しく答えるのみである。「そうだったか、安らかな眠りを」(同三三〇)と祈り、「偉大《グレート》なレディだった」(同三三一、三三二)とレットは繰り返しつぶやく。

メラニーの死は、一人の南部の女の死ではなく、南部の体制・南部の伝統・慣習の死を意味した。〈偉大《グレート》なレディ〉が象徴していた、南部の美しいものの終焉だった。そのようなメラニーの死をレットは、「一人の女の死ではなく、一つの伝説が消え去(った)」(第六巻三三二)と感じて、直視することができない。自分の生まれ故郷の南部の死を迎え、レットは青年時代に葬った感情を呼び起こしていた。「それほどに私もセンチメンタルなのですよ」という言葉に、レットのしみじみとした南部への愛が伝わってくる。

〈ニュー・サウス〉への道

再建時代が終わるころから、〈ニュー・サウス〉というスローガンが唱えられるようになった。〈ニュー・サウス〉を提唱したのは、〈アトランタ・コンスティテューション〉紙の記者、ヘンリー・W・グレイディ(一八五〇—八九)で、父親は北軍の兵士に殺されている。いま、大農園制度は崩壊し、奴隷制度が廃止され、価値観が一変し、古い南部の習慣は捨て去られようとしている。いつまでもノスタルジックに「昔はよかった」と南部を懐かしんでばかりいてはならない。南部は過去の痛みを越えて、新しく生まれ変わらなければならない。

グレイディは、ヤンキーに対する怨念を早く忘れて連邦復帰を果たし、北部資本を導入して南部の工業化を推進することこそ、すぐにも実現しなければならないことであると主張した。そのためには工学研究が重要であり、エンジニア養成の大学教育が必要であると提言した。今日、ジョージア・テックと呼びならわされているジョージア・インスティテュート・オブ・テクノロジー(ジョージア工科大学)がその教育の中心になった。

スカーレットは、〈ニュー・サウス〉をイデオロギーとして認識したのではない。南北戦争というアメリカ合衆国を二分し、二つの国家の誕生をもたらしたかもしれない歴史的大事件を経て、南部は敗北し、戦後、南部がふたたび連邦の一部になっていく中で、スカーレットは、未来の〈ニュー・サウス〉を担う世代の〈南部の女〉であると同時に〈アメリカの女〉として生き抜こうとしている。新しい南部、新しいアメリカを築き上げていく〈ニュー・ウーマン(新しい女)〉であった。

アン・エドワーズは『タラへの道』(一九八五)の中で、ミッチェルの言葉として、『風と共に去りぬ』の主要なテーマは、「生き抜くこと」と「進取の気性(ガッツ gumption)」であると述べている(エドワーズ一五八)。古い南部は消滅したが、スカーレットは生き延びていく。トウェルヴ・オークスは焼失したが、タラの館は生き延びていく。

スカーレットが帰って行くタラ農園は、ウィル・ベンティーンによって運営されていた。貧乏白人《プア・ホワイト》のウィルにタラ農園を委ねるなど、かつての大農園時代には考えられないことだった。ミッチェルはウィルを後継者にすることによって、〈ニュー・サウス〉を担うのは、このような新しい階級であることを示唆しているのだろう。未来の〈ニュー・サウス〉を築き上げるのは紳士淑女の上流階級ではなく、ウィルのように若い〈コモン・マン〉たちなのである。

振り返ってみれば、エレンの実家であるサヴァナの旧家ロビヤード家でさえ、もともと上流階級だったわけではない。スカーレットの曽祖父でフランス人のプリュドム・ロビヤードは、フランスではうだつがあがらず、新世界のハイチ(サン・ドマング)でひと旗揚げようと故国を捨てた。そして一代で、「暗黒のジャングルに小さな王国」を築くほどに成功したのだった。だが曽祖父は、ハイチ革命に遭遇して農園を捨て、命からがらサヴァナに亡命して、そこでまた「自分の名前が著名になるまで生きのびた」(第三巻二〇〇)のだった。ほんの少し前の時代にアメリカに逃れて成功し、ひとかどの人物になり、旧家と呼ばれるようになったにすぎなかった。スカーレットの二世代、三世代前まではみな〈コモン・マン〉だった。

物語の始まりにおいて、タラの館は、トウェルヴ・オークスのシンメトリカルな均衡を保った荘厳な館とは違って、きちんとした計画もなく行きあたりばったりに建て増しされていったと説明されている(第一巻一三七—一三八)。雑多な印象を与えるその猥雑さは、アメリカ社会を象徴していないだろうか。未来のアメリカ社会は、さまざまな民族的・文化的背景を持った人びとを包含することになるだろう。じっさい歴史上では、一九世紀の終わりから二〇世紀の初頭にかけて、南欧・東欧からおびただしい数の移民が流れ込み、アメリカ社会はそれまでよりさらに複雑な人種構成になっていったのである。スカーレットが戻って行くのは、不格好に建て増しされた館であり、そこには自由民になって自分の意志でタラ農園へ帰って行ったマミーがいるのだった。

スカーレットは、マミーの「あの広い胸」と「ごつごつした黒い手」が無性《むしょう》に恋しくなっている。「懐かしい昔の日々とつながる最後の絆」(第六巻三五八)であったが、だからといってミッチェルは、ここで戦前の奴隷制度を懐かしく思い出し、その復活を願っているのではないだろう。『風と共に去りぬ』の批判としてしばしば問題にされるのだが、決して奴隷制度の擁護をしているのではない。南部の大農園社会で繰り広げられていた白人農園主家族と黒人たちとの身体的に近いつながり、その情感を伴うセンチメンタルな絆は、北部人には理解しにくかったにちがいない。再建時代に北部の女たちが、黒人の子守女に自分の子どもを任せるなんてもってのほか、と言うのを聞いてスカーレットが憤慨する場面があった(第四巻四〇九)。

『風と共に去りぬ』の中で、白人と黒人の身体的な近接感、親しみのこもる関係を印象的に伝えている場面が二つある。一つは、召使いディルシーの腕の中でメラニーの息子ボーが、「薄い色のバラのつぼみのような唇を、濃い色の乳首に押しつけ、貪欲に乳を吸（っている）」場面であり（第三巻二八六）、もう一つは、病気のメラニーがベッドに横になったまま、わが子とディルシーの赤ん坊を両腕に抱いている場面である（第三巻三三二）。小さいころから黒人が暮らしの中に存在し、親しく交わっていた南部の家族の様子をミッチェルは描こうとしている。

白人の女性が、面白いことがあるようだと興味をそそられ、奴隷たちの住む小屋の裏庭へ忍び込んでくる姿を描いて、よく知られている絵画がある。イーストマン・ジョンスン（一八二四―一九〇六）の「南部のニグロの暮らし」（一八五九）と題された作品だが、〈オールド・ケンタッキー・ホーム〉と呼びならわされ、じっさいは大農園がモデルになったのではなかったが、白人の女主人が、奴隷小屋を訪ねてきた図という解釈がなされている（図版参照）。南北戦争の勃発する直前に完成された絵画で、

イーストマン・ジョンスン「南部のニグロの暮らし」

白人の女主人もこのように奴隷たちとの交流があったことが暗示されている。ここで画家は楽しそうな黒人群像を描いているが、注意すべきなのは、それぞれ実に丁寧に肌の色分けをしていることである。真っ黒い肌の男から、白人を父親に持つであろうと思われる色の薄い娘など。南部ではすでに白人と黒人の間に性的関係が存在したことを明らかにしている。ジョンスンは、このようなアメリカ社会の現実をたしかに見つめて描き出している。

いまふたたびタラ農園は、〈コモン・マン〉たちの生き延びる場所になった。「あのころ人生は黄金のように温かくて、心地よい明日があることを疑わなかった! アシュリー、あなたの言うことは否定できない」とスカーレットは心の中でつぶやくのだが、それでも口にするのは、「いまのほうがいいわ」(第六巻一一三)という現実を肯定する強い言葉である。ウィルがいて自由になったマミーがいる、そのような新しいタラ農園へスカーレットは戻って行く。

スカーレットは合理的な現実主義者だった。レットと同じように革命的な思想の持ち主だったと言えるかもしれない。だからこそ男にできる仕事なら女にだってできると信じて、再建時代《リコンストラクション》のアトランタで製材業を営み成功したのだろう。大農園主だから貧乏白人だから、男だから女だから、白人だから黒人だからという差異に拘泥していては、南部の再生はありえない。戦後の南部は、もはや古い南部の価値観を基盤にしていては存続が難しくなっていた。

ジョージ・デッカーは、「スカーレットはニュー・サウスの相反する性質の代表」(デッカー二八八)

であると主張するが、その正確な意味を説明してはいない。「相反する性質」というデッカーの意見は明確ではないが、南部諸州が連邦にふたたび加入しながらも、すっかり連邦に同化して南部人であることも南部魂も捨ててしまう南部人ではなく、スカーレットのように南部への愛情を失うことなく、〈ニュー・サウス〉を建設していこうとしているひとりの〈南部の女〉を意味しているのではないだろうか。

〈アメリカン・ヒロイン〉の系譜

一九世紀の〈アメリカ・ルネサンス〉を代表する作家ナサニエル・ホーソーン（一八〇四―六四）は、『緋文字（ザ・スカーレット・レター）』（一八五〇）によって、一七世紀のニューイングランドのピューリタン社会で、ひとり自立して生きる女主人公へスター・プリンを誕生させた。

姦通の罪を問われながら、相手と見なされる若い牧師アーサー・ディムズデイルは断罪されず、へスター・プリンのみが牢へ入れられ、さらし台に立たされた。村八分の目にあいながらも刺繡と縫物の腕で生計を立て、村はずれに住みながら娘パールを育て上げる。姦通の相手とされる牧師が世間の前でひるむ中で、へスター・プリンは勇敢にもひとり毅然としてその罪を真正面から受け止めている。優柔不断な牧師は現実を見つめることができず、自分の罪が暴露される恐怖に打ちのめされ、苦悩の果てに死んでしまう。

娘のパールは遺産相続人になり、裕福になって母親ともどもヨーロッパへ渡ると、貴族と結婚してしあわせな人生を送る。だがヘスターは、「自分の罪があり、悲しみがある」（『緋文字』二六二）ニューイングランドへ戻ってくる。ピューリタン社会の体制の中で、かれら為政者たちからヘスターはその存在を認められるのではなかった。だが戻ってきたヘスターは、ふたたび「長らく見捨てられていた恥辱の印」（『緋文字』二六二）である緋文字を胸につけ、村びとたちから敬愛されるようになる。とりわけ女たちは、自分の悲しみや苦しみの相談相手にヘスターを求めたのだった。ヘスターは村はずれの小屋に住みながら、心ゆたかな人生をまっとうする。

ホーソーンは、現実に強く立ち向かう〈アメリカン・ヒロイン〉を造りあげた。

アメリカ植民地時代の女主人公が、手に職を持ち、自分の意志を曲げることなく、しかも恋愛の自由を実践して生きてゆく。ヘスターは牧師に、この地を離れて先住民インディアンの伝道師に、あるいはヨーロッパへ渡り、「学者なり賢者」になって生き抜こう、と誘いかけたことがある。ちょうどスカーレットが寒風吹きすさぶタラ農園で、メキシコへ逃れて新生活を始めようとアシュリーを誘ったときのように。だが結果的に、スカーレットとヘスターはアメリカの地を捨てることはなかった。この地にこそかれらの未来はある、と信じていた。ヘスターは、アメリカ的理念である民主主義に保障される自由を、個人の意志を尊重する人間を代表する〈アメリカン・ヒロイン〉である。

ピューリタンの父権制社会の厳格な規律がある中で、判事や聖職者など体制を築いている男たちが、じっさいは規律を破っていても世間の前では認めない。ホーソーンは、そのような人間の偽善をテーマに『緋文字』のみならず多くの短篇小説を書いた。ミッチェルもまた『風と共に去りぬ』の中で、〈大義〉を唱え、現実を見ないで盲進する南部連合の為政者たちや南部のレディたちの偽善を暴いたのだった。

アーサー・ディムズデイルとアシュリー・ウィルクスは、名前のイニシャルが同じAだが、必然的なつながりはないかもしれない。だがそれはアメリカを表象するアルファベットでもある。ヘスター・プリンは、姦通の印である〈緋文字A〉を誇らかに胸に縫いつけるのだが、それもまたアメリカの表象と見なすことができるだろう。ヘスターは体制の偽善に屈することなく、アメリカ植民地にこそ自分の罪があり、悲しみがあり、「より真実な生活」（『緋文字』二六二）があると信じている。

アメリカ研究のサクヴァン・バーコヴィッチ（一九三三―二〇一四）は、〈緋文字A〉に未来のアメリカ社会を展開する役割を読み込んでいる。「緋文字Aの役割は社会化」（バーコヴィッチ 一二〇）であり、その社会化のエネルギーを象徴しているという。「自己と社会の対立」（バーコヴィッチ 一二〇）を生じさせる根源的力を未来の社会形成（社会化）へ方向づけること、それがこの作品における「緋文字Aの役割」であるとバーコヴィッチは主張する。デッカーの意見では、スカーレットは「相反する性質の代表」であるということだったが、それと重なるように、「ピューリタンのニューイングランドの遺産である、ヤーヌス神のような二面的なレトロ＝プログレッシヴ、懐古＝進歩的」（バーコヴィッチ四〇）な性質によって、アメリカの歴史は常に変容しながら進んでゆくのである。

『風と共に去りぬ』の女主人公スカーレットは、ホーソーンの生み出した女主人公ヘスター・プリンのように、喜びも悲しみも苦しみも味わったタラ農園へ戻り、そこにこそ自分の新たな人生を考える契機があると感じている。ヘスター・プリンの系譜に連なるスカーレットは、アメリカを表象する存在に成長していった。かつての南部は崩壊した。かつての誇り高い南部人も消えゆく運命にあった。だが、〈南部の女〉だったスカーレットは、現実を厳しく見つめ、なおかつ生き抜いてゆこうとする強さを養っていく。一七世紀の植民者たちは、旧世界のヨーロッパを捨て新世界へ渡り、アメリカ植民地を建設していった。アメリカの歴史を築いてきた植民者のように、スカーレットも過去を内に秘めながら、「懐古《レトロ》＝進歩的《プログレッシヴ》」に、二〇世紀、二一世紀へつながる未来のアメリカ社会を築いていこうとしている。その芯をなすのは父親ジェラルドに備わっていた〈コモン・マン〉の精神であった。

ミッチェルは『風と共に去りぬ』において、〈南部の女〉として生まれながらも、決して南部連合や体制に賛同することのなかった女主人公の半生を描き出した。南部の慣習、南部の体制、南部のレディとしての掟《おきて》に反発を感じながら、それでもレットと同じように、スカーレットもまた南部への愛を、南部への土着的な帰属意識を失うことはなかった。ミッチェルはこのように、明日を信じる〈アメリカの女〉を主人公に、〈アメリカン・ロマンス〉を紡ぎ出したのである。

未来の南部と未来のアメリカを見つめ、明日を信じるスカーレット・オハラは、〈アメリカン・イデオロギー〉である民主主義を、民主主義の自由な発想を、〈コモン・マン〉を体現している。『風と共に去りぬ』は壮大な歴史ロマンスであり、〈アメリカン・サーガ〉である。

『風と共に去りぬ』関連略年表（ジョージア州と南北戦争）

今日、ジョージア州になっている地域には、かつて先住民チェロキー、クリーク、ヤマシーなどの部族が居住していた。

一六七〇年　ヴァージニア植民地において奴隷制度がほぼ確立

一七三二年二月　英国の軍人・政治家・社会改革家・博愛主義者のジェイムズ・エドワード・オーグルソープ（一六九六—一七八五）によるジョージア植民活動。英国の負債刑務所が受刑者の増加で混みあい、その対策をかねて貧者の生きる道をアメリカに求めてのことだった（第四〇章でスカーレットの妹スエレンが、戦後、結婚する相手ウィル・ベンティーンの先祖は、オーグルソープが募った債務者か年季奉公人だったろうと推定している）。ジョージア植民地はスペイン領フロリダに隣接するため、ローマ・カトリック教会の権力をおそれ、カトリック教徒の入植を禁止

六月九日　オーグルソープ、英国王ジョージ二世よりジョージア植民地の特許状を取得

一七三三年二月一二日　のちにサヴァナになる地域に最初の定住者

一七三五年　平等思想からオーグルソープは奴隷を禁止
一七四三年　オーグルソープが帰国し、住民は農園経営に奴隷労働は不可欠と見なして奴隷解禁
一七五二年　ジョージア植民地が英国王の直轄植民地に
一七八五年　州立ジョージア大学創立。旧名フランクリン・カレッジ。合衆国で最古のランド・グラント〔公有地供与〕の大学〔第一章でスカーレットの男友だちで隣人の、タールトン家の双子の兄弟スチュアートとブレントが放校になった大学〕
一七八八年　ジョージア、連邦に加入〔一三州の一つ〕。合衆国憲法発効
一七九六年　ルイヴィルがジョージア州の州都に〔一八〇六年まで〕。その後、一八六八年まではミレッジヴィル、以後アトランタ
一八一七〜一八年　第一次セミノール戦争〔第一章にクレイトン郡の戦争経験者の例〕
一八二〇年　ミズーリ協定成立〔一八一九年、合衆国二二州のうち奴隷州と自由州は半々だったが、ミズーリ準州が奴隷州として連邦加入を望み、議会が紛糾。マサチューセッツ州からメイン州を分離し、自由州として成立させることで妥協的に均衡を保つ〕
一八二八年　アンドルー・ジャクソン大統領当選〔先住民インディアンの強制移住を推進〕
一八二九年　ジョージア北部のチェロキー部族の居住地域で一八二八年に金鉱発見。ジョージア・ゴールドラッシュ始まる
一八三〇年　先住民強制移住法制定

一八三七年　のちにアトランタとなる町が誕生〔第八章にスカーレットとアトランタが同年に命名されたという記述〕。三六年、今日のファイヴポインツに鉄道の始発点（ターミナル）が置かれ、定住地ターミナスが誕生する。家屋や商店を建てた人物の名前を取りスラッシャーヴィルと改称、四二年、知事の娘マーサ・ランプキン・コンプトン（一八二七―一九一七）の名前にちなみマーサズヴィルに。四七年、ジョージア鉄道の主任技師ジョン・エドガー・トムスン（一八〇八―七四）がアトランティカ・パシフィカ（大西洋・太平洋の意）という名前を提案し、短縮して女性形の「アトランタ」に

一八三八年　ジョージア州のチェロキー部族などがミシシッピ川以西のインディアン・テリトリーへ強制移住。その行程は「涙の道」と呼ばれる

一八四五～五一年ころ　アイルランドでジャガイモ飢饉。約一五〇万人がアメリカ合衆国その他の諸国へ移住

一八四六年　アメリカ＝メキシコ戦争勃発〔第一章にクレイトン郡の戦争経験者の例〕

一八四八年　カリフォルニアで砂金発見

一八四九年　カリフォルニアでゴールド・ラッシュ〔第一二章で勘当されたレット・バトラーが流れて行ったとされる〕

一八五〇年　連邦議会で「一八五〇年の妥協」成立し、逃亡奴隷法の強化

一八五二年　ハリエット・ビーチャー・ストウ（ストウ夫人、一八一一―九六）作『アンクル・トムの小

屋』刊行〔第三八章でスカーレットは、ヤンキーの女たちがこの本を聖書に次ぐ啓示本と見なし、逃亡奴隷を追う白人の追っ手を野蛮だと想像するのに対して批判的〕

一八五八年六月一六日　スプリングフィールドで開催された共和党州大会で、エイブラハム・リンカン（一八〇九―六五）が「分かれたる家は立つことあたわず」と演説。国家は二分してはならず、ユニオン（連邦）存立を主張。リンカンの奴隷制度反対の姿勢に南部は警戒

一八六〇年一一月　リンカン、大統領に当選。アトランタの人口約一万人

一二月二四日　サウスカロライナ州連邦脱退

一八六一年　その他の南部諸州連邦脱退。ミシシッピ州（一月九日）、フロリダ州（一月一〇日）、アラバマ州（一月一一日）、ジョージア州（一月一九日）、ルイジアナ州（一月二六日）、テキサス州（二月一日）、ヴァージニア州（四月一七日）、アーカンソー州（五月六日）、ノースカロライナ州（五月二〇日）、テネシー州（六月八日）

二月八日　二月までに連邦を脱退した七州で南部連合を結成。アラバマ州モントゴメリーに首府。憲法制定（州権、奴隷制度擁護）。大統領ジェファソン・F・デイヴィス（一八〇八―八九）、副大統領アレグザンダー・H・スティーヴンズ（一八一二―八三）

三月四日　リンカン大統領就任

四月一二日　サウスカロライナ州チャールストンのサムター要塞を南部連合軍のボーレガード将軍が砲撃し、南北戦争勃発。リンカン大統領、反乱《レベル》の発生を宣言し、鎮圧のために兵役志願の

呼びかけ〔第六章でジョーンズボロからこのニュースが伝えられる〕。四月以降六月までに連邦脱退した四州が加わり、南部連合は一一州に。これにケンタッキー州とミズーリ州の二州を加えて一三州と数えることも

四月一九日　リンカン大統領、南部沿岸封鎖を宣言。夏までに北軍による海上封鎖開始。綿花の輸出、軍需品、衣服、医療品の輸入が阻まれる

六月　南部連合、ヴァージニア州リッチモンドに首府を移す

七月二一日　第一次マナサスの戦い〔北軍による呼称は第一次ブル・ランの戦い〕〔第二八章にこの闘いで捕虜になった兵士の言及がある〕。ヴァージニア州マナサス近郊で戦われた最初の大きな戦闘。ボーレガード将軍に率いられ鉄道を駆使した南軍が勝利

一八六二年四月一六日　南部、第一次徴兵法。一八歳から三五歳までの白人男性を戦争行為の期間、徴兵

八月二八〜三〇日　第二次マナサスの戦い、ロバート・E・リー将軍に率いられた南軍の勝利

九月二七日　南部、第二次徴兵法。一八歳から四五歳までに年齢幅を広げる

一二月一一〜一五日　ヴァージニア州フレデリックスバーグの戦い、強力な北ヴァージニア部隊を率いるリー将軍の一方的な勝利。死傷者北軍約一万二千人、南軍約五千人〔第一四章に言及あり〕

一八六三年一月一日　奴隷解放宣言発布

三月　北部、徴兵法成立

四月三〇日〜五月六日　ヴァージニア州チャンスラーズヴィルで南軍勝利。リー将軍の右腕とされていたトマス・J・〝ストーンウォール〟・ジャクスンが暗闇の中、味方に撃たれ死亡〔第一四章に言及あり〕

七月一〜三日　ペンシルヴェニア州ゲティスバーグで三日間にわたる激戦。北軍勝利の転機。両軍それぞれ二万三千人あまりの死傷者・捕虜を出す〔第一四章にスカーレットをはじめ、みなが緊張して新聞社の前で戦傷者リストの発表を待つ場面あり。スカーレットの知り合いの若者多数が戦死〕

七月四日　ミシシッピ州ヴィックスバーグ陥落。五月一八日に始まる攻防戦は、ユリシーズ・S・グラント将軍の率いる北軍の勝利。この地は西部戦域の要衝であり、南部はミシシッピ州より西、テキサス州、ルイジアナ州、アーカンソー州との交通が遮断される〔第一四章に言及あり〕

一一月一九日　ゲティスバーグ国立墓地の奉献式典にあたり、リンカン大統領は「人民の人民による人民のための政治」と演説

一二月　イリノイ州のミシシッピ川に浮かぶロックアイランドと呼ばれた武器庫島に、大規模な北軍の捕虜収容所。二年間で一万二千人あまりを収容〔第一六章でアシュリー・ウィルクスがこの捕虜収容所にいると判明〕。最初の南軍捕虜は、北軍のグラント将軍の勝利に終わったテ

ネシー州チャタヌーガの戦い（一一月二三～二五日）のとき〔第一六章に言及あり〕。約二千人の捕虜が病気・栄養失調などで死亡、近くの軍人墓地に埋葬される。六五年七月、最後の捕虜の釈放

一八六四年二月一七日　南部、第三次徴兵法。年齢幅が一七歳から五〇歳まで広げられる

二月末　南軍の捕虜収容所をヴァージニア州リッチモンドからジョージア州アンダースンヴィルへ。「死のキャンプ」と呼ばれ、食料、水、医療品などの欠乏により、収容所として利用された一四ヵ月の間に、収容者総数約四万五千人のうち約一万三千人が病気や栄養失調で死亡

六月二七日　ケネソー山の戦い。マリエッタの南西にあるケネソー山の戦いで、ウイリアム・T・シャーマン将軍の北軍がジョンストン将軍の南軍を正面攻撃し敗北するが、転回点となる戦いで、この後のアトランタ陥落へつながる

九月二日　前日の九月一日、南軍のジョン・B・フッド将軍はアトランタ撤退を決断、この日、ジェイムズ・カルフーン市長、北軍に降伏。北軍のシャーマン将軍、四ヵ月にわたるアトランタの戦いで勝利。九月七日、市民に避難勧告を出し、一一月一一日、「シャーマンの海への行進」開始にあたり、アトランタ焼き払いを命令。病院と教会を残しアトランタは焦土と化す。一二月二二日、「海への行進」でサヴァナへ到着。この行進は南部人に決定的な敗北感を植えつける

一一月　リンカン、大統領に再選

一八六五年三月　自由民局設置

四月三日　南部連合の首府リッチモンド陥落。首府をヴァージニア州ダンヴィルへ移すが、四月一〇日に降伏するまでの一週間のみ

四月九日　リー将軍の北ヴァージニア部隊の降伏で南北戦争終結

四月一四日　リンカン大統領、ワシントンDCのフォード劇場で暗殺され、翌一五日、死亡

四月一五日　副大統領アンドルー・ジョンソン、大統領に就任。南部の元指導者や大農園主は追放されるが、南部融和政策で特赦によりすぐに復帰

五月五日　南部連合政府、ジョージア州ワシントンで最後の閣議を開き、デイヴィス大統領は正式に南部連合政府を解散

五月一〇日　南部連合のデイヴィス大統領、ジョージア州アーウィンヴィルで逮捕される

一二月　憲法修正第一三条発効（奴隷制度廃止）

一二月二四日　テネシー州プラスキーで同州出身の六人の退役軍人が第一次クー・クラックス・クラン（KKK）を結成。自由民になった黒人、その擁護者の白人を敵視しリンチすることも。一八七〇年代初めに解散〔第三三章、スカーレットとピティパットおばさんが声をひそめてクラン党員の噂をしている〕。メンバーは白装束で身を包み、夜に集会を開く〔第四五章、レット・バトラーがメラニーの家に寄寓するアーチーに「一番大きな煙突に夜着《ローブ》を押し込んであるそれを焼いてこい」と命令する。KKKの白装束を指す〕

一八六六年ころ　〈鉄の誓約〉とは最初、連邦職員や弁護士の連邦への誓約として、一八六二年に考案されたが、一八六四年、元南部連合の支配階級にかれらを政治から遠ざける手段として適用され、「南部連合へ加担したことはない」という誓約を強要。共和党急進派が推進したが、リンカン、ジョンソン大統領はこれに反対〔第三七章、一八六六年ころ、スカーレットは再建政策による社会の変化を感じ、〈鉄の誓約〉をしないと、ときには結婚証明書の発行さえ不可能と嘆く〕

一八六七年　連邦議会で軍事再建法制定。南部は軍政下におかれ、元指導者たちはふたたび追放される〔第四四章、ジョージア州がフロリダ州、アラバマ州とともに第三軍政区になったことへの言及あり〕

一八六八年四月　再建政策の一つとして囚人貸出制度を始める。ジョージア州は南部で最初に採択。刑務所を維持できない貧しい州の財政を補うための一手段として〔第四一章でスカーレットは製材所経営で、フランク・ケネディや周囲の反対を押しきり囚人を労働者として利用〕

七月　憲法修正第一四条発効（合衆国市民の権利）。南部諸州の連邦復帰開始（一八七〇年までに全州復帰）

一八七〇年　憲法修正第一五条発効（選挙権における人種差別の禁止）

五月　ＫＫＫ鎮圧法が可決

七月一五日　ジョージア州連邦復帰。連邦に復帰した最後の州

一八七二年五月　特赦法（旧南部連合指導者の追放解除）

一八七七年四月　南部再建政策終了。連邦軍、南部より引き上げる。南部の白人が復権し、「アメリカの黒人」の政治的・社会的権利をはく奪。差別を合法化する州法（ジム・クロウ法）が制定されていく

一九一五年　D・W・グリフィス監督の映画「国民の創生」完成。舞台は南北戦争

一一月二五日　ウイリアム・J・シモンズを指導者にアトランタ近郊のストーン・マウンテンの頂上で十字架を燃やし、第二次KKKが組織される。拠点はアトランタ。一九四四年ごろ解散

一九四六年　第三次KKKが組織され、公民権運動・人種差別撤廃運動に抵抗

一九五七年　マーティン・ルーサー・キング・ジュニア（アトランタ生まれ、一九二九―六九）が中心となり、アトランタで南部キリスト教指導者会議（SCLC）を設立。公民権運動においてキング・ジュニアやラルフ・D・アバーナシー（一九二六―九〇）の指導のもと、アトランタの黒人大学数校の学生たちも参加

一九六四年　公民権法成立（一八八〇年代から一九六四年までは黒人差別法の支配したジム・クロウ法の時代。公民権法の成立により「アメリカの黒人」はアメリカの市民に。奴隷解放宣言から百年あまりが経過）

一九六五年　投票権法成立

引用文献

外国語文献

Alcott, Louisa May. *Little Women*, New York : Oxford UP, 1998［1868］. Print.

Ameur, Farid. "La France choisit le Sud." *L'Histoire*, No. 361（février 2011）, 68–71（114）. Print.

Babcock, Burnie. *Mammy : A Drama*, New York : The Neale Publishing Company, 1915. Print.

Bartley, Numan V. Ed. *The Evolution of Southern Culture*, Athens : U of Georgia P, 1988. Print.

Bercovitch, Sacvan. *The Office of* The Scarlet Letter, Baltimore : Johns Hopkins UP, 1991. Print.

Blackman, Ann. *Wild Rose : The True Story of a Civil War Spy*, New York : Random House, 2005. Print.

Blotner, Joseph Leo. *Faulkner : A Biography, Vol. One*, New York : Random House, 1974. Print.

Brown, Ellen F. and John Wiley Jr. *Margaret Mitchell's* Gone with the Wind : *A Best-seller's Odyssey from Atlanta to Hollywood*, Lanham. MD : Taylor Trade Publishing, 2011. Print.

de Crévecoeur, J. Hector St. John. *Letters From An American Farmer and Sketches of 18 th-Century America*, New York : Penguin Books, 1981［1782］. Print.

Clinton, Catherine. *The Plantation Mistress : Woman's World in the Old South*, New York : Pantheon Books, 1982. Print.

Comfort, Alex Ed. *The Joy of Sex : A Gourmet Guide to Lovemaking*, New York : Simon & Schuster, 1972, Print.

Crook, Mary Charlotte. "Rose O'Neale Greenhow, Confederate Spy." M. C. Crook Ed. *The Montgomery County Story*, Vol. 32 No. 2, May1989. 59–70.

Cumming, Kate. *Kate : The Journal of a Confederate Nurse*, Baton Rouge : Louisiana State UP, 2012. Print.

Dekker, George. *The American Historical Romance*, Cambridge, Great Britain : Cambridge UP, 1987. Print.

Deloria, Jr., Vine. *Behind the Trail of Broken Treaties : An Indian Declaration of Independence*, New York : Dell Publishing Co. Inc, 1974. Print.

Edwards, Anne. *Road to Tara : The Life of Margaret Mitchell*, Sevenoaks, Great Brit-

ain : Hodder & Stoughton, 1985. Print.

Ehle, John. *Trail of Tears : The Rise and Fall of the Cherokee Nation*, New York : Doubleday, 1988. Print.

Eskridge, Jane Ed. *Before Scarlett : Girlhood Writings of Margaret Mitchell*, Athens, GA : Hill Street P, 2000. Print.

Evans, Augusta J. *Macaria*, Whitefish, Montana : Kessinger Publishing, 2010. Print.

Faust, Drew Gilpin. *Mothers of Invention : Women of the Slaveholding South in the American Civil War*, Chapel Hill : U of North Carolina P, 1996. Print.

——. *Southern Stories : Slaveholders in Peace and War*, Columbia : U of Missouri P, 1992. Print.

Fiedler, Leslie A. *Love and Death in the American Novel*, New York : Dell Publishing Co., 1966. Revised Edition. Print.

——. *What Was Literature?: Class Culture and Mass Society*, New York : Simon and Schuster, 1982. Print.

Freehling, William W. *The South vs. The South : How Anti-Confederate Southerners Shaped the Course of the Civil War*, New York : Oxford UP, 2001. Print.

Freer, Debra Ed. *Lost Laysen*, New York : Scribner, 1997. Print.

Gilman, Charlotte Perkins. *Women and Economics : A Study of the Economic Relation Between Men and Women as a Factor in Social Evolution*, Mineola, New York : Dover Publications, Inc., 1998. Print.

Greenhow, Rose O'Neal. *My Imprisonment and the First Year of Abolition Rule at Washington*, London : Richard Bentley, rpt. [1863]. Print.

Gribben, Arthur Ed. *The Great Famine and the Irish Diaspora in America*, Cambridge, MA : U of Mass P, 1999. Print.

Hawthorne, Nathaniel. *The House of the Seven Gables*, Columbus : Ohio State UP, 1971. Print.

——. *The Scarlet Letter*, Columbus : Ohio State UP, 1983. Print.

Holzer, Harold and Mark E. Neely, Jr. *Mine Eyes Have Seen the Glory : The Civil War in Art*, New York : Orion Books, 1993. Print.

Hoxie, Frederick E., Ronald Hoffman, and Peter J. Albert Ed. *Native Americans and the Early Republic*, Charlottesville : U of Virginia P, 1999. Print.

Hubbell, Jay B. *The South in American Literature, 1607–1900*, Durham, NC : Duke UP, 1954. Print.

Jahoda, Gloria. *The Trail of Tears : The Story of the American Indian Removals 1813–1855*, New York : Holt, Rinehart and Winston, 1975. Print.

James, C. L. R. *The Black Jacobins : Toussaint L'Ouverture and the San Domingo Rev-*

olution, New York : Vintage Books, 1963. Print.

James, Henry. *Hawthorne*, Ithaca, NY: Cornell UP, 1963. Print.

Massey, Mary Elizabeth. *Ersatz in the Confederacy : Shortages and Substitutes on the Southern Homefront*, Columbia : U of South Carolina P, 1993. Print.

——. *Women in the Civil War*, Lincoln : U of Nebraska P, 1994. Print.

McDevitt, Theresa. *Women and the American Civil War : An Annotated bibliography*, Westport, CT: Praeger, 2003. Print.

McPherson, James M. *Battle Cry of Freedom : The Civil War Era*, New York : Oxford UP, 1988. Print.

McLoughlin, William G. *After the Trail of Tears : The Cherokees' Struggle for Sovereignty 1839–1880*, Chapel Hill : U of North Carolina P, 1993. Print.

Miller, Kerby A. *Emigrants and Exiles : Ireland and the Irish Exodus to North America*, New York : Oxford UP, 1985. Print.

Miller, Kerby A. and Bruce D. Boling, "The Pauper and the Politician : A Tale of Two Immigrants and the Construction of Irish-American Society" in Arthur Gribben Ed. *The Great Famine and the Irish Diaspora in America*, Cambridge, MA : U of Mass P, 1999. Print.

Morrison, Toni. *Beloved*, New York : Alfred A. Knopf, 1987. Print.

Moss, Elizabeth. *Domestic Novelists in the Old South : Defenders of Southern Culture*, Baton Rouge : Louisiana State UP, 1992. Print.

Muhlenfeld, Elisabeth. *Mary Boykin Chesnut : A Biography*, Baton Rouge : Louisiana State UP, 1981. Print.

Myerson, Joel and Daniel Shealy Ed. *The Journals of Louisa May Alcott*, Athens : U of Georgia P, 1989. Print.

O'Brien, Michael. *Intellectual Life and the American South, 1810–1860*, Chapel Hill : U of North Carolina P, 2010. Print.

Painter, Nell Irvin. *The History of White People*, New York : W. W. Norton, 2010. Print.

Patterson, Orlando. *The Ordeal of Integration : Progress and Resentment in America's "Racial" Crisis*, New York : Basic Civitas Books, 1998. Print.

Perdue, Theda and Michael D. Green. *The Cherokee Nation and the Trail of Tears*, New York : Penguin Books, 2007. Print.

Peters, Richard. *The Case of the Cherokee Nation Against the State of Georgia*, San Bernardino, CA : BiblioLife, LLC, 2015. Print.

Porte, Joel Ed. *Emerson in His Journals*, Cambridge, MA : Harvard UP, 1982. Print.

Prucha, Francis Paul Ed. *Documents of United States Indian Policy*, Lincoln : U of Nebraska P, 1990. Print.

Pyron, Darden Asbury. *Southern Daughter : The Life of Margaret Mitchell*, New York : Oxford UP, 1991. Print.

Rable, George C. *Civil Wars : Women and the Crisis of Southern Nationalism*, Urbana : U of Illinois P, 1991. Print.

Rubin, Jr., Louis D. Ed. *The American South : Portrait of a Culture*, Washington DC : US International Communication Agency, 1979. Print.

Saxton, Martha. *Louisa May : A Modern Biography of Louisa May Alcott*, Boston : Houghton Mifflin Co., 1977. Print.

Simpson, Lewis P. *Mind and the American Civil War : A Meditation on Lost Causes*, Baton Rouge : Louisiana State UP, 1989. Print.

Smith, Daniel Blake. *An American Betrayal : Cherokee Patriots and the Trail of Tears*, New York : Henry Holt & Co., 2011. Print.

South Carolina Historical Society. *South Carolina Historical Magazine*, Charleston : SC Historical Society, 1996. Print.

Strong, George Templeton. *Diary of the Civil War, 1860–1865*, New York : Macmillan, 1962. Print. rpt. Digitized by U of Michigan, 2008.

Sullivan, Walter. "The Fading Memory of the Civil War." Louis D. Rubin, Jr. Ed. *The American South : Portrait of a Culture*, Washington DC : US International Communication Agency, 1979. Print. 257–65.

Thoreau, Henry David. *Walden and Resistance to Civil Government*, New York : W. W. Norton, 1992. Print.

de Tocqueville, Alexis. *Democracy in America*, New York : Doubleday, Translated by George Lawrence. 1969. Print.（参照：松本礼二訳『アメリカのデモクラシー』〔全4冊〕岩波文庫，2005–2008）

Varon, Elizabeth R. *Southern Lady, Yankee Spy : The True Story of Elizabeth Van Lew, A Union Agent in the Heart of the Confederacy*, New York : Oxford UP, 2003. Print.

Walker, Cheryl. *Indian Nation : Native American Literature and Nineteenth-Century Nationalisms*, Durham : Duke UP, 1997. Print.

Walker, Marianne. *Margaret Mitchell & John Marsh : The Love Story Behind* Gone With the Wind, Atlanta : Peachtree Publishers, 1993. Print.

Wallace-Sanders, Kimberly. *Mammy : A Century of Race, Gender, and Southern Memory*, Ann Arbor : U of Michigan P, 2008. Print.

Whitman, Walt. *Leaves of Grass*, New York : W.W. Norton & Co., 1973. Print.

Williams, David. *The Georgia Gold Rush : Twenty-Niners, Cherokees, and Gold Fever*, Columbia : U of SCP, 1993. Print.

Williamson, Joel. "How Black Was Rhett Butler ?", Numan V. Bartley, Ed. *The Evolu-*

tion of Southern Culture, Athens: U of GAP, 1988. Print. 87–107.
Woodward, C. Vann Ed. *Mary Chesnut's Civil War*, New Haven: Yale UP, 1981. Print.

日本語文献

遠藤泰生編『史料で読む アメリカ文化史 1 植民地時代 15 世紀末–1770 年代』東京大学出版会，2005.
カービー・ミラー，ポール・ワグナー著，茂木健訳『アイルランドからアメリカへ――700 万アイルランド人移民の物語』東京創元社，1998.（Kerby A. Miller and Paul Wagner. *Out of Ireland: The Story of Irish Emigration to America*, Montgomery, AL: Elliot & Clark Pub., 1994）
C・L・R・ジェイムズ著，青木芳夫監訳『ブラック・ジャコバン――トゥサン＝ルヴェルチュールとハイチ革命』大村書店，1991.
スーエレン・ホイ著，椎名美智訳『清潔文化の誕生』紀伊國屋書店，1999.（Suellen M. Hoy. *Chasing Dirt: The American Pursuit of Cleanliness*, New York: Oxford UP, 1996）
デイヴィッド・R・ローディガー著，小原豊志他訳『アメリカにおける白人意識の構築――労働者階級の形成と人種』，明石書店，2006.（David R. Roediger. *The Wages of Whiteness: Race and the Making of the American Working Class*, New York: Verso, 2007）
本間長世編『世界の女性史 10 アメリカⅡ 新しい女性像を求めて』評論社，1977.
リットン・ストレイチー著，橋口稔訳『ナイティンゲール伝 他一篇』岩波文庫，1993.

インターネット

http://conovergenealogy.com/sisler/sisler-p/p421.htm02/17/2015

荒このみ

アメリカ文学・文化研究．博士(文学)．東京外国語大学名誉教授．著書に『マルコムX　人権への闘い』(岩波新書)『歌姫あるいは闘士　ジョセフィン・ベイカー』(講談社)『黒人のアメリカ誕生の物語』(ちくま新書)など．訳書に『アメリカの黒人演説集　キング・マルコムX・モリスン他』(編訳，岩波文庫)，トニ・モリスン『「他者」の起源　ノーベル賞作家のハーバード連続講演録』(集英社新書)，ミッチェル『風と共に去りぬ』(岩波文庫，全6巻)などがある．

風と共に去りぬ　アメリカン・サーガの光と影

2021年6月16日　第1刷発行

著　者　荒《あら》 このみ

発行者　坂本政謙

発行所　株式会社 岩波書店
〒101-8002 東京都千代田区一ツ橋 2-5-5
電話案内 03-5210-4000
https://www.iwanami.co.jp/

印刷・精興社　製本・松岳社

ISBN 978-4-00-061473-3　　Printed in Japan